MANSÃO GALLANT

V. E. SCHWAB
MANSÃO GALLANT

Tradução
Paula Di Carvalho

1ª edição

— Galera —

RIO DE JANEIRO

2022

PREPARAÇÃO
Elisa Rosa
REVISÃO
Cristina Freixinho
CAPA
Adaptada do design original de Julia Lloyd

IMAGEM DE CAPA
Shutterstock
DIAGRAMAÇÃO
Abreu's System
TÍTULO ORIGINAL
Gallant

CIP-BRASIL. CATALOGAÇÃO NA PUBLICAÇÃO
SINDICATO NACIONAL DOS EDITORES DE LIVROS, RJ

S425m

Schwab, V. E., 1987-
  Mansão Gallant / V. E. Schwab; tradução Paula Di Carvalho. – 1. ed. – Rio de Janeiro : Galera Record, 2022.

  Tradução de: Gallant
  ISBN 978-65-5981-130-4

  1. Ficção americana. I. Carvalho, Paula Di. II. Título.

22-76958
CDD: 813
CDU: 82-3(73)

Meri Gleice Rodrigues de Souza – Bibliotecária – CRB-7/6439

Copyright © 2022 by Victoria Schwab

Todos os direitos reservados.
Proibida a reprodução, no todo ou em parte, através de quaisquer meios.
Os direitos morais da autora foram assegurados.

Texto revisado segundo o novo Acordo Ortográfico da Língua Portuguesa.

Direitos exclusivos de publicação em língua portuguesa somente para o Brasil
adquiridos pela
EDITORA GALERA RECORD LTDA.
Rua Argentina, 120 – Rio de Janeiro, RJ – 20921-380 – Tel.: (21) 2585-2000,
que se reserva a propriedade literária desta tradução.

Impresso no Brasil

ISBN 978-65-5981-130-4

Seja um leitor preferencial Record.
Cadastre-se e receba informações sobre nossos
lançamentos e nossas promoções.

Atendimento e venda direta ao leitor:
sac@record.com.br

*Para aqueles que saem à procura de portas,
são corajosos o bastante para abrir as que encontram
e, às vezes, ousados o bastante para criar suas próprias.*

O mestre da casa está no muro do jardim.

É uma extensão rochosa sombria, um portão de ferro trancado e aferrolhado no centro. Há uma fresta estreita entre o portão e a pedra, e quando a brisa sopra na direção certa, carrega consigo o aroma do verão, doce como melão, e o calor longínquo do sol.

Não há brisa esta noite.

Nem lua, mas ainda assim ele está banhado em luar. Ele ilumina as beiradas de seu paletó surrado. Reflete nos ossos que aparecem através da pele.

Ele passa a mão pelo muro à procura de rachaduras. Teimosos ramos de hera o acompanham, investigando cada fissura como dedos, e, ali perto, um fragmento de pedra se solta e rola para o chão, expondo uma fatia fina da noite de outrem. O culpado, um camundongo, o atravessa com pressa, então desce o muro, passando por cima da bota do mestre. Ele o pega numa só mão, com a graciosidade de uma cobra.

Inclina a cabeça para a rachadura. Fixa os olhos leitosos do outro lado. O outro jardim. A outra casa.

Em sua mão, o camundongo se contorce, e o mestre aperta.

— Quieto — diz ele com uma voz de cômodos vazios. Ele está escutando o outro lado, o cantar suave de pássaros, o vento contra a folhagem abundante, a súplica distante de alguém durante o sono.

O mestre sorri, pega a rocha lascada e a aninha de volta no muro, onde ela espera, feito um segredo.

O camundongo parou de se contorcer na jaula feita pela garra do seu mestre.

Quando ele abre a mão, não encontra nada além de um fiapo de cinzas, podridão e alguns dentinhos brancos, um pouco maiores do que sementes.

Ele os joga no solo devastado e se pergunta o que vai brotar.

Parte Um
A ESCOLA

Capítulo Um

A chuva tamborila seus dedos na cabana do jardim.

Eles chamam de cabana do jardim, mas, na verdade, não há jardim na propriedade de Merilance, e a cabana mal pode ser considerada uma. Ela é afundada de um dos lados, como uma planta murcha, feita de metal barato e madeira mofada. O chão é coberto de ferramentas abandonadas e cacos de potes quebrados e bitucas de cigarros roubados, e Olivia Prior está no meio de tudo isso, na escuridão, desejando poder gritar.

Desejando poder transformar a dor do vergão vermelho recente em sua mão em barulho, virar a cabana do jeito que fizera com a panela na cozinha quando se queimou, bater nas paredes do jeito que queria bater em Clara por deixar o fogão ligado e ter a audácia de soltar uma risadinha debochada quando Olivia ofegou e soltou-a. A dor lancinante, a raiva ardente, o aborrecimento da cozinheira diante do purê arruinado, e os lábios franzidos de Clara ao dizer: "Não pode ter doído tanto, ela não deu um ai."

Olivia teria apertado o pescoço da outra garota na mesma hora se sua palma não estivesse queimada, se a cozinheira não estivesse ali para afastá-la, se o gesto lhe fosse proporcionar mais do que um momento de prazer e uma semana de punição. Então ela tomou a segunda melhor atitude: saiu batendo os pés daquela tumba abafada, acompanhada dos berros da cozinheira.

E agora está na cabana no jardim, desejando poder fazer tanto barulho quanto a chuva no telhado baixo de latão, pegar uma das pás abandonadas e golpear as finas paredes de metal, apenas para escutá-las ressoar. Mas outra pessoa a ouviria e a encontraria neste espaço pequeno e secreto, e ela não teria mais para onde fugir. Fugir das garotas. Fugir das governantas. Fugir da escola.

Ela prende o fôlego e pressiona a mão queimada contra o metal frio da cabana, esperando que a dor em sua pele se acalme.

A cabana em si não é um segredo.

Ela fica atrás da escola, do outro lado da entrada de cascalho, nos fundos da propriedade. Ao longo dos anos, um monte de garotas tentou reivindicá-la para fumar, beber ou beijar, mas elas vêm uma vez e nunca mais voltam. O lugar é arrepiante, dizem. Solo úmido e teias de aranha, e algo mais, uma sensação sinistra que faz o cabelo da nuca se eriçar, embora elas não saibam o motivo.

Mas Olivia sabe.

É a coisa morta no canto.

Ou o que sobrou dela. Não um *fantasma* exatamente, apenas um pedaço de tecido esfarrapado, um punhado de dentes e um único olho sonolento flutuando na escuridão. A coisa se move feito uma traça na visão periférica de Olivia, disparando para longe toda vez que ela olha. Mas se ela ficar bem parada e mantiver o olhar à frente, poderá visualizar uma maçã do rosto, um pescoço. Poderá flutuar para perto, poderá piscar e sorrir e suspirar nela, leve como uma sombra.

Ela já se perguntou, lógico, quem a coisa era na época em que tinha ossos e pele. O olho paira acima do de Olivia, e uma vez ela teve um vislumbre da ponta de um gorro, a bainha desfiada de uma saia, e pensou, talvez, que se tratasse de uma governanta. Não que fizesse diferença. Agora ela era um espectro, espreitando às suas costas.

Vá embora, pensa ela, e talvez a coisa consiga ouvir seus pensamentos, porque se encolhe e recua de volta à escuridão, deixando-a sozinha na cabaninha sombria.

Olivia se recosta contra a parede.

Quando era mais nova, gostava de fingir que *essa* era a casa dela, não Merilance. Fazia de conta que os pais dela tinham apenas dado uma saído de casa e a deixado para arrumar as coisas. Eles voltariam, lógico.

Quando a casa estivesse pronta.

Naquela época, ela varria a poeira e se livrava das teias de aranha, empilhava os cacos e organizava as prateleiras. Mas, não importava o quanto tentasse deixar a cabaninha arrumada, ela nunca ficava limpa o bastante para trazê-los de volta.

Lar é uma escolha. Essas quatro palavras ocupam sozinhas uma página do diário da mãe dela, cercadas por tanto espaço em branco que parecem um enigma. Na verdade, tudo que sua mãe escrevera parece um enigma à espera de uma solução.

A essa altura, a chuva se reduziu de golpes de punhos a batidinhas escassas e suaves de dedos entediados. Olivia suspira e sai da cabana.

Do lado de fora, tudo é cinza.

O dia cinza começa a se desfazer em uma noite cinza, a fraca luz cinza se mesclando ao caminho de cascalhos cinza que cerca as paredes de pedra cinza da Escola Merilance para Garotas Independentes.

A palavra "escola" invoca imagens de carteiras de madeira bem-cuidadas e lápis apontados. Imagens de aprendizado. Elas de fato aprendem, mas é uma educação superficial, focada em aspectos práticos. Como limpar uma lareira. Como sovar um pão. Como remendar as roupas de outra pessoa. Como existir num mundo que não quer você. Como ser um fantasma na casa de outra pessoa.

Merilance pode até se chamar de escola, mas, na verdade, é um abrigo para as jovens, as indomadas e as desafortunadas. As órfãs e as indesejadas. A construção cinza e sem graça se ergue feito uma lápide, cercada não por parques ou campos verdes, mas pelas fachadas lúgubres e decadentes de outras estruturas da periferia da cidade, chaminés bufando fumaça. Não há muros ao redor da propriedade, nenhum portão de ferro, apenas um arco vazio, como se dissesse: você é livre para ir embora, se tiver outro lugar para ir. Mas, se for — e, de tempos em tempos, algumas garotas vão —, você não será bem-vinda de volta. Uma vez por ano, às vezes mais, uma garota esmurra a porta, desesperada para voltar, e é assim que as outras aprendem que elas bem podem ficar sonhando com vidas felizes e casas acolhedoras, mas até um lugar que mais parece uma lápide sombria é melhor do que estar na rua.

E mesmo assim, Olivia fica tentada em alguns dias.

Em alguns dias, ela observa o arco, bocejando feito uma boca à beira do cascalho, e pensa *e se*; *eu poderia*; *um dia eu vou.*

Uma noite ela vai invadir os quartos das governantas, pegar tudo o que encontrar e desaparecer. Vai se tornar uma andarilha, uma ladra de trens, uma ladra que escala prédios ou uma golpista, feito os homens das histórias sensacionalistas que Charlotte sempre parece ter, pegadas com o garoto com quem ela toda semana se encontra à beira do fosso de cascalho. Olivia planeja uma centena de futuros diferentes, mas continua ali toda noite, indo para a cama estreita do quarto lotado da casa que não é, e nunca será, um lar. E toda manhã ela acorda no mesmo lugar.

Olivia se arrasta de volta pelo pátio, arrastando os sapatos sobre o cascalho com um *shh, shh, shh* constante. Ela mantém o olhar no chão, em busca de cor. De tempos em tempos, depois de uma boa chuva forte, algumas lâminas de grama verde forçam seu caminho por entre os seixos, ou uma camada teimosa de lodo se agarra a um paralelepípedo, mas essas cores rebeldes nunca duram. As únicas flores que ela vê ficam na sala da governanta--chefe, e mesmo essas são falsas e desbotadas, pétalas de seda que há muito se tornaram cinza por causa da poeira.

Ainda assim, enquanto contorna a escola, se encaminhando para a porta lateral que deixou entreaberta, Olivia vê uma pitada de amarelo. Uma florzinha com ares de erva daninha, se projetando do meio das pedras. Ela se ajoelha, sem se importar com a dor dos seixos contra os joelhos, e passa o dedão sobre a florzinha com cuidado. Está prestes a arrancá-la quando escuta passos fortes no cascalho, o familiar farfalhar e roçar de saias que sinaliza uma governanta.

Elas parecem iguais, as governantas, com seus vestidos e cintos que já foram brancos. Mas não são. Tem a Governanta Jessamine, com seu sorrisinho tenso, como se estivesse chupando um limão, e a Governanta Beth, com seus olhos fundos e arroxeados com olheiras, e a Governanta Lara, com uma voz tão aguda e estridente quanto uma chaleira.

Então tem a Governanta Agatha.

— Olivia Prior! — ressoa ela sem fôlego num acesso de raiva. — O que você está fazendo?

Olivia ergue as mãos, por mais que saiba que é inútil. A Governanta Sarah lhe ensinara linguagem de sinais, o que foi muito bom até ela ir embora e nenhuma das outras governantas se dar ao trabalho de aprender.

Agora não importa o que Olivia diz. Ninguém sabe escutar.

Agatha a encara enquanto ela sinaliza *planejando minha fuga*, mas ainda está no meio da frase quando a governanta sacode as mãos com impaciência.

— Cadê... o... seu... quadro... de giz? — pergunta ela, falando alto e devagar como se Olivia tivesse deficiência auditiva. Ela não tem. Quanto ao quadro de giz, está pendurado atrás de uma fileira de potes de geleia no porão desde que foi outorgado a ela, juntamente a uma cordinha para ser pendurada ao redor de seu pescoço.

— Então? — cobra a governanta.

Olivia balança a cabeça e escolhe o sinal mais simples para chuva, repetindo o gesto várias vezes para que a governanta tenha a oportunidade de ver, mas Agatha só faz *tsc*, a segura pelo o pulso e a arrasta de volta para dentro.

— Você deveria estar na cozinha — diz a governanta, levando Olivia pelo corredor. — Agora está na hora do jantar, que você não ajudou a fazer. — *Ainda assim, por algum milagre*, pensa Olivia, ao julgar pelo aroma que flutua na direção delas, *ele ficou pronto*.

Elas chegam ao refeitório, tomado por vozes femininas, mas a governanta a empurra adiante, passando direto pelas portas.

— Quem não dá, não partilha — diz ela, como se fosse um lema de Merilance e não uma frase que ela acabou de inventar. A governanta assente brevemente, satisfeita consigo mesma, e Olivia a imagina bordando as palavras numa almofada.

Elas chegam ao dormitório, onde há 24 prateleirinhas ao lado de 24 camas, finas e brancas feito fósforos, todas vazias.

— Para a cama — diz a governanta, sem nem mesmo ter escurecido por completo ainda. — Talvez — acrescenta — você possa usar esse tempo para refletir sobre o significado de ser uma garota de Merilance.

Olivia preferiria comer vidro, mas apenas assente e tenta ao máximo parecer contrita. Ela até faz uma reverência, baixando bem a cabeça, mas é só para que a governanta não consiga ver a curva em seus lábios, o sorrisinho desafiador. Deixe que essa bruxa velha pense que ela está arrependida.

As pessoas tiram muitas conclusões sobre Olivia.

A maioria está errada.

A governanta sai arrastando os pés, nitidamente não querendo perder o jantar, e Olivia entra no dormitório. Ela se demora no pé da primeira cama, ouvindo o farfalhar das saias se afastar. Assim que Agatha vai embora, ela sai novamente, se esgueirando pelo corredor e virando no canto para os aposentos das governantas.

Cada governanta tem seu próprio quarto. As portas estão trancadas, mas as fechaduras são velhas e simples, o serrilhado das chaves não passa de meras pontas.

Olivia tira um pedaço de arame resistente do bolso, lembrando-se do formato da chave de Agatha, cujo serrilhado forma um E maiúsculo. Dá um pouco de trabalho, mas então a tranca estala e a porta se abre para um quartinho organizado lotado de almofadas bordadas com pequenos mantras.

Aqui pela graça de Deus.
Um lugar para tudo, e tudo em seu lugar.
Uma casa organizada é uma mente em paz.

Olivia passa os dedos pelas palavras ao dar a volta na cama. Há um espelhinho no parapeito da janela, e, ao passar por ali, ela se assusta com o vislumbre de um cabelo preto como carvão e uma bochecha abatida. Mas é apenas seu próprio reflexo. Pálido.

Sem cor. O fantasma de Merilance. É assim que as outras garotas a chamam. Ainda assim, suas vozes carregam uma hesitação satisfatória, um toque de medo. Olivia se olha no espelho. E sorri.

    Ela se ajoelha diante do armário de madeira cinza ao lado da cama de Agatha. As governantas têm seus vícios. Lara tem cigarros, Jessamine tem pastilhas de limão e Beth tem histórias sensacionalistas. E Agatha? Bem. Ela tem *vários*. Uma garrafa de conhaque se agita na gaveta de cima e, embaixo dela, Olivia encontra uma lata de biscoitos com cobertura de açúcar, um saco de papel cheio de tangerinas, cintilantes como pores do sol. Ela pega três dos biscoitos açucarados e uma fruta, e se retira silenciosamente para o dormitório vazio a fim de aproveitar seu jantar.

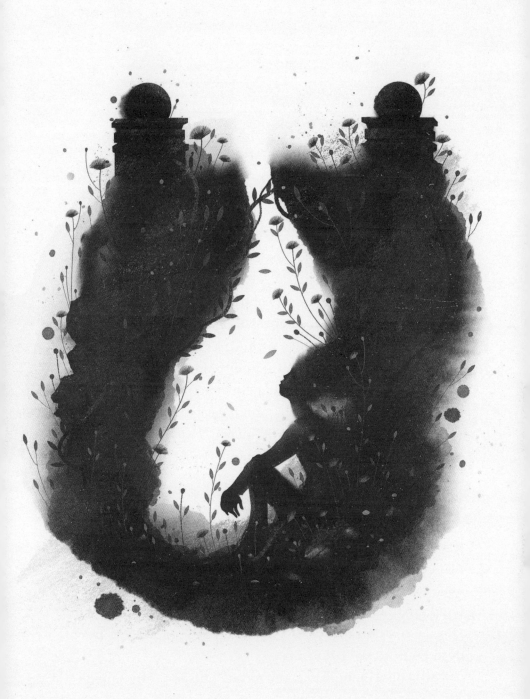

Capítulo Dois

Olivia estende o piquenique sobre a própria cama estreita.

Ela come os biscoitos depressa, mas saboreia a tangerina, descascando-a numa única espiral, a casca solar se soltando para exibir os gomos. O quarto inteiro vai cheirar a fruta cítrica roubada, mas ela não liga. Tem gosto de primavera, como pés descalços em gramados, como um lugar quente e verde.

A cama dela fica no final do quarto, então Olivia consegue se sentar apoiada na parede enquanto come, o que é bom, porque significa que pode ficar de olho na porta. E na coisa morta sentada na cama de Clara.

Esse espectro é diferente, menor do que o outro. Tem cotovelos e joelhos ossudos, um olho que não pisca e uma das mãos que puxa uma trança desarrumada enquanto observa Olivia comer. Seus movimentos têm um quê de menininha. O jeito como faz biquinho, inclina a cabeça e sussurra no ouvido dela enquanto Olivia tenta dormir, suave e sem voz, palavras que não passam de ar contra a sua bochecha.

Olivia olha emburrada para ele até que derreta e suma.

Esse é o truque com espectros.

Eles querem que você olhe, mas não suportam serem vistos.

Pelo menos, pensa ela, eles não conseguem tocá-la. Uma vez, num arroubo de frustração, ela tentou golpear um espectro próximo, mas os dedos dela passaram direto através dele. Nenhuma corrente de ar sinistra contra sua pele, nem mesmo qualquer vestígio dele no ar. Ela se sentiu melhor ao saber que eles não eram reais o suficiente, não estavam *ali* o suficiente, para fazer mais do que sorrir ou fazer cara feia ou bico.

Do outro lado da porta, os sons estão mudando.

Olivia escuta o arrastar e raspar do encerramento do jantar no fim do corredor, a batida da bengala da governanta quando se levanta para dar seu sermão noturno; sobre limpeza, talvez, ou bondade, ou modéstia. Não há dúvida de que a Governanta Agatha também o escuta, pronta para bordar as palavras numa almofada.

Dali, o sermão não passa de um grunhido, um murmúrio; *outra graça*, pensa ela ao espanar as migalhas da cama e esconder a tira solar da casca de tangerina sob o travesseiro, onde exalará um aroma doce. Ela estende a mão para as bugigangas na prateleira dela.

Todas as camas têm uma prateleira, por mais que o conteúdo mude. Algumas garotas têm uma boneca, repassadas por caridade ou costuradas por elas próprias. Algumas têm um livro que gostam de ler, ou um bastidor de bordado. A maior parte da prateleira de Olivia é ocupada por blocos de desenho e um pote com lápis, desgastados pelo uso, mas apontados. (Ela é uma artista talentosa, e por mais que as governantas de Merilance não incentivem esse fato, elas também não o negligenciam.) Mas, esta noite, os dedos dela passam direto pelos blocos de desenho em direção ao diário verde na ponta.

O diário da sua mãe.

A mãe dela, que sempre foi um mistério, um espaço vazio, uma silhueta de contornos sólidos apenas o suficiente para demarcar a ausência. Olivia ergue o diário delicadamente, passando a mão pela capa, amaciada pelo desgaste do tempo — o mais próximo que ela tem de uma lembrança de vida antes de Merilance. Olivia chegara à tumba cinza e soturna com menos de dois anos, com marcas de sujeira e um vestidinho estampado de flores minúsculas. Ela pode ter passado horas no degrau até que a encontrassem, disseram, porque não chorou em nenhum momento. Ela não se lembra disso. Não se lembra de nada de sua vida anterior. Não consegue se lembrar da voz da mãe, e, quanto ao pai, ela só sabe que nunca o conheceu. Ele morrera antes de Olivia nascer; essa informação ela conseguira extrair das palavras da mãe.

É uma coisa estranha, o diário.

Ela decorou cada detalhe dele, desde o tom exato de verde na capa e o G elegante, cursivo, gravado na frente — ela passara anos tentando adivinhar qual seria a sua origem, Georgina, Genevieve, Gabrielle — às duas linhas não prensadas ou riscadas, mas *talhadas* abaixo, sulcos paralelos perfeitos que correm de uma borda à outra. Das estranhas manchas de tinta que ocupam páginas inteiras às entradas com a letra da mãe, algumas longas e outras apenas um punhado de palavras, algumas lúcidas e outras perturbadas e irregulares, todas elas endereçadas a "você".

Quando Olivia era pequena, achava que *ela* fosse o "você", que a mãe estivesse falando com ela através do tempo, aquelas quatro letras como uma mão se estendendo para fora do papel.

Se você ler isso, eu estou segura.

Sonhei com você ontem à noite.

Você se lembra de quando...

Mas, em certo momento, ela entendeu que o "você" era outra pessoa: seu pai.

Gallant

Apesar de ele nunca responder, a mãe dela continuou escrevendo como se ele tivesse respondido, entrada atrás de entrada repleta de termos estranhos e velados sobre o namoro deles, sobre pássaros em jaulas, sobre céus sem estrelas, ela escreve sobre a bondade dele e o amor e o medo dela e então, por fim, sobre Olivia. *Nossa filha.*

Mas ali a mãe dela começa a decair. Ela começa a escrever sobre sombras rastejando feito dedos pela escuridão e vozes carregadas pelo vento, chamando-a para casa. Em pouco tempo, sua caligrafia graciosa começa a se inclinar, até tombar de vez do abismo para a loucura.

Aquele abismo? A noite em que seu pai morreu.

Ele estava doente. A mãe dela menciona isso, a forma como ele parecia enfraquecer à medida que a barriga dela crescia, alguma doença devastadora que o levou semanas antes de Olivia nascer. E quando ele morreu, a mãe dela desabou. Ela se partiu. Suas palavras adoráveis se tornaram farpadas, a escrita se desmantelou.

Sinto muito por ter desejado ser livre ~~sinto muito por ter aberto o portão sinto muito por você não estar aqui e eles estão observando ele está observando ele quer você de volta mas você se foi ele me quer mas eu não vou ele a quer mas ela é tudo o que tenho de você e eu ela é tudo ela é tudo~~ *eu quero ir para casa*

Olivia não gosta de se demorar nessas páginas, em parte porque são devaneios de uma mulher enlouquecida. E em parte porque ela é forçada a se perguntar se essa loucura é do tipo que vive no sangue. Se está adormecida dentro dela também, esperando para ser despertada.

A escrita por fim acaba, substituída apenas por uma extensão branca até que, quase no fim do caderno, há uma última entrada. Uma carta, endereçada não a um pai, vivo ou morto, mas a *ela*.

Olivia Olivia Olivia, escreve a mãe, o nome se desenrolando pela página, e o olhar dela vaga pela folha manchada de tinta, os dedos traçam as palavras emboladas, as linhas desenhadas através do texto abandonado enquanto sua mãe lutava para encontrar seu caminho pela mata cerrada dos pensamentos.

Algo pisca na visão periférica de Olivia. O espectro, agora mais perto, espia timidamente por cima do travesseiro de Clara. Ele inclina a cabeça, como se escutando, e Olivia faz o mesmo. Ela as escuta se aproximando. Fecha o diário.

Segundos depois, as portas se abrem e as garotas entram em bando.

Elas chilreiam e trinam ao se espalharem pelo quarto. As mais novas olham de relance na direção de Olivia e sussurram, mas assim que ela retribui o olhar, elas se esgueiram feito insetos para a segurança de seus lençóis. As mais velhas simplesmente não a enxergam. Fingem que ela não está ali, mas ela sabe a verdade: elas sentem medo. Ela se certificou disso.

Olivia tinha dez anos quando mostrou os dentes.

Tinha dez anos e andava pelo corredor quando ouviu as palavras da mãe na boca de outra pessoa.

— *Esses sonhos serão a minha ruína* — dizia a voz. — *Quando estou sonhando, sei que preciso acordar. Mas quando acordo, só consigo pensar em sonhar.*

Ela chegou ao dormitório e encontrou Anabelle, de cabelo platinado, sentada com as costas eretas na cama, lendo a entrada para um grupo de meninas com risadinhas debochadas.

— *Nos meus sonhos, estou sempre perdendo você. Na vigília, você já está perdido.*

As palavras soavam erradas na vozinha feliz e aguda de Anabelle, expondo completamente a loucura de sua mãe. Olivia se aproximou depressa e tentou pegar o diário de volta, mas Anabelle o tirou do alcance dela, abrindo um sorriso maldoso.

— Se o quiser — disse ela, segurando o diário no ar —, só precisa pedir.

A garganta de Olivia se apertou. Ela abriu a boca, mas nada saiu, só um sopro de ar, uma exalação raivosa.

Anabelle deu uma risadinha debochada do silêncio dela. E Olivia atacou. Os dedos dela rasparam no diário antes que mais duas meninas a puxassem para trás.

— Na-na-na — provocou Anabelle, balançando o dedo. — Você precisa *pedir*. Ela se aproximou ligeiramente. — Nem precisa gritar. — Ela se inclinou para perto, como se Olivia pudesse simplesmente sussurrar, moldar a palavra *por favor* e libertá-la. Ela bateu os dentes.

— O que tem de errado com ela? — debochou Lucy, franzindo o nariz.

Errado.

Olivia reagiu com uma carranca à palavra. Como se ela não tivesse invadido a enfermaria no ano anterior, não tivesse roubado o livro de anatomia, não tivesse encontrado as ilustrações da boca e garganta humana e copiado todas elas, não tivesse passado aquela noite sentada na cama, tateando o próprio pescoço, tentando identificar a origem do seu silêncio, tentando descobrir exatamente o que faltava.

— Vai — incitou Anabelle, segurando o diário no alto. E quando Olivia continuou em silêncio, a garota abriu o caderno que não era dela, expondo as palavras que não eram dela, tocando o papel que não era dela, e começou a arrancar as páginas.

Aquele som, das páginas sendo arrancadas da costura, era o mais alto do mundo, e Olivia se soltou das mãos das outras meninas e pulou em Anabelle, apertando o pescoço da outra menina com as mãos. Anabelle soltou um gritinho, e Olivia apertou até a menina não conseguir mais falar, não conseguir mais respirar, até que as governantas entrassem e as separassem.

Anabelle soluçou e Olivia fechou a cara, e as duas foram mandadas para a cama sem jantar.

— Era só brincadeira.

A outra menina fez bico e se jogou na cama enquanto Olivia, silenciosa e meticulosamente, enfiava as páginas rasgadas de volta no diário da mãe, agarrada à lembrança do pescoço de Anabelle em suas mãos. Graças ao livro de anatomia, ela soubera exatamente onde apertar.

Agora ela corre o dedo pela beirada do diário, onde as páginas arrancadas se projetam mais do que o restante. Ela relanceia para cima com os olhos escuros, observando as garotas entrarem em fila.

Tem um fosso ao redor da cama de Olivia. É essa a sensação. Um riachinho invisível que ninguém atravessará, transformando sua cama num castelo. Numa fortaleza.

As meninas mais novas acham que ela é amaldiçoada.

As mais velhas acham que ela é selvagem.

Olivia não se importa, desde que a deixem em paz.

Anabelle é a última a entrar.

Os olhos pálidos dela disparam para o canto de Olivia, uma das mãos se ergue para a trança platinada. Olivia sente um sorriso surgir em seus lábios.

Naquela noite, quando as páginas arrancadas já estavam em segurança, de volta ao seu lugar, depois que as luzes se apagaram e todas as meninas de Merilance dormiam, Olivia se levantou. Entrou de fininho na cozinha, pegou um pote de vidro com tampa e desceu até o porão, o tipo de lugar que, de alguma maneira, é sempre seco e úmido ao mesmo tempo. Levou uma hora, talvez duas, mas ela conseguiu encher o pote com besouros, aranhas e meia dúzia de traças. Adicionou um punhado de cinzas da lareira da governanta-chefe para que os insetinhos deixassem seu rastro, então se esgueirou de volta para o dormitório e abriu o pote sobre a cabeça de Anabelle.

A garota acordou gritando.

Olivia observou de sua cama enquanto Anabelle batia nos lençóis e rolava para o chão. Todas as meninas gritaram, e as governantas entraram a tempo de ver uma traça rastejando para fora do cabelo de Anabelle. Ali perto, o espectro assistia à cena, seus ombros balançando numa risadinha silenciosa, e, enquanto Anabelle era levada para fora do quarto aos prantos, o espectro levou um dedo ossudo aos lábios disformes prometendo guardar segredo. Mas Olivia não queria que fosse segredo. Ela queria que Anabelle soubesse exatamente quem fizera aquilo. Queria que ela soubesse quem a fizera gritar.

Na hora do café da manhã, Anabelle chegou com o cabelo curto. Ela olhou direto para Olivia, e Olivia encarou-a de volta.

Vai, pensou ela, mantendo o contato visual. *Diz alguma coisa.*

Anabelle não disse.

Mas nunca mais tocou no diário.

Já fazia anos, e o cabelo platinado de Anabelle crescera havia muito tempo, mas ela ainda tocava a trança toda vez que via Olivia, do mesmo jeito que as meninas são orientadas a fazer o sinal da cruz ou a ajoelhar na missa.

Toda vez, Olivia sorria.

— Para a cama — diz uma governanta; não importa qual. E logo as luzes são apagadas e o quarto se aquieta. Olivia entra embaixo da coberta áspera, curva as costas contra a parede, abraça o diário no peito e fecha os olhos para o espectro e as garotas e o mundo de Merilance.

Olivia Olivia Olivia

Venho sussurrando o nome em seu cabelo
~~para que você se lembre~~ será que você vai lembrar?
~~Não sei não consigo~~ Dizem que há amor na
renúncia mas eu só sinto perda. Meu coração é de cinzas e
~~você sabia que as cinzas mantém seu formato até que a toquem~~
Eu não quero deixá-la mas não confio mais em mim mesma
~~não há tempo não há tempo não há tempo para~~
Sinto muito por não saber mais o que fazer
Olivia, Olivia, Olivia, Lembre-se disto:
as sombras ~~não conseguem te tocar~~ não são reais
os sonhos ~~são apenas sonhos~~ nunca podem te machucar
e você ficará segura desde que mantenha distância de Gallant

Capítulo Três

Olivia foi enterrada viva.

Pelo menos, a sensação é essa. A cozinha é tão abafada, nas entranhas do prédio, o ar pesado com o vapor das panelas e as paredes feitas de pedra, e sempre que Olivia é obrigada a trabalhar lá, sente como se tivesse sido sepultada. Ela não se importaria tanto se estivesse sozinha.

Não há espectros na cozinha, mas sempre há garotas. Elas tagarelam e jogam conversa fora, enchendo o cômodo de barulho, só porque podem fazer isso. Uma está contando uma história sobre um príncipe e um palácio. Outra está resmungando sobre cólicas, e a outra está sentada na bancada, balançando as pernas e fazendo absolutamente nada.

Olivia tenta ignorá-las, se concentrando na tigela de batatas, a faca brilhando levemente na palma da mão. Ela analisa as mãos enquanto trabalha. Elas são finas, feias, mas fortes. Mãos que sabem falar, embora poucos na escola se deem ao trabalho de ouvir, mãos que sabem escrever e desenhar e costurar uma linha perfeita. Mãos que sabem separar pele de carne sem um deslize.

É verdade que *há* uma pequena cicatriz entre o indicador e o dedão, mas surgira havia muito tempo e fora provocada por ela mesma. Ela já ouvira as outras meninas gritarem ao se machucarem. Um berro estridente, um longo uivo. Nossa, quando Lucy tentou pular entre as camas um dia, errou a mira e quebrou o pé, ela se esgoelou. E Olivia se perguntou, distraidamente, se a voz dela ficava do outro lado de algum limiar, se poderia ser convocada pela dor.

A faca estava afiada. O corte foi profundo. O sangue jorrou e se derramou na bancada, o berro do ardor subiu pelo seu braço e passou por seus pulmões, mas apenas um arquejo curto e forte escapou de sua garganta, mais vazio do que som.

Clara soltou um gritinho quando viu o sangue, um som agudo e enojado, e Amelia chamou as governantas, que presumiram que se tratara de um acidente, lógico. Coisinha desastrada, resmungavam elas com muxoxos, enquanto as outras garotas cochichavam. Parecia que todo mundo era tão cheio de som. Menos Olivia.

Ela, que *queria* gritar, não de dor, mas de pura fúria exasperada por haver tanto som dentro dela e ela não conseguir externá-lo. Em vez disso, ela chutara uma pilha de panelas só para ouvi-las ressoar.

Ao longo da cozinha, as garotas começaram a falar de amor.

Elas sussurram como se fosse um segredo ou um doce roubado, surrupiado e escondido sob suas bochechas. Como se tudo o que elas precisassem fosse de amor. Como se elas tivessem sido amaldiçoadas e apenas o amor pudesse libertá-las. Ela não vê sentido nisso: o amor não salvou o pai dela da doença e da morte. Não salvou a mãe dela da loucura e da perda.

As garotas dizem *amor*, mas o que elas querem dizer, na verdade, é *querer*. Ser querida além dos muros daquela casa. Elas estão esperando serem resgatadas por um dos garotos que rodeiam o fosso de cascalho, tentando atraí-las para o outro lado.

Olivia revira os olhos ao ouvir sobre favores e promessas e futuros.

— Como *você* pode saber de alguma coisa? — debocha Rebecca ao perceber a expressão de Olivia. Ela é uma garota de voz esganiçada com olhos pequenos e juntos demais. Mais de uma vez, Olivia a desenhara como uma fuinha. — Quem iria querer *você*?

Mal sabe ela que houve um garoto naquela primavera. Ele a vira saindo da cabana. Seus olhos se encontraram e ele sorriu.

— Vem falar comigo — disse ele, e Olivia franziu a testa e entrou na casa. Mas, no dia seguinte, lá estava ele de novo, com uma margarida amarela numa das mãos.

— Para você — falou ele, e ela queria mais a flor do que a atenção dele, mas ainda assim atravessou furtivamente o fosso. De perto, o cabelo dele brilhava feito cobre no sol. De perto, ele cheirava a fuligem. De perto, ela notou os cílios dele, os lábios dele, com a distância de uma artista estudando seu modelo.

Quando ele a beijou, ela esperou sentir o que fosse que sua mãe sentira por seu pai no dia em que se conheceram, a faísca que acendeu a fogueira que incendiou, destruindo o mundo inteiro deles. Mas ela só sentiu a mão dele na cintura dela. A boca dele na dela. Uma tristeza vazia.

— Você não quer? — perguntara ele ao roçar a mão nas costelas dela.

Olivia queria querer, queria sentir o que as outras garotas sentiam.

Mas não sentiu. Ainda assim, Olivia é cheia de *querer*. Ela quer uma cama que não ranja. Um quarto sem Anabelles ou governantas ou espectros. Uma janela e uma vista para o verde e ar sem gosto de fuligem e um pai que não morra e uma mãe que não vá embora e um futuro além dos muros de Merilance.

Ela quer todas essas coisas, mas está ali há tempo o suficiente para saber que não importa o que *você* quer; a única maneira de sair dali é ser querida por outra pessoa.

Ela sabe, e mesmo assim o afastou.

E, quando viu o garoto de novo, no limite do pátio, ele se inclinava para outra garota, uma menina delicada e bonita chamada Mary, que dava risadinhas e sussurrava no ouvido dele. Olivia esperou pela onda quente de inveja, mas sentiu apenas um alívio indiferente.

Ela termina de descascar uma batata e estuda a pequena faca. Ela a equilibra no dorso da mão antes de virá-la cuidadosamente no ar e agarrar o punhal. Então sorri para si mesma.

— Aberração — murmura Rebecca. Olivia ergue o olhar, a encara e balança a faca como se fosse um dedo. Rebecca faz uma carranca e volta a atenção para as outras garotas, como se Olivia fosse um espectro, algo a ser ignorado.

Ao menos elas param de falar sobre garotos. Agora passam para os sonhos.

— Eu estava à beira-mar.

— Você nunca esteve no mar.

— E daí?

Olivia pega outra batata, desliza a faca por baixo da casca grudenta de amido. Ela está quase acabando, mas trabalha mais devagar para ouvi-las tagarelar.

— Então como sabe que estava na beira do mar e não de um lago?

— Havia gaivotas. E rochas. Além do mais, você não precisa conhecer um lugar para sonhar com ele.

— Óbvio que precisa...

Olivia corta a batata em quartos e a coloca dentro da panela.

Elas falam de sonhos como se fossem coisas sólidas, do tipo que seria possível confundir com a realidade. Elas acordam com histórias inteiras impressas na mente, imagens gravadas na memória.

A mãe dela também falava de sonhos, mas os dela eram mais cruéis, povoados por amantes mortos e sombras com garras tão afiadas que ela sentiu a necessidade de alertar a filha de que eles não eram reais.

Mas o alerta da mãe foi em vão.

Olivia nunca sonhou.

Ela *imagina* coisas, é claro, conjura outras vidas, finge estar em outro lugar — uma garota com uma grande família e uma grande casa e um jardim banhado em sol, coisas fantasiosas desse tipo —, mas nunca, em catorze anos, fora visitada por sonhos. O sono, quando vem, é um túnel escuro, uma mortalha preta. Às vezes, logo depois que acorda, ela sente uma espécie de filamento, feito uma teia de aranha, agarrado à sua pele. Essa sensação estranha de algo que acaba de ficar fora de alcance, uma imagem boiando na superfície antes de se afastar em ondas. Então não sobra mais nada.

— Olivia.

O nome dela corta o ar. Ela se retrai, tensionando os dedos na faca, mas é apenas a governanta de rosto fino, Jessamine, esperando na porta, com os lábios franzidos como se tivesse um limão na língua. Ela curva o dedo, e Olivia deixa sua estação.

Cabeça se viram. Olhos a seguem para fora.

— O que ela fez agora? — sussurram elas, e, honestamente, Olivia não faz ideia. Podem ser as ferramentas que ela criou para arrombar fechaduras, ou os doces que roubou da gaveta da Governanta Agatha, ou o quadro de giz escondido no porão.

Ela estremece de leve ao subir as escadas, trocando a cozinha abafada pelos corredores frios. Sente o coração afundar ao ver a porta da governanta-chefe. Ser chamada ali nunca é um bom sinal.

Jessamine bate, e uma voz responde do lado de dentro.

— Pode entrar.

Olivia contrai o maxilar, trincando suavemente os dentes ao entrar.

É uma sala estreita. As paredes são cobertas de livros, o que poderia ser acolhedor se eles contassem histórias de magia ou piratas ou ladrões. Em vez disso, lombadas grossas exibem títulos como *O livro da etiqueta para damas* e *O peregrino*, e uma prateleira inteira de enciclopédias que, até onde ela sabe, só foram usadas para impor boa postura.

— Srta. Prior — diz a figura ossuda à escrivaninha de madeira escura.

A governanta-chefe de Merilance é velha. Ela sempre foi velha. Exceto por algumas rugas novas num rosto já enrugado, ela não mudou durante todo o tempo em que Olivia esteve na instituição. Os ombros dela não se curvam, os olhos claros nunca piscam, e a voz é tão fina e eficiente quanto um interruptor.

— Sente-se.

Há duas cadeiras na sala. Uma fina de madeira contra a parede e outra verde desbotada diante da escrivaninha.

A cadeira contra a parede já está ocupada. Um espectro magro e pequeno está sentado nela, curvado para a frente, pernas balançando para a frente e para trás, curtas demais para alcançar o chão. Olivia olha para a garota disforme, se perguntando quem escolheria assombrar essa sala entre todas de Merilance.

A governanta-chefe limpa a garganta. O som é uma mão ossuda beliscando o queixo de Olivia.

O espectro se dissolve de volta às tábuas de madeira, e Olivia se força a avançar e se sentar na cadeira verde desbotada, erguendo uma nuvem de pó. Ela encara a velha com uma expressão branda, torcendo para passar uma impressão insípida, mas infelizmente, a governanta-chefe de Merilance nunca foi educada a ponto de subestimar Olivia. Nem de interpretar seu silêncio como estupidez, ou até desinteresse. Diante dos olhos azuis da mulher ela se sente à deriva, exposta.

Gallant

— Você já está conosco há um bom tempo — diz a governanta-chefe, como se Olivia não soubesse. Como se tivesse perdido a noção dos anos, como um prisioneiro numa cela. — Criamos você desde que era criança. Cuidamos de você enquanto crescia e se tornava uma jovem mulher.

Criar. Crescer. Como se ela fosse uma planta doméstica. Ela analisa as rosas de seda empoeiradas sobre a mesa da mulher, a cor sugada pela luz da janela, tenta lembrar de quando elas eram qualquer coisa além de cinza. Então a governanta-chefe faz uma coisa terrível.

Ela *sorri*.

Merilance teve um gato por um ano. Uma ferinha selvagem que perambulava pela cabana do jardim, caçando ratos. Ele se espreguiçava em cima do telhado de latão, com o rabo balançando e a barriga cheia, a boca curvada num sorrisinho convencido. A governanta-chefe exibe a mesma expressão.

— E agora, seu tempo aqui chegou ao fim.

O corpo inteiro de Olivia fica tenso. Ela sabe o que acontece às garotas quando vão embora de Merilance, mandadas para perecer numa fábrica ou presenteadas feito um porco premiado a um homem de meia-idade ou enterradas nas profundezas da casa de alguém.

— Não há muita expectativa, sabe, para uma garota com a sua... condição.

Olivia lê nas entrelinhas das palavras. O que a governanta-chefe quer dizer é que não há muitas opções para uma órfã de temperamento difícil que não consegue falar. Ela daria uma boa esposa, já lhe tinham dito, se não fosse por seu temperamento. Daria uma boa empregada, se não fosse pelo fato de que muitas pessoas veem o silêncio dela como sinal de uma doença mais grave, ou, no mínimo, o consideram enervante. O que sobra? Nada de bom. A mente dela dispara pelos corredores, planejando uma fuga; ainda dá tempo de assaltar os armários das governantas, ainda dá tempo de escapar para a cidade, de achar uma outra maneira... mas a governanta-chefe bate com os dedos ossudos na mesa, chamando-a para o presente.

— Felizmente — diz ela, abrindo uma gaveta —, o problema parece ter sido resolvido por nós.

Com isso, ela exibe um envelope. E mesmo antes de pegá-lo, Olivia consegue ver que está endereçado a *ela*. O nome dela se curva pelo envelope numa letra cursiva peculiar, inclinada como a chuva.

Olivia Prior

O topo do envelope foi aberto com um rasgo, o conteúdo removido e devolvido, e ela sente uma breve faísca de indignação diante da invasão. Mas a irritação é rapidamente substituída pela curiosidade quando a governanta-chefe lhe entrega o envelope e Olivia extrai a carta, escrita na mesma letra estranha.

"Minha queridíssima sobrinha", começa.

Confesso não saber exatamente onde você está.

Mandei essas cartas para todos os cantos do país. Que seja esta a encontrá-la.

Eis o que sei. Quando você nasceu, sua mãe não estava bem. Ela pegou você e fugiu de nós, perseguida por ilusões de perigo. Temo que esteja morta e só posso torcer para que você ainda viva. Deve pensar que foi abandonada, mas não é o caso. Nunca foi.

Você é querida. Você é necessária. Seu lugar é conosco.

Venha para casa, querida sobrinha.

Não vemos a hora de recebê-la.

Seu tio,
Arthur Prior

Olivia lê a carta de novo e de novo, atordoada.

Sobrinha. Tio. Casa. Ela não percebe como está segurando a carta com força até amassá-la.

— Você tirou a sorte grande, srta. Prior — diz a governanta-chefe, mas Olivia não consegue tirar os olhos do papel. Ela vira o envelope e encontra um endereço no verso. As palavras e letras se confundem em sua mente, sem sentido, exceto pela palavra no topo.

Gallant.

As costelas de Olivia parecem se apertar em volta do coração.

Ela passa o dedão sobre a palavra, a mesma que conclui o diário da mãe. Nunca fizera sentido. Uma vez, há muito tempo, ela a pesquisara num dos dicionários pesados de uma das governantas, aprendera que ela significava corajoso, especialmente em momentos de provação. Coragem diante da dificuldade. Mas, para a mãe dela — para Olivia —, não é uma descrição. É um *lugar*. Uma *casa*. A palavra quebra nela como uma onda, tirando seu equilíbrio. Ela se sente um pouco tonta, um pouco enjoada.

Venha para casa, diz a carta.

Mantenha distância, alertou a mãe dela.

Mas aqui seu tio diz: *Sua mãe não estava bem.* O diário sempre deixou isso evidente, mas eram as últimas palavras da mãe, ela certamente tinha um motivo para...

A governanta-chefe pigarreia.

— Sugiro que vá juntar suas coisas — diz ela, apontando para a porta. — É uma viagem longa, e o carro chegará em breve.

*Estou tão feliz. Estou tão assustada.
Os dois, ao que parece, podem andar juntos, de mãos dadas.*

Capítulo Quatro

O espectro está sentado de pernas cruzadas numa cama próxima, observando enquanto Olivia faz a mala.

Um olho flutua acima de um queixo pontudo, as feições distorcidas pela luz do sol. Parece quase triste em vê-la partir.

As governantas lhe deram uma mala estreita, na medida exata para acomodar seus dois vestidos cinza, seus blocos de desenho e o diário da mãe. Ela guarda a carta do tio no fim do caderno, o convite dele junto ao alerta da mãe.

Você ficará segura desde que mantenha distância.
Não vemos a hora de recebê-la.

Uma pessoa louca, outra ausente, e ela não sabe em quem acreditar, mas isso não importa no fim das contas. A carta era praticamente uma intimação. E talvez ela devesse sentir medo do desconhecido, mas a curiosidade se agita dentro do seu peito. Ela está indo embora. Ela tem para onde ir.

Um lar.

Lar é uma escolha, escreveu sua mãe, e mesmo que ela não tenha escolhido Gallant, talvez Olivia a escolha. Afinal, você pode escolher uma coisa depois de ter sido escolhida por ela. E mesmo que acabe não sendo um lar, ao menos é uma casa ocupada por uma família.

Um carro preto espera no fosso de cascalho. Ela já viu esses carros virem a Merilance, convocados pela governanta-chefe quando chega a hora de uma garota ir embora. Um presente de despedida, uma carona só de ida. A porta está aberta como uma boca, esperando para engoli-la, e o medo deixa sua pele formigando enquanto ela diz a si mesma: *Qualquer lugar é melhor do que aqui.*

As governantas esperam nos degraus feito sentinelas. As outras garotas não vêm se despedir, mas as portas estão abertas, e ela tem um vislumbre da trança platinada de Anabelle balançando no corredor.

Até nunca mais, pensa ela, entrando na barriga da fera. O motor é ligado, e os pneus se movem sobre o fosso de cascalho. Passam pelo arco, saem para a rua, e Olivia observa pela janela de trás a cabana do jardim desaparecer e Merilance desaparecer de vista. Num momento, está encolhendo. No seguinte, some, engolida pelas construções vizinhas e as nuvens de fumaça de carvão.

Algo se contorce dentro dela nesse momento, metade pavor e metade empolgação. Como quando você desce uma escada rápido demais e quase escorrega. O momento em que você se segura e olha para baixo, para o que poderia ter acontecido, um desastre evitado por um triz.

O carro ronca debaixo dela, o único som à medida que a cidade se dilui, as construção diminuindo de três para dois andares, de dois para um até se transformar em espaços vazios, feito dentes podres. Então algo maravilhoso acontece. Eles chegam ao *fim* de todas essas construções, de toda essa fumaça, fuligem e vapor. As últimas casas são substituídas por colinas, e o mundo cinza se torna verde.

Olivia abre a mala e puxa a carta do tio do diário.

Minha queridíssima sobrinha, escreveu ele, e ela se agarra à promessa dessas palavras.

Ela relê a carta, absorvida pela tinta, vasculhando as palavras e o espaço entre elas em busca de respostas sem encontrar nenhuma. O papel exala algo, como um sopro. Ela leva a carta ao nariz. É verão, mas ainda assim o pergaminho tem cheiro de outono, frágil e seco, aquela estação curta quando a natureza murcha e morre, quando as janelas são fechadas e as chaminés exalam fumaça e o inverno aguarda como uma promessa, quase palpável.

Do lado de fora, o sol aparece, e ela olha para cima e vê campos se estendendo de ambos os lados, flores, trigo e grama alta balançando levemente na brisa. Olivia quer sair do carro, abandoná-lo, se jogar na grama e abrir os braços como as garotas fizeram quando nevou no ano passado, embora houvesse menos de três centímetros de neve e elas sentissem o cascalho a cada movimento.

Mas ela não sai do carro, e o motorista continua avançando pela área rural. Ela não sabe quão longe está indo. Ninguém lhe disse, nem a governanta-chefe antes de sua partida, nem o condutor sentado na frente, tamborilando no volante com os dedos.

Ela guarda a carta no bolso, a segura ali como uma prova, um talismã, uma chave. Então atenta ao diário, em seu colo. A janela está entreaberta, e as páginas se movem na brisa, dedos de ar folheando entradas rabiscadas interrompidas de tempos em tempos por extensões de escuridão. Poças pretas que parecem manchas de tinta derramada até você apertar os olhos para perceber que há formas nessas sombras.

Não são acidentes de jeito nenhum, mas *desenhos*.

Tão diferentes dos desenhos cuidadosos nos blocos de Olivia, essas gravuras são manchas de tinta selvagens e abstratas que engolem páginas inteiras, sangrando através do pergaminho. E embora ocupem as páginas do diário da mãe, aquele não parece o lugar delas.

São coisas orgânicas estranhas, até belas, que se transformam e espiralam pela página, assumindo formas lentamente. Aqui tem uma mão. Aqui tem um corredor. Aqui tem um homem, com sombras se contorcendo aos seus pés. Aqui tem uma flor. Aqui tem um caveira. Aqui tem uma porta aberta para... o quê? Ou quem? Ou onde?

Por mais belas que sejam, Olivia não gosta de olhar essas imagens.

Elas a perturbam, rastejando por sua visão feito traças no chão do porão. A maneira como elas quase se tornam uma unidade e se desmancham de novo — feito espectros sob seu escrutínio — faz seus olhos embaçarem e sua cabeça doer.

A brisa sopra com mais força, levantando as página soltas, e ela fecha o diário, se forçando a olhar para os campos ensolarados que passam em ondas do outro lado da janela.

— Você não é muito de falar, né? — diz o motorista. Ele tem um sotaque pesado, como se sua boca estivesse cheia de seixos que ele tenta não engolir.

Olivia nega com a cabeça, mas é como se um selo tivesse sido rompido nesse momento, e o motorista continua a falar de uma maneira distraída, sinuosa, sobre crianças e cabras e o clima. As pessoas tendem a falar com Olivia, ou melhor, *para* Olivia, alguns desconfortáveis com o silêncio, outros a tratando como um convite. Ela não se importa dessa vez, sua própria atenção capturada pelo mundo vívido do lado de fora, pelos campos de tantos tons diferentes de verde.

— Nunca fui tanto assim para o norte — comenta ele, olhando de relance por cima do ombro. — Você já?

Olivia balança novamente a cabeça, apesar de, na verdade, ela não saber. Houve uma época antes de Merilance, afinal, mas esse tempo não tem forma, não passa de uma extensão de preto manchado. Ainda assim, quanto mais eles avançam, mais ela sente essa escuridão oscilar, sendo substituída não por lembranças, mas simplesmente pelo espaço onde ela estaria.

Talvez seja apenas sua mente lhe pregando peças.

Talvez seja a palavra — *lar* — ou a consciência de que alguém espera por ela, a ideia de que ela é querida.

Já passou da hora do almoço quando eles entram numa cidadezinha encantadora, e o coração dela acelera quando o carro se move mais devagar, com a esperança de que eles tenham chegado, de que estejam em Gallant, mas o motorista só quer esticar as pernas e comer alguma coisa. Ele salta do carro, grunhindo enquanto seus ossos estalam. Olivia o segue, surpresa pelo calor no ar e pelas nuvens entremeadas por raios de sol.

Ele compra duas tortas de carne numa loja e lhe entrega uma. Ela não tem dinheiro, mas o estômago dela ronca alto a ponto de o motorista ouvir, e ele pressiona a crosta quente contra a palma da mão dela. Olivia sinaliza um *obrigada*, mas ou ele não vê ou não entende.

Olivia olha ao redor, imaginando se ainda falta muito, e a pergunta deve estar estampada em seu rosto, porque ele diz:

— Ainda falta um pouco. — Ele dá uma mordida na torta de carne e aponta com a cabeça para as colinas distantes, que parecem mais altas e selvagens do que o terreno pelo qual já passaram. — Imagino que chegaremos lá antes de escurecer.

Eles terminam de comer, limpam as mãos gordurosas no guardanapo, e o motor é religado. Olivia se acomoda no banco, aquecida e alimentada, e em pouco tempo o mundo não passa dos roncos do carro e dos pneus na estrada e dos comentários pontuais do motorista.

Ela não tem a intenção de dormir, mas quando acorda, a luz está fraca, as sombras, longas, e o céu, manchado de rosa e dourado do crepúsculo. Até o solo mudou sob o carro, de uma estrada de fato para uma rua de terra batida. As colinas foram substituídas por montanhas rochosas, formas rugosas distantes que se erguem de ambos os lados feito ondas, e os muros sombrios de Merilance com o céu manchado de fuligem parecem estar a mundos de distância.

— Não falta muito agora — diz o motorista enquanto eles seguem pela estrada sinuosa, pelo meio de copas de árvores antigas, por cima de pontes estreitas e ao redor de uma curva rochosa. O portão aparece do nada.

Dois pilares de pedra com uma palavra arqueada em ferro acima.

GALLANT

O coração dela começa a disparar quando o carro avança lentamente pela entrada. Uma silhueta se ergue à distância, e o motorista solta um assobio baixo.

— Você é sortuda, hein? — diz ele, porque Gallant não é simplesmente uma casa. É uma *propriedade*, uma mansão duas vezes maior do que Merilance, além de muito mais grandiosa. Tem um telhado pontudo como claras em neve, janelas entalhadas e paredes de pedra clara que absorvem o pôr do sol da mesma forma que uma tela absorve tinta. Alas se estendem para ambos os lados, e árvores antigas e majestosas se postam nas pontas, seus galhos longos e amplos, e, por entre seus troncos, ela consegue até ver um jardim. Sebes, rosas e flores selvagens espreitam por trás da casa.

Olivia está boquiaberta. É um sonho, o mais próximo que ela já chegou de um, e tem medo de acordar. Ela absorve tudo como uma garota morrendo de sede, bebendo goladas em desespero, e que precisa se lembrar de parar, respirar e bebericar, se lembrar de que haverá tempo. De que ela não é uma estranha de passagem.

O motorista circula uma fonte imponente, com uma figura de pedra postada no centro. Uma mulher, cujo vestido esvoaça às suas costas como se tivesse sido atingido por uma rajada de vento, está de costas para a casa gigantesca, de cabeça erguida e uma das mãos levantada, palma estendida para a frente, e, enquanto o carro dá a volta na fonte, Olivia fica um pouco esperançosa de que a mulher vire a cabeça e os observe passar, mas é óbvio que isso não acontece. Seus olhos de pedra continuam virados para o caminho, o arco e a luz fraca.

— Chegamos, enfim — diz o motorista, parando o carro. O motor silencia, e ele sai do carro, pega sua mala estreita e a coloca nos degraus de entrada. Olivia também salta, suas pernas rígidas depois de tantas horas dobradas no banco traseiro. Ele faz uma mesura breve, murmura um suave "Seja bem-vinda ao lar" e volta para trás do volante no carro. O motor volta à vida com um estrondo.

Então ele vai embora, e Olivia está sozinha.

Ela gira lentamente, esmagando o cascalho com os sapatos. O mesmo cascalho claro que pavimentava o fosso em Merilance, que sussurrava *shh, shh, shh* a cada passo deslizante, e por um segundo, o mundo dela cambaleia e Olivia olha para cima, esperando encontrar a fachada de lápide da escola, a cabana do jardim e uma governanta esperando, de braços cruzados, para arrastá-la de volta para dentro.

Mas não há Merilance nem governanta, apenas Gallant.

Olivia se aproxima da fonte, seus dedos ansiosos para tocar na mulher. Mas, de perto, o poço aos seus pés está inerte, estático, com as bordas esverdeadas. De perto, há algo de ameaçador na curva do queixo da mulher, sua mão erguida como um alerta e não como um gesto de boas-vindas. Um comando. Pare.

Ela estremece. Está escurecendo depressa demais, o crepúsculo vai se tornando noite, e sopra uma brisa fria, roubando o que sobrara do calor de verão. Ela estica o pescoço, avaliando a casa. As persianas estão todas fechadas, mas suas bordas estão iluminadas.

Olivia segue em direção à casa, pega a mala e sobe os quatro degraus de pedra que levam à porta de madeira maciça marcada por um único círculo de ferro que se mostra frio sob seus dedos.

Olivia prende a respiração e bate.

E espera.

Mas ninguém vem.

Ela bate de novo. E mais uma vez. Em algum momento entre a quarta e a quinta batida, o medo que ela manteve sob controle, primeiro na sala da governanta-chefe, depois no carro enquanto ele a levava para longe de Merilance, o medo do desconhecido, de um sonho se dissolvendo numa verdade cinza e sombria, finalmente a domina. Ele a envolve com os braços, se esgueira por baixo de sua pele, contorna suas costelas.

E se não houver ninguém em casa?

E se ela tiver vindo até aqui e...

Mas então o ferrolho é puxado e a porta é aberta. Não totalmente, apenas o suficiente para que uma mulher olhe para fora. Ela é corpulenta, com feições pesadas e cachos castanhos rebeldes entremeados por fios grisalhos. Tem o tipo de rosto que Olivia sempre amou desenhar; todas as emoções expostas na pele, aberto, expressivo. E, nesse momento, todas as linhas e rugas se franzem numa careta de desaprovação.

— Pelo amor de Deus, o que... — Ela se interrompe ao ver Olivia, então olha para trás dela em direção à entrada vazia e de volta para ela. — Quem é você?

O coração de Olivia afunda um pouquinho. Lógico que eles não a reconheceriam, não de vista. A mulher a avalia como se ela fosse um gato de rua que foi parar na porta dela por acidente, e Olivia se dá conta de que ela está esperando que ela fale. Que se explique. Ela pega a carta no bolso ao mesmo tempo que a voz de um homem ressoa no corredor.

— Hannah, quem é? — pergunta, e Olivia olha para trás da mulher, torcendo para ver o tio. Mas, quando a porta se abre mais, ela olha rapidamente e sabe que não é ele. A pele do homem é vários tons mais escura do que a dela, o rosto dele é fino demais, sua postura arqueada pela idade.

— Não sei, Edgar — diz a mulher; Hannah. — Parece ser uma garota.

— Que estranho...

A porta se abre mais, e quando a luz banha o rosto de Olivia, a mulher arregala os olhos.

— Não... — diz ela suavemente, uma resposta a uma pergunta não dita. Então: — Como você chegou aqui?

Olivia oferece a carta do tio. O olhar da mulher dispara para o envelope, então para o seu conteúdo. E mesmo na luz fraca do saguão, ela consegue ver o rosto da mulher perder toda a cor.

— Eu não entendo. — Ela vira o papel, procurando por mais.

— O que foi? — insiste Edgar, mas Hannah apenas balança a cabeça, voltando o olhar para Olivia, e embora ela sempre tenha sido boa em ler expressões, não consegue entender o que vê. Confusão. Preocupação. E mais alguma coisa.

A mulher abre a boca, uma pergunta quase se formando em seus lábios, mas então ela estreita os olhos, não para Olivia, mas para o pátio às suas costas.

— É melhor você entrar — diz ela. — Sair da escuridão.

Olivia olha para trás. O sol terminou de se pôr, a noite se intensificando ao redor deles. Ela não tem medo do escuro, nunca teve, mas o homem e a mulher parecem intimidados por ele. Hannah abre bem a porta, revelando um saguão bem-iluminado, uma escadaria gigantesca, uma casa labiríntica.

— Vem logo — apressa ela.

Está longe de ser as boas-vindas que Olivia esperava, mas ela pega sua mala e entra na casa, e a porta se fecha às suas costas, bloqueando a noite.

O mestre da casa não está sozinho.

Ele tem três sombras, uma baixa, uma fina, uma larga, e elas observam enquanto ele se ergue da cadeira, ficando para trás como as sombras fazem.

Há um espaço entre a segunda e a terceira, e um observador atento poderia adivinhar que um dia, talvez, tenham existido quatro. Talvez, mas agora são apenas três, e elas seguem seu mestre enquanto ele avança pela casa que está e não está vazia.

Há coisas mortas observando nos cantos. Coisas que já foram humanas. Elas curvam suas cabeças espectrais e se encolhem quando o mestre e suas sombras passam, se retraindo nos cantos da casa. De vez em quando, um relanceia para cima com um olhar irritado, severo. De vez em quando, um se lembra de como eles acabaram ali no escuro.

O mestre arrasta as unhas pela parede e cantarola, o som flutuando como uma brisa. Há outros sons — o vento do lado de fora sussurra por entre as cortinas esfarrapadas, e um pedaço de gesso se quebra e se solta, e o lugar inteiro parece grunhir e inclinar e afundar —, mas os espectros são silenciosos e as sombras não conseguem falar, então a voz dele é a única que se propaga pela casa.

Parte Dois
A CASA

Capítulo Cinco

Olivia nunca estivera numa casa como aquela.

O saguão forma um arco como os ossos de uma enorme fera, lampiões preenchem o lugar com uma luz amarela suave, e ela olha ao redor, maravilhada com tudo o que vê: a escadaria grandiosa, os tetos altos e pisos adornados. Os olhos dela saltam de quadro para estampa, papel de parede para tapete para vidro para porta enquanto Hanna a guia para fora do saguão, passando por um corredor até chegar a uma sala de estar com duas cadeiras e um sofá dispostos diante da lareira. Olivia esquadrinha o cômodo, avaliando sua visão periférica, mas não há dentes nem olhos nem qualquer sinal de espectros. Ela olha para Hannah e Edgar, esperando que um deles vá buscar seu tio, mas eles ficam apenas parados na porta, trocando palavras breves e sussurradas como se ela não conseguisse ouvir.

— Dá uma lida — diz Hannah, pressionando a carta em suas mãos.

— Não faz sentido.

— Arthur sequer sabia...

— Ele teria dito alguma coisa...

Edgar franze o rosto.

— Ela é a cara da...

— Grace.

Há dor na maneira como Hannah diz o nome, e naquele momento ela sabe — ela *sabe* — que a origem do G na capa do diário da sua mãe, aquele quase inteiramente gasto pelos dedos de Olivia, não é Georgina, ou Genevieve, ou Gabrielle, mas *Grace*. Ela é invadida por uma onda de alívio. Eles conhecem a sua mãe. Talvez saibam o que aconteceu com ela.

— Olivia — diz Edgar, como se testando o nome. — De onde você veio?

Ela gesticula para o envelope, para o endereço rabiscado na frente. *Escola Merilance para Garotas Independentes*.

Hannah franze a testa, não para a carta, mas para ela.

— Você perdeu a voz?

Ela sente uma pontada de raiva. *Não*, sinaliza ela, com gestos bruscos, deliberados. *Eu não* perdi *nada*.

A resposta é apenas para si mesma, lógico. Ela sabe que eles não vão entender.

Ou é o que pensa, até Edgar responder.

— Me desculpe. — Ele sinaliza enquanto fala, e ela se vira para ele, mais animada. Faz tanto tempo desde a última vez que pôde falar com alguém que seus dedos já começam a voar pelo ar.

Mas ele ergue as mãos.

— Mais devagar — pede ele, sinalizando as palavras. — Estou muito enferrujado.

Ela assente e tenta de novo, formando a primeira pergunta com cuidado. *Cadê meu tio?*

Edgar traduz, e Hannah franze as sobrancelhas.

— Quando você recebeu essa carta?

Olivia sinaliza. *Hoje*.

Edgar balança a cabeça.

Gallant

— Não é possível — diz ele. — Arthur está...

Bem nesse momento, passos ressoam no corredor.

— Hannah? — chama uma voz, e, logo em seguida, um garoto entra a passos largos, analisando um par de luvas de jardinagem. Ele é bem mais velho do que Olivia, quase um homem, alto e magro como uma árvore jovem, com cabelo castanho-avermelhado.

— Acho que os espinhos estão ficando mais afiados — diz ele. — Tem outro rasgo aqui, perto do dedão, e...

Até que ele ergue o olhar e a vê perto da lareira.

— Quem é você? — pergunta ele em tom exigente, abandonando a suavidade em sua voz.

— Matthew — diz Hannah. — Essa é a Olivia. — E depois de um momento de silêncio: — Sua prima.

Tio. Sobrinha. E agora, um primo. Olivia sonhou a vida toda em ter uma família, em acordar um dia e descobrir que não estava sozinha. *Matthew* não recebe a notícia muito bem. Ele recua como se as palavras o tivessem golpeado.

— Isso é absurdo. Não existem mais membros da família Prior.

— Pelo visto existem — diz Edgar suavemente, como se a simples existência de Olivia fosse um infortúnio.

— Não. — Matthew balança a cabeça como se pudesse banir tanto o pensamento quanto ela. — Não, agora que Thom... Eu sou o último...

— Ela é da Grace — explica Hannah, e a ideia se embrenha em Olivia, a ideia de que ela poderia ser de alguém, mesmo que esse alguém não esteja mais ali.

— Mas a linhagem — rosna Matthew. — Meu pai disse... Você *sabia?*

— Não, evidente que não — diz Hannah, mas palavras faladas são desastradas, e Olivia percebe a falha em sua voz, o tom mais agudo. Ela está mentindo. Mas Matthew não repara. Ele não está escutando.

— Deve haver algum erro — diz ele. — O que ela disse a vocês?

Eu estou bem aqui, pensa Olivia. As mãos dela formam as palavras, mas ele a está tratando como um espectro, algo que ele pode simplesmente ignorar. Ela, então, pega o objeto frágil mais próximo — um vaso — e o empurra da cornija.

Ele aterrissa com um barulho eficaz, se estilhaçando no chão de madeira, alto o bastante para interromper o falatório de Matthew. Ele se volta contra ela.

— Você. Quem é você de verdade? Por que veio para cá?

— Ela não consegue falar — diz Edgar.

— Mas ela foi convidada — responde Hannah, erguendo a carta.

— Por quem? — pergunta Matthew, arrancando o papel fino da mão dela.

— Seu pai.

Ele perde toda a luz. Todo o calor e a fúria. Naquele instante, ele parece jovem e assustado. Então fecha a cara, avança para a lareira e joga a carta no fogo.

Olivia dá um salto para a frente, mas ele a empurra para trás enquanto o papel se inflama e queima. As palavras do tio desfazendo-se em fumaça.

— Olha para mim — diz Matthew, agarrando os ombros de Olivia. Os olhos dele, de um cinza mais claro do que os dela e permeados de azul, estão atormentados. — Não sei quem te mandou aquela carta, mas não foi meu pai. Ele está morto há mais de um ano.

Morto. A palavra a deixa atordoada.

Mas não faz sentido. Ela fecha os olhos, relembrando a caligrafia firme.

Venha para casa, querida sobrinha.

Não vemos a hora de recebê-la.

— Matthew — diz Hannah tentando persuadi-lo. — Ele não poderia ter escrito antes de...

— Não — esbraveja ele, a palavra pesada como uma porta.

Gallant

Ele olha irritado para Olivia, apertando o braço dela com mais força. Ele é magro e parece não dormir há semanas, mas algo nos seus olhos a assusta.

— Ele disse que eu era o último. Ele disse que não havia mais nenhum. — A voz dele falha, como se sentisse dor, mas seus dedos afundam na pele dela. — Você não pode ficar aqui.

Ela se contorce para se livrar do aperto dele. Ou talvez ele a empurre para longe. Seja como for, uma distância de um passo subitamente surge entre eles, um abismo estreito mas intransponível. Eles se encaram.

— Você nunca deveria ter vindo para Gallant. — Ele aponta para a porta. — Vá embora.

Olivia fica completamente chocada. Hannah e Edgar trocam um olhar.

— Está escuro demais agora — diz Edgar. — Ela não pode ir embora hoje à noite.

Matthew xinga baixinho.

— Assim que o sol nascer, então — ordena ele ao sair bufando de raiva. Então exclama por cima do ombro: — Saia desta casa e não volte jamais.

Olivia encara as costas dele, furiosa e confusa. Ela olha para Hannah e Edgar, torcendo por alguma explicação, mas nenhum dos dois fala nada. Os três ficam parados na sala de estar, em silêncio exceto pelo som das botas de Matthew pisoteando o chão, do estalo do fogo, da respiração irregular de Olivia.

Ela encara as chamas, a carta destruída, levando consigo seus sonhos sobre Gallant. Ela olha para a mala, então para a porta. Para onde deveria ir?

Hannah suspira.

— Não há razão para se preocupar hoje à noite. Vamos resolver tudo pela manhã. — Ela se reclina no sofá, e Edgar apoia uma das mãos no braço dela. Olivia percebe como ela se inclina em direção ao toque. — Sinto muito — diz Hannah. — Matthew não é mais o mesmo atualmente. Ele já foi um amor de menino.

Olivia acha difícil acreditar nisso. Ela tenta fazer contato visual com Edgar para perguntar o que aconteceu, mas ele não a encara de volta, então ela se ajoelha para catar os cacos do vaso quebrado. Hannah a afasta.

— Deixe isso — fala ela, então, com um sorrisinho: — Você me fez um favor. Sempre o achei feio. Pois bem — ela se levanta depressa de novo —, você deve estar com fome.

Na verdade, ela não está, mas Hannah nem espera por uma resposta.

— Vou ver o que consigo aprontar — anuncia ela. — Edgar?

— Vamos lá, criança — diz ele, pegando a mala. — Vou levá-la a um quarto.

As escadas são velhas, mas firmes, seus passos quase sem fazer barulho enquanto Edgar a leva para o andar de cima.

Ela faz contato visual com ele e sinaliza: *Há quanto tempo você está aqui?*

— Tempo demais — responde ele com um sorriso triste. Então: — Há mais tempo do que Matthew, mas não tanto quanto Hannah.

Você conheceu a minha mãe?, pergunta ela.

— Conheci. Ficamos arrasados quando ela desapareceu.

O coração de Olivia dispara, as palavras da mãe vindo à sua cabeça.

Livre: uma palavra pequena para algo tão magnífico.
Não sei qual é a sensação, mas quero descobrir.

A mãe dela não foi levada de Gallant. Ela foi embora de propósito. Olivia mexe as mãos depressa, transbordando perguntas.

Aonde ela foi? Você sabe por quê? Ela voltou?

Gallant

Edgar faz que não com a cabeça, um pêndulo lento e estável. *Ela está morta?*

Esta é a pergunta que ela sempre teve medo de fazer, porque a verdade é que ela não sabe. Sempre que lê as últimas páginas do diário, imagina a mãe recuando para a beira de um penhasco. Um passo depois do outro até que o chão suma junto com ela.

Há um adeus costurado a cada palavra, mas ainda assim...

Ela está morta?, pergunta de novo, porque Edgar parou de balançar a cabeça. Seus ombros se erguem. Sua expressão murcha.

— Desculpe — diz ele. — Eu não sei.

A frustração a toma por completo, não por causa de Edgar, mas *dela*, de *Grace*, da mulher que desapareceu, deixando apenas um caderno surrado e uma criança silenciosa num degrau. Da maneira como a história termina, sem a promessa de um fim.

Eles chegam ao patamar superior, e Edgar a guia por um corredor amplo ladeado por portas, todas fechadas.

— Ah, chegamos — diz ele, em frente à segunda entrada à esquerda.

A porta se abre com um sussurro para dentro de um belo quarto, maior e duas vezes melhor do que qualquer aposento das governantas. Seu olhar recai sobre a cama; não uma caminha, mas uma grande cama com dossel e travesseiros de pluma. Tão larga que ela poderia esticar os braços e não alcançar a beirada.

Edgar se retira, mas não antes de Olivia sinalizar *obrigada*.

— Pelo quê? — pergunta ele, e ela gesticula para o quarto, a casa e ela mesma antes de dar de ombros. *Por tudo.*

Ele assente, abrindo um sorriso.

— Hannah subirá em breve — diz antes de ir embora, fechando a porta ao sair.

Olivia fica parada por um momento, sem saber o que fazer. Ela nunca teve o próprio quarto e sempre se perguntou como seria a sensação de ter um espaço só dela, uma porta que pudesse fechar. E apesar da esquisitice da cena no andar de baixo, da crueldade do primo e das perguntas se acumulando em sua cabeça, ela rodopia pelo chão e se joga na cama. Espera erguer uma nuvem de pó, mas não há pó, apenas o seu corpo afundando na pluma macia. Ela fica deitada ali, com os braços esticados feito um anjo de neve.

Meu quarto, pensa ela, antes de se lembrar de que é dela apenas por esta noite.

Ela senta e olha ao redor, avaliando tudo o que está ali. Há um guarda-roupa elegante, um divã e uma escrivaninha diante de uma grande janela, com as persianas fechadas. Do outro lado do quarto há uma segunda porta, que Olivia abre à espera de um armário, ou talvez outro corredor, mas é um banheiro, um espaço magnífico com um espelho, uma pia e uma banheira vitoriana. Não uma bacia de aço e um palmo de água morna, mas uma banheira de porcelana enorme, grande o bastante para mergulhar o corpo inteiro.

Não há outras garotas se acotovelando para chegar à pia, acabando com a água quente e dando ombradas nela para poder arrumar o cabelo, examinar seus rostos. Ela então se demora, estudando o próprio reflexo, como já fizera tantas vezes, esquadrinhando-o como faz com o diário da mãe, procurando pistas sobre quem ela é, de onde veio.

Eis seus olhos, cinza-ardósia. Sua pele pálida, mas não como porcelana. Seu cabelo, quase preto como carvão.

Olivia nota um pequeno pente na bancada, adornado com flores azuis. Ela passa os dedos pelos dentes delicados, o pega e o prende acima da orelha. As flores azuis cintilam contra o seu cabelo, que desce escorrido até roçar os ombros. Ela o cortou naquela primavera, num acesso de rebeldia. Odiava as tranças formais que as garotas de Merilance eram obrigadas a usar, então roubou um par de tesouras de costura e o cortou na altura da gola, do tamanho exato para tornar impossível ser trançado. Ela sorri um pouco sempre que pensa na expressão da Governanta Agatha, a raiva impotente.

Ela tira o pente do cabelo, devolve-o à bancada e decide preparar um banho para si mesma.

A água que espirra para fora é quente e cristalina e seus dedos sentem o vapor que exala.

Ela tira a roupa e entra na banheira, saboreando o calor quase doloroso. Há um trio de garrafas elegantes enfileirada na parede ao lado da banheira, todas meio cheias. As tampas estão duras, e, enquanto ela se esforça para abrir uma delas, a embalagem escorrega e derrama seu conteúdo dentro da banheira. Em segundos, há bolhas perfumadas por todo canto, e ela ri, uma exalação suave, do absurdo da situação, de um dia que começou com ela descascando batatas em Merilance e que terminou aqui, numa casa sem tio nenhum e com um garoto que não a quer ali, numa banheira cheia de sabonete de lavanda.

Ela afunda sob a superfície, onde o mundo é silencioso e escuro e dá batidinhas na lateral da banheira, o som ecoando suavemente ao redor. Como chuva no telhado de uma cabana de jardim. Ela fica lá dentro até a água esfriar, até sua pele enrugar, e mesmo assim, ela só é atraída para fora pela promessa do jantar e da cama que a espera.

Olivia se levanta, os pensamentos são densos e o corpo está pesado, e se enrola numa toalha branca felpuda. O vapor derrete do espelho, e provavelmente é apenas o calor do banho, mas suas bochechas parecem mais coradas, sua pele menos pálida, como se ela tivesse deixado sua versão antiga como uma camada de sabão na banheira.

A roupa dela está empilhada no chão. Um monte de pano cinza. Ela quer queimá-la, mas é tudo o que tem. Abre o guarda-roupa com intenção de jogá-la lá dentro. E para.

Alguns cabides vazios pontilham a arara, mas o resto está coberto por vestidos. Ela passa os dedos por algodão, lã e seda. Alguns comidos por traça, a costura afrouxada pelo tempo, mas continuam sendo os melhores tecidos em que já tocou. É óbvio que o quarto já pertenceu a outra pessoa, e também que foi alguém que já fora embora há um tempo, apesar de ser estranho que tenha deixado tantas coisas para trás. Mais estranho ainda que o quarto tenha sido mantido intacto, intocado — os frascos ao lado da banheira, o pente na pia, as roupas no armário —, como se ela pudesse voltar a qualquer instante.

Numa gaveta, Olivia encontra uma camisola creme. É comprida e larga demais, mas ela não se importa. O tecido é suave e quente em sua pele, e ela deixa que a roupa a engula.

Ela não ouviu Hannah entrar, mas uma bandejinha de chá caprichada a espera no divã. Uma tigela de ensopado. Uma fatia de pão. Uma lasca de manteiga. E um pêssego. Uma chavezinha dourada agora se projeta para fora da fechadura na porta. Ela pressiona o ouvido contra a porta ao virá-la, escuta o clique satisfatório, o peso maravilhoso do metal na mão. O luxo de uma porta trancada.

O ensopado é rico e quente, o pão crocante e macio por dentro, a fruta perfeitamente doce, e quando termina, ela se joga na cama, certa de que nunca estivera tão limpa ou tão confortável.

Você é querida. Você é necessária. Seu lugar é conosco.

Ela se envolve nessas palavras, tenta segurá-las bem perto, mas à medida que seu corpo afunda nos lençóis, o mesmo acontece com seu estado de espírito, até que ela só consiga ouvir a voz de Matthew.

Meu pai não te mandou aquela carta, disse ele, jogando o papel nas chamas.

Mas se Arthur Prior não escreveu para ela, *quem* foi?

Temo que não fosse minha mão na bochecha dela
não fosse minha voz na minha boca
não fossem meus olhos a observando dormir

Capítulo Seis

Olivia não consegue dormir.

A casa tem muito espaço e pouco som para preenchê-la. Não há barulhos da cidade ali, nenhum ranger de molas. Nenhuma governanta subindo e descendo pelos corredores, nenhuma voz vinda das ruas. Em vez do sono e da respiração ofegante e do suspiro de duas dúzias de garotas, só há a própria respiração, o próprio movimento na cama grande demais.

Ela se deita sem dormir, com o diário da mãe pressionado contra o peito enquanto escuta, se concentrando para descobrir a melodia de Gallant.

Olivia passou anos aprendendo as notas que compunham Merilance, o arrastar de pés com meias, os murmúrios sonolentos no meio da noite, o assobio e estalo dos radiadores, a batida da bengala da chefe das governantas no chão de madeira enquanto ela atravessava a casa.

Aqui, dentro do quarto emprestado, ela não escuta... nada.

Mais cedo, ela escutou a movimentação de Hannah e Edgar, suas vozes mal passando de agudos e graves pelos corredores.

Ouviu uma porta bater; e imaginou que fosse Matthew. Mas agora está tarde, e todos os sons se aquietaram, deixando apenas um silêncio abafado, as paredes grossas demais, a noite mantida do lado de fora por trancas e persianas.

Olivia não suporta o silêncio. Ela risca um fósforo, provocando um estalo agradável ao surgir da chama, afastando a escuridão. Algo se contorce em sua visão periférica, mas é apenas a pequena chama dançando nas paredes.

Ela acende uma vela e abre o caderno da mãe para ler, apesar de saber as palavras de cor.

Eu já tive um pássaro. Ele ficava numa gaiola. Até que um dia alguém o soltou. Fiquei tão brava na época, mas agora me pergunto se fui eu. Se levantei à noite, meio adormecida, e abri o ferrolho e o deixei ser livre.

Livre: uma palavra pequena para algo tão magnífico.

Enquanto lê, ela deixa que seus dedos vaguem pelos estranhos desenhos. Na luz instável, seus olhos pregam peças nela, retorcendo as manchas de tinta até parecer que estão se movendo.

Ela não gosta de se demorar nas últimas entradas, as mais sombrias, então as folheia, lendo apenas trechos.

... Eu dormi nas suas cinzas ontem à noite... Nunca foi tão silencioso... A voz dele na sua boca... Eu quero ir para casa...

Até que tudo para ao mesmo tempo. A escrita irregular vai se reduzindo, deixando apenas um espaço vazio, páginas em branco se estendendo até a última, onde a carta a espera.

Olivia Olivia Olivia

Seu olhar recai para o final da página.

Você ficará segura desde que mantenha distância de Gallant

Ela espreme os olhos para a palavra, por anos um mistério; ainda um mistério.

Então afasta a coberta e se levanta.

Por tanto tempo, Gallant não passou de uma palavra, a última que sua mãe escreveu. Agora ela sabe que é um lugar, e está *aqui*, e se não tem permissão para ficar além daquela noite, bem, então quer ver o máximo que puder dele. Conhecer o traçado da casa onde sua mãe viveu, como se conhecer uma fosse ajudar a explicar a outra.

A chave gira com um clique, e ela sai silenciosamente para o corredor. Todos os cômodos estão escuros, com exceção de um, com um estreito feixe de luz embaixo da porta. Ela protege a vela com a mão e segue se esgueirando descalça pelo corredor.

Olivia sempre apreciara sons, mas sabia ser silenciosa.

Em algumas noites, em Merilance, ela saía de fininho da cama e perambulava pela casa escura, fingindo ser um tipo de conquista. Ela rodopiava pelos corredores vazios, só porque podia. Contava os passos de um lado ao outro, embaçava as janelas com a respiração e desenhava no vapor, sua única testemunha o espectro que se sentava na escada e a espiava por entre os balaústres.

Ali, no escuro, ela podia fingir que o lugar era dela.

Mas, por mais que tentasse, o prédio cinza e soturno nunca cumpria seu papel. Ele era frio demais, oco demais, ele próprio demais, e toda noite, quando voltava para a cama, ela era lembrada de que Merilance era uma casa, mas nunca seria um lar.

Ela diz para si mesma que Gallant também não será um lar, não se depender de Matthew, e ainda assim, ao descer as escadas, sentindo o corrimão polido sob a palma da mão, tudo parece tão... familiar. A cada passo silencioso, a casa se inclina para perto e sussurra *olá*, sussurra *bem-vinda*, sussurra *lar*.

Ela refaz seus passos, cruzando o saguão até a sala de estar, o fogo agora reduzido a um punhado de brasas, o vaso quebrado varrido do chão. Dali ela vaga para os profundezas da casa. Encontra uma sala de jantar, a mesa comprida o bastante para acomodar uma dúzia de pessoas; um lounge com mobília de aparência intocada; uma cozinha, ainda morna.

Enquanto Olivia atravessa a casa, a vela oscila, assim como a sua sombra. Quando ela muda a luz de uma das mãos para a outra, a sombra tremula ao seu redor, e ela leva um tempo para perceber que não está sozinha.

O espectro está no meio do corredor.

Uma mulher, ou ao menos partes dela, paira no ar feito fumaça. Uma cortina de cabelo escuro. Ombros estreitos. Uma das mãos se estendendo como se para tocá-la.

Olivia pula para trás com surpresa, esperando que o espectro desapareça. Isso não acontece. Em vez disso, vira de costas para ela e avança depressa pelo corredor, entrando e saindo do campo de visão de Olivia como as sombras de um corpo no meio de luzes.

Espere, pensa, enquanto a criatura foge, chega à porta no final do corredor e passa direto por ela. Olivia corre atrás do espectro, pisando com força no tapete, a vela quase apagando quando ela abre a porta para a escuridão rasa. Quando ela entra, a vela mostra um escritório, de pé-direito alto e sem janelas. Ela se vira, procurando nos cantos, mas o espectro sumiu.

Olivia solta uma respiração entrecortada. Sempre se perguntara se as coisas que via estavam ligadas a Merilance. Se o lugar era assombrado, ou se era ela. Pelo visto, não era a escola. Quando ela se vira para sair, a vela balança em sua mão, fazendo a luz dançar por estantes de livros, uma escrivaninha de madeira escura, até recair sobre a curva de metal que está ali.

Olivia franze a testa, se aproximando do objeto estranho, quase tão alto quanto ela.

Se existe uma palavra para ele, ela não a conhece.

Tem aparência mecânica. Meio relógio e meio escultura. Um tipo de... esfera, feita de anéis concêntricos, cada um num ângulo diferente. De perto, ela vê que há duas casas dentro da peça, cada uma equilibrada em seu próprio anel de metal.

Seu dedo se contrai. Ela não consegue se livrar da sensação de que o mais leve empurrão desequilibraria a coisa toda e derrubaria a peça no chão. Ainda assim, não consegue se controlar. Ela ergue a mão, e...

A porta range às suas costas.

Olivia se vira tão rápido que a vela em sua mão se apaga, mergulhando o cômodo na escuridão.

O medo a domina, súbito e intenso. Ela sai do escritório, piscando furiosamente, forçando os olhos a se acostumarem. Mas as persianas estão todas fechadas, e a escuridão da casa é densa. Ela tateia seu caminho pelo corredor, lembrando a si mesma de que não tem medo do escuro, mesmo que nunca tenha presenciado uma escuridão como esta. A casa parece crescer ao redor dela, os corredores se ramificando, se multiplicando, até Olivia ter certeza de que está perdida.

Então, à sua direita, sua visão se aguça, a escuridão suaviza e ela consegue distinguir os contornos de um espaço. Em algum lugar, há uma luz. Não clara, mas aquosa e branca. Ela entra num corredor estreito e encontra outro saguão, menor. E ali, no fundo, uma porta.

Há dois tipos de porta numa casa.

O tipo que leva de um cômodo a outro, e o tipo que leva de dentro para fora; e esta é do último tipo. Uma luz fraca se infiltra por um pequeno painel de vidro embutido na madeira. Ela precisa ficar na ponta dos pés para ver através da janela, e quando o faz, encontra uma lua crescente no céu, banhando o jardim abaixo com feixes prateados.

O jardim. Aquele que ela vira assim que o carro circundou a entrada, a promessa de algo adorável escondido atrás da casa.

Mesmo no escuro, é um visão e tanto. Árvores e treliças de rosas, caminhos de cascalho e flores bem-cuidadas e um tapete de grama. Ela quer escancarar a porta e se jogar para a noite, caminhar descalça pela grama, sentir as pétalas aveludadas das rosas, se deitar num banco sob a lua, aspirar a beleza antes de ser mandada embora.

Ela tenta abrir a porta, mas está trancada.

Olivia tateia os bolsos da camisola, desejando ter trazido seu conjunto de ferramentas para arrombar fechaduras. Mas então sente a chave dourada da porta do quarto. É um formato simples, não muito diferente de um W. E, numa casa com tantas portas, seria bom ter mais do que uma chave? Olivia a desliza para dentro da fechadura, prende a respiração e gira a chave, esperando resistência. Em vez disso, ela ouve o barulho abafado de um trinco se abrindo.

A maçaneta é fria sob seu toque, e quando ela a gira, a porta se abre com um sussurro, apenas uma fresta, carregando o ar frio da noite e...

Um homem surge da escuridão.

Ele passa direto pela porta de madeira e para dentro do saguão. Não tem metade do rosto, e Olivia cambaleia para trás, para longe da porta e do homem que não está nem perto de ser um homem, e sim um espectro. Ele faz uma carranca com seu único olho, uma das mãos manchadas estendida, não numa saudação, mas em alerta. Ele não pode tocá-la, diz ela para si mesma, não está *ali*, mas quando ele avança com passos firmes, dedos fechados em punho, ela se vira e corre sem enxergar nada pelo escuro, mas encontrando o caminho de volta para a escadaria e o corredor do andar de cima e a porta do seu quarto, fechando ao entrar.

E mesmo que seja apenas madeira, ela se sente mais segura ao fechá-la.

O coração de Olivia martela nos ouvidos enquanto ela se enfia embaixo das cobertas, trazendo o diário da mãe para perto como se fosse um escudo. Ela nunca teve medo do escuro, mas esta noite, ela reacende o lampião. Enquanto se senta apoiando as costas na cabeceira e olhando para as sombras, ela percebe...

Deixou a chave na porta do andar de baixo.

Capítulo Sete

Olivia não se lembra de pegar no sono.

Ela não se lembra de se levantar também, mas deve ter levantado porque o dia já amanheceu e ela está sentada na mesinha diante da janela. As persianas foram escancaradas, e a luz do sol se derrama para dentro, quente e forte sobre a escrivaninha, suas mãos, o diário, o G dourado gravado na capa. É o caderno de sua mãe, mas, ainda assim, está diferente. É vermelho em vez de verde, e não há linhas paralelas entalhadas na capa, e quando ela o folheia, a escrita se embaça, se dissolvendo toda vez que tenta ler.

Ela estreita os olhos, tentando compreendê-las, certa de que as letras estão prestes a criar forma.

Uma mão se apoia no seu ombro, o toque suave e quente, mas quando ela vira a cabeça para olhar, a mão está apodrecida, com os ossos visíveis através da pele arruinada.

Olivia se senta ofegante.

Ela ainda está na cama. As persianas estão fechadas, deixando passar uma luz fraca pelas beiradas. Seu coração martela e sua cabeça gira enquanto ela precisa de um tempo para entender o que aquilo foi: um *sonho*. Ele já está escorrendo por entre seus dedos, os detalhes se perdendo, e ela aperta os olhos com as palmas das mãos, tentando se lembrar. Não da mão de espectro, mas do diário.

Olivia afasta as cobertas e vai até a escrivaninha, uma parte dela à espera de encontrar o caderno vermelho no tampo, mas ele não está ali. Seu olhar recai para a gaveta na frente da escrivaninha, o buraquinho da chave como uma gota de tinta. A gaveta resiste quando ela a puxa, mas é um cadeadinho fajuto, e ela só precisa de um grampo de cabelo e de alguns segundos para abri-lo.

Em seu interior, ela encontra uma almofadinha cheia de alfinetes. Um pequeno bastidor de bordado, papoulas pela metade no centro do tecido claro. Um pote de tinta, um punhado de desenhos em papéis soltos e algumas folhas de papel timbrado, ornados com duas letras elegantes em relevo: GP.

Grace Prior.

Lógico. Este era o quarto da mãe dela.

Olivia passa a mão sobre a escrivaninha, a madeira gasta e lisa pela idade. Tomada por uma urgência estranha, ela volta para a cama e revira os lençóis bagunçados até encontrar o diário que sempre teve, com sua capa verde amassada. Ela o coloca delicadamente sobre a escrivaninha. Não há um sulco do tamanho dele, nenhuma silhueta onde o sol desbotou a madeira, mas ainda assim, ele se *encaixa*. O belo caderno verde, tão deslocado em Merilance, pertence a este lugar, se mistura perfeitamente, como desenhos feitos pela mesma mão.

Olivia puxa a cadeira e se senta na sombra da mãe, com as mãos levemente apoiadas sobre a capa. O sonho flutua de volta para ela, e ela fecha os olhos e tenta conjurar mais detalhes antes que ele deslize para longe.

Alguém bate na porta, e ela se sobressalta. Guarda o diário na gaveta como um segredo e se levanta bem no momento em que Hannah entra como uma rajada de vento, equilibrando uma bandeja de chá no quadril.

— A casa fica fria de manhã — diz ela, animada. — Achei que você gostaria de se esquentar um pouco.

Olivia assente em agradecimento e se afasta enquanto Hannah coloca a bandeja sobre a escrivaninha e estende a mão para abrir a trava. As persianas se abrem, enchendo o quarto de ar fresco e raios de sol. Então Hannah tira a chave dourada do bolso e a deixa sobre a escrivaninha. Olivia estremece ao vê-la, a repreensão vindo do metal caindo sobre a madeira.

— Você *não deve* sair no escuro — diz Hannah como se recitasse uma regra.

Havia muitas regras em Merilance. A maioria parecia oca, sem sentido, criada apenas para reafirmar o controle das governantas. Mas há uma preocupação real nos olhos de Hannah, então Olivia concorda, mesmo que não vá passar outra noite ali.

Com as persianas abertas, Olivia percebe que o quarto dela fica na frente da casa, a janela virada para a entrada de carros, a faixa de estrada e o arco de ferro distante anunciando GALLANT. Ela baixa o olhar, mas não vê nenhum carro esperando para levá-la de volta a Merilance, apenas a fonte e a pálida mulher de pedra em seu centro.

O olhar de Hannah baixa para a gaveta da escrivaninha, o grampo de cabelo ainda se projetando da tranca. Olivia prende a respiração, preparada para a reprimenda, mas a mulher apenas dá uma risadinha suave e genuína.

— Sua mãe era uma menina curiosa também.

Olivia se lembra, então, de Edgar dizendo que Hannah estava ali havia mais tempo, e a mulher deve conseguir ver as perguntas estampadas no rosto de Olivia, porque ela assente e diz:

— Sim. Eu conhecia Grace.

Grace, Grace, Grace. O nome se desenrola pela sua mente.

— Matthew não se lembra dela — continua Hannah. — Ele ainda era criança quando ela foi embora, mas eu estava aqui quando ela nasceu. Eu estava aqui quando ela fugiu. A casa inteira, o que sobrou dela, esperou por Grace, mas eu sabia que ela não voltaria.

Me conta, sinaliza Olivia, com esperança de que Hannah conseguisse ler o anseio em seus olhos, se não em suas mãos. *Me conta tudo.*

A mulher afunda na cadeira, parecendo subitamente cansada. Ela passa a mão pelo cabelo, e Olivia vê as mechas grisalhas se infiltrando pelos cachos castanhos. Ela lhe serve uma xícara de chá, mas Hannah só dá uma risadinha e acena para que ela beba. Olivia a leva aos lábios. Tem gosto de menta e mel e primavera, e ela envolve a xícara com os dedos enquanto Hannah fala.

— Quando eu te vi nos degraus de entrada, pensei que fosse um fantasma.

Olivia gesticula para sua pele pálida, mas Hannah sorri e balança a cabeça.

— Não, não desse jeito. É só que você é igualzinha a ela. Sua mãe. Grace era uma criança geniosa. Uma garota esperta. Mas vivia inquieta aqui. — Hannah entrelaça os dedos no colo. — A mãe dela foi embora quando ela era nova, e o pai adoeceu quando ela tinha mais ou menos a sua idade, e morreu em um ano. O irmão mais velho dela, Arthur, estava viajando, e, naquele ano, eu e sua mãe tivemos a casa inteira para nós. Tanto espaço, e ainda assim, ela estava sempre procurando por mais. Sempre vagando. Sempre investigando.

Eu já tive um pássaro. Ele ficava numa gaiola.

— Ela era tão danada, sua mãe, e a casa era grande demais para nós duas, então eu contratei Edgar para ajudar. Então Arthur voltou com uma garota adorável, chamada Isabelle, e eles se casaram no jardim. Eu mesma fiz o bolo. Matthew nasceu, então Thomas estava a caminho quando...

Ela engole em seco subitamente, como se pudesse retirar as últimas palavras.

— Bem — diz ela —, era um tempo feliz. Mas, mesmo naquela época, Grace pensava em partir.

Mas um dia alguém o soltou.

— Arthur era estável, mas ela era como fumaça, sempre tentando escapar. — O olhar de Hannah vaga pelo quarto. — Entrei aqui numa manhã e ela tinha sumido. As persianas estavam escancaradas, a janela aberta, como se ela tivesse saído voando.

Olivia olha para a janela.

Agora eu me pergunto se fui eu.

Hannah limpa a garganta.

— Você pode culpá-la por ter ido embora, mas eu nunca consegui. Não é fácil morar aqui.

Nem em Merilance, pensa Olivia, taciturna. Ela teria escolhido Gallant em dois segundos, se alguém tivesse lhe perguntado. Esse lugar é um palácio. Esse lugar é um sonho.

Hannah ergue o olhar, avaliando o rosto de Olivia.

— Ela escreveu para mim uma vez. Antes de você nascer. Não quis dizer onde estava ou aonde ia. Não quis dizer nada sobre o seu pai, mas eu sabia que havia algo errado. Dava para ver no jeito como ela escrevia.

Hannah faz uma pausa, e Olivia vê um brilho nos olhos dela, o alerta das lágrimas.

Eu fico maior, mas você fica menor a cada dia. Consigo vê-lo definhar. Tenho medo de enxergar através de você amanhã. Tenho medo de você ter sumido em seguida.

— Ela não disse adeus, mas eu vi o fim em todas as palavras, e sabia, simplesmente *sabia*, que algo acontecera.

Uma única lágrima desce pela bochecha envelhecida dela.

— Depois disso, eu me preocupei com vocês duas. E, quando ela não voltou a escrever, temi o pior por Grace. Mas tinha uma sensação de que você ainda estava por aí. Talvez fosse apenas uma esperança. Comecei a fazer uma lista de lugares onde você poderia estar, se você tivesse nascido, se ela tivesse escolhido levar você para algum lugar. Mas, no fim, eu não consegui... ou melhor, nunca tentei te encontrar.

Mas alguém tentou. Alguém a chamou para casa.

— Acho que parte de mim tinha esperanças de que você estivesse em algum lugar seguro.

Aquela palavra de novo... seguro. Mas o que é *segurança*? Tumbas são *seguras*. Merilance era *segura*. *Seguro* não quer dizer *feliz*, não quer dizer bem, não quer dizer gentil.

— Já vi tantos Prior definharem aqui — murmura Hannah para si mesma. — Tudo para proteger aquele maldito portão.

Olivia franze a testa. Ela toca a mão de Hannah, e a mulher se assusta, voltando a si.

— Sinto muito — diz ela, secando as lágrimas da bochecha e se levantando. — E olha que eu só vim para te dizer que há uma panela de mingau no fogão.

Olivia encara Hannah enquanto ela sai apressada, com uma centena de perguntas emaranhadas na cabeça. A meio caminho da porta, a mulher para e enfia uma das mãos no bolso.

— Ah, quase me esqueci — diz ela. — Encontrei isso lá embaixo. Achei que você pudesse gostar.

Ela tira um cartão do tamanho da palma dela e o vira para Olivia, que se contrai diante do que vê. É um retrato. O rosto de uma moça, olhando para o lado. Poderia ser uma foto *dela*, daqui a vários anos, se o cabelo fosse mais escuro, o queixo um pouco mais pontudo. Mas o olhar é o mesmo — de pura travessura —, e ela percebe duas coisas.

Que está olhando para uma imagem da mãe.

E que já a vira antes.

Ou melhor, pedaços dela, flutuando no corredor do andar de baixo.

O que significa que Hannah está certa, e errada. A mãe dela nunca voltará para casa.

Ela já está aqui.

Fique comigo. Fique comigo. Fique comigo. Eu escreveria essas palavras mil vezes se elas fossem fortes o bastante para segurar você aqui.

Capítulo Oito

Grace Prior está morta.

Depois de todos esses anos, Olivia sabia que a mãe não voltaria. Mas, ainda assim, havia sempre aquela frestinha de esperança. Como uma porta deixada entreaberta. Agora ela se fecha.

Ela afunda no divã com o retrato nas mãos.

O que houve com você?, pensa ela, consultando a imagem como se não fosse estática, uma coleção de contornos e tinta a óleo. Como se pudesse lhe dizer qualquer coisa.

Por que você foi embora?, pergunta ela, sabendo que se refere tanto a Gallant quanto a si própria. Mas a garota no retrato apenas desvia o olhar, distraída, já planejando sua fuga.

Olivia solta um suspiro exasperado. Ela teria mais sorte, pensa, se perguntasse ao espectro. Talvez *pergunte*. Ela se levanta, deixando o retrato na escrivaninha, e anda em direção à porta, até que passa na frente de um espelho e percebe que ainda está de camisola.

O vestido de ontem está no chão, sem graça, rejeitado. A mala está aberta, o segundo traje cinza à espera. Essas roupas pertencem a outra pessoa, a uma aluna de Merilance, a uma órfã numa cabana de jardim. Olivia não consegue se forçar a vestir aquela vida de volta e senti-la em sua pele.

Ela vai até ao guarda-roupa e avalia os vestidos ainda pendurados lá dentro, tentando reconstruir a mãe a partir de retalhos de tecido, tentando formar a imagem de uma mulher que nunca conheceu. Todos eles ficam largos em Olivia, mas não em excesso. Alguns centímetros distribuídos ao longo do corpo. Alguns anos de diferença. Quantos anos Grace tinha quando foi embora? Dezoito? Vinte?

Olivia escolhe um vestido amarelo-manteiga e um par de sapatilhas, um tamanho maior. Seus calcanhares deslizam para fora a cada passo, fazendo com que ela se sinta como uma criança brincando de se vestir com as roupas da mãe. O que, ela supõe, é exatamente o que está fazendo. Ela suspira e chuta os sapatos para longe, decidindo ficar descalça ao pegar o bloco de desenho para sair em busca de respostas.

Gallant é um lugar diferente à luz do dia.

As persianas estão abertas, as janelas, escancaradas, as sombras se retraindo enquanto a luz do dia se derrama para dentro e uma brisa fresca expulsa o ar parado da casa gigantesca. Mas o sol também ergueu um véu, e agora ela consegue ver que a casa não é *exatamente* tão grandiosa quanto pensou a princípio. Gallant é uma propriedade antiga, lutando contra a decadência, uma figura elegante começando a ruir. Sua pele um pouco caída por cima dos ossos.

Na escada, ela para e espia o chão do saguão. Ela não enxergara no escuro, mas agora, dali de cima, o desenho incrustado se revela uma série de círculos concêntricos, cada um inclinado num ângulo. Ele a remete imediatamente ao objeto que encontrou no escritório. Os anéis de metal inclinados ao redor do modelo da casa. Das casas. Eram duas.

Quando ela continua a descer a escada, sons se avolumam ao seu encontro.

Um murmúrio baixo de vozes, o atrito metálico de uma colher contra uma tigela. O seu estômago ronca, mas quando ela se aproxima da cozinha, as vozes se ordenam em frases.

— É realmente uma gentileza mantê-la aqui? — pergunta Edgar.

— Ela não tem mais para onde ir — responde Hannah.

— Ela pode voltar para a escola.

Olivia aperta o bloco de desenhos com mais força. Uma rebeldia floresce em seu peito. Ela *não* voltará para Merilance. Aquele lugar é um passado, não um futuro.

— E se não a aceitarem?

Olivia recua para longe da cozinha.

— Ela não sabe o que significa ser um Prior. Estar aqui.

— Então precisamos contar a ela.

Seus pés descalços param. Ela fica imóvel, ouvidos aguçados, mas então Edgar suspira e diz:

— A escolha é de Matthew, não nossa. Ele é o mestre da casa.

Ao ouvir isso, ela revira os olhos e dá meia-volta. Nos cinco minutos que passara com o primo, ele deixara evidente que ela não era bem-vinda ali. Ela duvida que ele jamais lhe contará o motivo.

Se ela quiser saber a verdade, terá que descobri-la por conta própria.

Olivia avança por um corredor e depois por outro, as paredes cobertas com retratos de família. As pinturas acompanham toda a extensão do corredor, e os rostos nelas enrugam e envelhecem, de crianças num retrato a adultos no seguinte a pais com sua própria família no terceiro.

Plaquinhas presas na base de todas as molduras anunciam a identidade dos retratados.

Começa com Alexander Prior, um homem estoico num paletó de inverno, os mesmos olhos cinza-azulados dela. Há Maryanne

Prior, uma mulher robusta, de ombros largos e orgulhosa, a sombra de um sorriso repuxando seus lábios. Há Jacob e Evelyn. Alice e Paul.

É tão estranho ver seu rosto refletido, distorcido, ecoado em tantos outros. Aqui estão a linha da bochecha e a curva da boca. Aqui, o ângulo do olho e a ponte do nariz. Os detalhes espalhados feito sementes pelos retratos. Ela nunca teve uma família, e agora tem uma árvore genealógica.

Você é um de nós, eles parecem dizer. Olivia analisa os rostos; ela já desenhou o próprio uma dezena de vezes, em busca de pistas, mas agora, entre tantos Prior, consegue começar a separar suas feições e encontrar as que não se encaixam, os detalhes que devem ter vindo do seu pai. O cabelo preto, por exemplo, e a palidez da pele, e a exata cor dos seus olhos, diferente dos cinza-azulados de Matthew, ou cinza-esverdeados da mãe, mas o cinza puro e liso de ardósia, de fumaça. Um desenho de carvão entre as pinturas a óleo.

Ela passa por gerações inteiras de Prior antes de encontrar o rosto da mãe novamente, ainda mais jovem, sentada num banco ao lado de um garoto parecido com Matthew, o mesmo cabelo castanho-avermelhado, os mesmos olhos fundos. Ela conclui que deve ser o tio dela, Arthur, antes mesmo de ver a placa.

No retrato seguinte, ele está totalmente crescido, e ela se dá conta de que já o viu antes, bem aqui, na casa. O que sobrou dele, pelo menos. Metade de um rosto, uma mão esticada, um corpo entrando bruscamente pela porta para o jardim. O espectro que avistara ontem à noite. O que a afastou do jardim.

No retrato, ele está forte e saudável, uma das mãos numa treliça do jardim e outra em volta da esposa, Isabelle. Ela é magra feito um graveto e olha para o lado, como se já soubesse que iria embora.

O retrato seguinte deveria ser de Matthew, mas a parede está vazia, como se ainda esperasse que o quadro fosse pendurado.

Ainda assim, quando ela se aproxima, consegue ver a sombra de uma moldura, o papel de parede ligeiramente de outra cor, e acima, o buraquinho onde já houvera um prego. Ela passa a mão pela parede vazia e se pergunta por que o primo não está ali.

Há uma porta no outro extremo do corredor, e Olivia segue em sua direção, torcendo para encontrar o escritório da noite passada, aquele com a escultura estranha sobre a escrivaninha. Mas, quando a maçaneta gira, a porta se abre para um cômodo diferente.

Cortinas pesadas foram puxadas sobre uma janela, mas sem se encontrarem, e no espaço entre elas, um feixe de sol se infiltra no quarto, iluminando a superfície preta e lustrosa de um piano.

O dedo de Olivia se contrai perante o instrumento.

Havia um piano em Merilance, um objeto antiquíssimo largado contra uma parede. Por alguns anos, o som se propagou pelos corredores, a melodia desajeitada de um aprendiz golpeando duramente as notas. As meninas sendo escolhidas aleatoriamente como cartas de baralho e a Governanta Agatha impaciente para ver se alguma valia o esforço.

Olivia tinha sete anos quando finalmente chegou a sua vez.

Ela não via a hora. Desenhar lhe era tão natural, como se suas mãos tivessem sido feitas para a tarefa, uma linha direta entre seus olhos e lápis. E o piano poderia ser igual. A felicidade que sentiu ao ouvir aquelas primeiras notas. A emoção de comandar tal som. As notas graves feito um trovão, as agudas feito o apito de uma chaleira. Cada uma com seu próprio humor, sua própria mensagem, uma linguagem tocada em Dó e Ré e Mi.

As mãos dela queriam sair em disparada, mas a governanta fazia *tsc* em alerta, batendo em seus dedos toda vez que eles saíam da escala.

Até que Olivia se irritara a ponto de fechar a tampa com força sobre as teclas, quase acertando as mãos da governanta. Ela *não* acertara, óbvio, mas não importava. Ela foi dispensada, aquelas poucas notas soltas ainda ecoando em seus ouvidos.

A raiva se acumulara em seu íntimo, se erguendo toda vez que ela ouvia outra garota golpeando desajeitadamente as teclas, até que uma noite ela saiu da cama e, com um alicate numa das mãos, foi até a sala onde ficava o piano. Ela abrira a tampa, revelando o corpo delicado de fios e martelos que produziam a música das teclas. Teclas que não podia tocar.

Elas a lembravam do diagrama no antigo livro de anatomia, os músculos e tendões da garganta expostos. Corte aqui para silenciar uma voz.

Ela não conseguiu cortar.

No fim, não fez diferença. Em pouco tempo, as mãos de Agatha foram tomadas pela artrite, e as aulas foram abandonadas. O piano ficou intocado até que as cordas se afrouxassem e todas as notas saíssem do tom. Mas Olivia sempre desejou tocar.

Agora ela se aproxima do feixe de luz, se esgueirando suavemente na direção do instrumento, como se ele pudesse acordar. Ele permanece imóvel, dentes escondidos sob a tampa de ônix. Ela a abre, expondo o padrão preto e branco, o brilho tornado fosco pelo uso, leves reentrâncias no marfim. Sua mão direita paira, então descansa sobre as teclas. Estão frias sob seus dedos. Ela as pressiona, tocando uma única nota. O som preenche suavemente o cômodo, e Olivia não consegue reprimir um sorriso.

Ela vai subindo pela escala. E, ao tocar a nota mais aguda...

Algo se move.

Não no cômodo com ela, mas além, um vislumbre no espaço entre as cortinas.

Ela passa pelo piano e abre as cortinas, revelando uma janela enorme, com um banco acoplado, coberto por almofadas, e, atrás do vidro, o jardim.

Olivia Prior já sonhou com jardins. A cada mês cinza e sombrio em Merilance, ela ansiava por carpetes de grama, por flores abundantes, por um mundo imerso em cor. E aqui está. Ontem à noite, o jardim era um emaranhado de sebes e vinhas ao luar. Agora ele está banhado em sol, esplendoroso, um campo verde intercalado com vermelho, dourado, violeta, branco.

Há uma horta de vegetais de um dos lados, fileiras de alho-poró e cenoura se erguendo do solo, e um grupo de árvores pálidas do outro, com seus galhos pontilhados de rosa e verde. Um pomar. Então seu olhar vagueia para além de tudo isso, passando pelas treliças de rosas e descendo por uma encosta verde, até um muro.

Ou ao menos os destroços de um muro, uma extensão arruinada de rocha, suas bordas desmoronando, sua fronte entremeada por hera.

Outro tremor de movimento chama sua atenção de volta ao jardim. Matthew está ajoelhado, de cabeça baixa, diante de uma fileira de rosas. Enquanto ela observa, ele estica as costas e se vira, protegendo os olhos enquanto mira a casa. E ela. Mesmo dali, ela vê a carranca tomar seu rosto como uma sombra. Olivia se afasta da janela. Mas não vai recuar.

São precisos alguns minutos e duas curvas erradas, mas ela encontra o segundo saguão de novo, e a porta para o jardim. Aquela que destrancara na noite anterior. Há algo no chão, um resíduo escuro, como se alguém tivesse trazido terra para dentro da casa com os pés, mas quando ela se abaixa para tocá-lo, não sente nada. Como se a mancha tivesse sido gravada direto na pedra. Ela se lembra do espectro empurrando-a para trás, com a mão estendida. Mas não há ninguém para impedi-la agora, e a porta não está mais trancada. Ela se abre ao toque, e Olivia desvia da sombra estranha no chão.

E sai para o sol.

Capítulo Nove

Flores foram a primeira coisa que Olivia aprendeu a desenhar.

Teria sido mais fácil, óbvio, desenhar panelas e lareiras, bancos de refeitório e camas, tudo o que ela via diariamente. Mas Olivia encheu as páginas do seu primeiro bloco de desenho com flores. As de seda que via toda vez que era mandada para a sala da governanta-chefe. As ervas daninhas amarelas que forçavam seu caminho aqui e ali por entre os cascalhos. As rosas que viu num livro. Mas, às vezes, ela inventava as suas próprias. Enchia os cantos de todas as páginas com flores estranhas e selvagens, conjurando jardins inteiros de espaços vazios, um maior do que o outro.

Mas nenhum deles era real.

Apesar de toda a sua habilidade, ela não podia perambular pelo meio desses jardins como faz agora, não podia sentir a grama sob seus pés, as pétalas macias fazendo cócegas em suas palmas. Olivia sorri, o sol quente na pele.

Ela passa por baixo do arco de treliças, passa a mão sobre uma sebe na altura da cintura. Ela nunca soube que existem tantos tipos diferentes de rosas, tantos tamanhos e formatos, e não sabe o nome de nenhuma delas.

Olivia se joga num banco banhado em sol, o bloco de desenho aberto sobre os joelhos, os dedos ansiosos para capturar cada detalhe.

Mas seus olhos não param de se desviar para o muro do jardim.

Ele fica ali, observando à distância, e ela sabe que é um verbo estranho, *observar*, um verbo humano, mas é essa a sensação. Como se ele a encarasse.

O lápis dela sibila sobre o papel, com seus movimentos rápidos e confiantes enquanto ela encontra a forma do muro. É mais uma ruína, na verdade, como se tivesse existido uma casa de pedra naquele lugar, mas ela tivesse desabado e deixado apenas uma das paredes para trás. Ou talvez um muro circundasse a propriedade. Ela olha ao redor em busca de outras ruínas, mas o resto é todo verde. Gallant fica num vale, cercado por pasto aberto e colinas distantes. Um muro não parece fazer nenhum sentido num lugar assim.

Olivia termina seu desenho e franze a testa. Não está certo.

Ela estuda os dois muros, um no papel e outro na grama, procurando seus equívocos, algum ângulo errado ou linha mal posicionada, mas não consegue encontrar. Então vira a página e tenta novamente. Começa das beiradas para dentro, tentando encontrar o contorno.

— Por que você ainda está aqui?

Matthew marcha na direção dela, com um balde pendurado numa das mãos, e ela se prepara para um chilique, prende a respiração e espera que ele a expulse, que a arraste pela casa até os degraus da entrada como uma bagagem extraviada. Mas ele não faz isso, apenas se agacha na beira de um canteiro.

Ela o analisa, observando enquanto ele passa a mão enluvada pelos arbustos de rosas, seus gestos quase delicados enquanto afasta os galhos espinhosos em busca de ervas daninhas.

Como é estranho pensar que eles são primos.

Que ontem ela estava sozinha.

E hoje não está.

Por toda a sua vida, ela quis uma casa, um jardim e um quarto só dela. Mas guardada dentro desse desejo havia outra coisa: uma família. Pais que a sufocassem de amor. Irmãos que implicassem porque se importavam. Avós, tios e tias, sobrinhos e sobrinhas; em sua mente, uma família era algo extenso, um pomar repleto de raízes e galhos.

Em vez disso, ela recebera essa única árvore carrancuda.

Seu lápis arranha o papel, esculpindo os traços dele. À luz do dia, a semelhança se torna evidente na largura de suas sobrancelhas, a curva de sua bochecha... assim como as diferenças. Os olhos dele são mais azuis na luz, o cabelo de um tom mais quente, o castanho-claro permeado por dourado. Os três ou quatro anos que lhe haviam dado altura e amplitude, a diferença entre uma planta que precisa implorar por sol e uma nitidamente bem--cuidada. Ainda assim, há algo de abatido nele, uma fraqueza. É na maneira como seu rosto é sombreado, as olheiras, o côncavo das bochechas. Ele parece não dormir há semanas.

Matthew trabalha devagar e metodicamente, arrancando cada erva intrusiva para jogá-la num cesto. Ela estende a mão, passa os dedos sobre as pétalas aveludadas, se inclina para cheirá-las, esperando... ela não sabe. Perfume? Mas as flores mal têm cheiro.

— Elas são criadas para ter cor, não cheiro — diz ele, arrancando outra erva daninha. Dessa vez ela nota como elas são pálidas. Talvez seja só impressão em contraste com os vermelhos, rosa e dourados vívidos demais do jardim. Mas, nas mãos dele, a gavinha parece totalmente cinza, desprovida de cor.

Ele desenrola outra erva daninha do caule de uma rosa e a arranca, jogando o estranho intruso no balde.

— Eles crescem debaixo do solo — explica ele. — Então sobem e estrangulam tudo.

Ele olha de lado para ela enquanto fala, e Olivia sinaliza, o mais rápido que consegue:

O que houve com meu tio?

Matthew franze a testa. Ela tenta de novo, mais devagar, mas ele balança a cabeça.

— Pode sacudir as mãos o quanto quiser — diz ele. — Não entendo o que está dizendo.

Olivia range os dentes e vira para uma página nova do caderno, onde escreve a pergunta numa letra cursiva rápida e inclinada. Mas quando ela ergue a página na direção dele, Matthew não está mais olhando. Está de pé de novo, se afastando na direção de outra fileira de rosas. Olivia sibila entre dentes e o segue.

Depois de alguns passos, ele se vira para ela, com os olhos claros e febris.

— Edgar disse que você não consegue falar. Você também é surda?

Olivia faz uma carranca em resposta.

— Que bom — diz ele. — Então escuta bem. Você precisa ir embora.

Ela faz que não com a cabeça. Como fazê-lo entender? Este lugar é um paraíso em comparação a onde ela estava. Além disso, este era o lar da sua mãe. Só porque Grace foi embora, por que Olivia deveria ir? Ela também era uma Prior, afinal.

— Você sabe *alguma coisa* sobre esta casa? — Ele se aproxima dela enquanto fala. Ela não recua. — Este lugar é amaldiçoado.

Nós somos amaldiçoados. — Há mais do que raiva nos olhos de Matthew; há medo. — Ser um Prior é viver e morrer nesse terreno, ser levado à loucura por fantasmas.

Será que são os espectros que o assustam? Ela quer dizer que não tem medo. Que foi assombrada a vida toda. Será preciso mais do que espectros para tirá-la dali. Mas ele vira para o outro lado, balançando a cabeça.

— Eu já perdi tanto — diz baixinho. — Não deixarei que seja em vão, tudo porque uma garota tola não teve o bom senso de se afastar.

— Belo dia, não é? — exclama Hannah, vindo na direção deles pela trilha, seus cachos rebeldes presos num coque alto bagunçado. — Primeiros sinais de calor que temos em semanas.

Matthew suspira, esfregando os olhos.

— Você chamou um carro?

Hannah lança um breve olhar para Olivia, com uma expressão questionadora. *Você quer que um carro venha?* E, apesar de tudo o que Matthew disse e de tudo que está escolhendo não dizer, ela não quer ir embora. Não tem medo de fantasmas. Mas tem medo de onde aquele carro pode levá-la.

Olivia balança a cabeça, e Hannah responde:

— Ainda não, sinto dizer. — Ela carrega um balde numa das mãos fortes, cheio de argamassa cinza-claro e pastosa. — Edgar viu mais algumas rachaduras — diz ela, e Matthew volta a atenção para o muro do jardim.

Ele se levanta, estendendo a mão para o balde. Ela hesita.

— Eu não me importo em ajudar — oferece ela. — Seria bom você descansar.

— Você terá que se virar sem mim logo.

Hannah estremece, como se tivesse levado um golpe.

— Matthew — diz ela —, eu gostaria que você não falasse assim.

Mas ele a dispensa com um gesto e pega o balde.

— Eu me viro — afirma ele, seguindo em direção ao muro.

Olivia começa a segui-lo, mas ele balança a cabeça e aponta para o chão entre eles.

— Você fica — afirma ele, como se ela fosse um bicho de estimação indisciplinado. Mas Matthew parece perceber que ela não tem nenhuma intenção de ficar parada, porque aponta com a cabeça para o balde que deixou ao lado das rosas. — Se quiser ajudar, continue arrancando as ervas daninhas. — Ele tira as luvas e as oferece para ela. — E fique longe do muro. — Ele se vira e sai pisando forte ladeira abaixo.

Hannah tenta sorrir, mas acaba fazendo uma meia careta que não chega aos olhos enquanto eles recaem sobre o vestido emprestado de Olivia.

— Cuidado com os espinhos — diz ela, se afastando.

Olivia deixa o bloco de desenho sobre o banco e coloca as luvas. Não se importa em realizar a tarefa. O sol aquece o ar, e, quando ela se agacha, o mundo tem cheiro de terra e de flores. Ela começa onde Matthew parou, e não leva muito tempo para encontrar a primeira erva daninha, uma espiral se erguendo para estrangular uma flor rosa-shocking.

Olivia a liberta e segura a gavinha contra a luz.

É estranha, fina e espinhosa e cor de cinzas. Em Merilance, tudo parecia colorido em tons de cinza, mas agora ela percebe que não era bem assim. As cores estavam lá, apenas desbotadas, versões apagada de si mesmas, mas isso... isso é um rascunho em grafite num cenário de aquarela.

Olivia avança pela fileira, seguindo pela trilha até chegar ao fim do canteiro de rosas. Ela olha para o muro, onde Matthew está ajoelhado, passando argamassa em meia dúzia de rachaduras. Parece sem sentido remendar um muro que está nitidamente desmoronando.

O sol está alto agora, e a sombra do pomar atrai o olhar de Olivia. Ela se afasta das rosas e se infiltra no meio das árvores, esquadrinhando o solo em busca de ervas daninhas ou frutas caídas. Mas outra coisa chama sua atenção. Depois do pomar, há um grupo de silhuetas baixas e claras. A princípio, ela pensa que devem ser tocos de árvore, mas então o sol se reflete na pedra, e ela percebe que são túmulos.

É um campo da família Prior, interrompido ocasionalmente por outros nomes. O último túmulo pertence ao pai de Matthew, Arthur. Enterrado aqui na primavera passada. Ali perto, um par de pernas esticado à frente, tornozelos cruzados. Ombros curvados para a frente. Uma cabeça, quase inexistente. Um espectro. Olivia corre até ele, torcendo para ser sua mãe, mas quando o rosto deteriorado se ergue, é de um homem. Não aquele que bloqueou sua passagem na noite anterior, mas outro, mais velho.

O espectro olha com raiva para Olivia com o que sobrou do rosto e aponta uma mão disforme para a casa. Ela sente um arrepio passar por seu corpo e recua do cemitério e do pomar em direção ao jardim ensolarado.

Mais abaixo, no muro, Matthew está de pé, avaliando seu trabalho, secando a testa com o dorso do braço. O dia está quente, e as mãos dela estão suando nas luvas grandes demais. Ela as tira e perambula de volta ao banco onde deixou o bloco de desenho.

Mas, ao abaixar para pegá-lo, enxerga um caule cinza se projetando para fora da terra, enroscado na perna do banco. Olivia segura a erva daninha e puxa, mas ela é teimosa e forte. Ela puxa com mais força, sentindo a palma da mão formigar em contato com a gavinha. Então, tarde demais, ela sente a gavinha *se mexer*.

Um puxão rápido e brusco, seguido por um ardor na palma da mão. Olivia se encolhe e solta a erva daninha, olhando para a mão, onde os espinhos cortaram uma linha fina. O sangue brota de sua pele.

Ela olha ao redor em busca de algo para limpá-la. Se estivesse usando a própria roupa cinza em vez do vestido amarelo da mãe, limparia com a barra, mas não consegue se forçar a manchar o algodão macio, então se ajoelha para limpar o sangue na grama quando a mão de alguém surge do nada e se fecha com firmeza ao redor do pulso dela.

— Pare — ordena Matthew, puxando-a para cima.

Ele vê o filete de sangue na palma da mão dela e empalidece.

— O que você fez? — pergunta ele, e não há qualquer gentileza em sua voz, nenhum cuidado. Na verdade, ele parece estar bravo com ela. Ela gesticula para a erva daninha teimosa, a que a cortou.

Mas não há nada ali.

Matthew pega um lenço e o amarra com força ao redor da palma ensanguentada de Olivia, como se fosse uma ferida letal.

— Entre — ordena ele, apontando para a casa, um eco do espectro no cemitério, a mesma cara raivosa. — Peça para alguém cuidar disso. Agora.

Ela quer argumentar que é apenas um corte, que mal está doendo, que não é culpa dela que mãos sangrem tanto, que um erro desajeitado não justifica essa irritação toda. Em vez disso, apenas pega o bloco de desenho e sobe o gramado inclinado pisando forte em direção à casa.

Ela só estava tentando ajudar.

*A voz dele na sua boca,
me dizendo para voltar,
para voltar, para voltar para casa.*

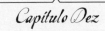

Capítulo Dez

Olivia encontra Edgar na cozinha.

— Minha nossa — diz ele, olhando para a mão dela, o lenço da cor de um vermelho enferrujado onde o sangue o ensopou.

Ela dá de ombros, sentindo o estômago roncar ao ver a panela de mingau no fogão, seu conteúdo já frio e grudento, mas Edgar a leva até a pia. Ela lava o corte enquanto ele desenterra uma caixa de primeiros socorros e pega iodo e gaze. Ao trabalhar, suas mãos são firmes, seu toque, leve.

— Eu servi no exército — diz ele descontraído, um alfinete de segurança entre os dentes. — Já precisei remendar um bocado de feridas de guerra. — Ele sorri, examinando a mão dela. — Mas acho que você vai sobreviver. — Edgar limpa o corte e o enfaixa, enrolando uma atadura branca e estreita ao redor da palma dela e a prendendo com o alfinete. Parece um exagero para um corte tão fino, mas ele o trata com o cuidado de um cirurgião. — Mas, por favor, tente guardar seu sangue dentro do corpo.

Algo estremece no batente da porta, e Olivia olha de relance para lá, torcendo para encontrar o rosto disforme da mãe. Mas é um outro espectro, esse mais jovem, mais magro, decadente, nada além de costelas protuberantes, um joelho e um nariz.

— Casas antigas — diz Edgar, seguindo o olhar dela. — Cheias de sons que você quase não ouve e coisas que você quase não vê.

Ela espera que ele termine com a mão dela, então pergunta: *Gallant é assombrada?* E mesmo sabendo que a resposta é afirmativa, fica surpresa quando Edgar acena com a cabeça.

— Tenho certeza de que sim — diz ele. — Uma casa destas tem história demais, e história sempre traz seus fantasmas. Mas não é uma coisa ruim — acrescenta ele, arrumando seu kit. — Fantasmas já foram pessoas, e existem pessoas de todo tipo, boas, ruins e tudo que existe entre esses extremos. Lógico, alguns estão aí para assustar, mas outros, na minha opinião, só estão observando, desejando poder ajudar.

Ela volta a olhar para o espectro. Ele se encolhe perante o olhar dela, deslizando de volta para trás do batente.

Enquanto Edgar guarda seu kit de primeiros socorros, Olivia cutuca o curativo em sua mão.

Em Merilance, sempre havia alguém se ralando, queimando os dedos no fogão ou arrancando cascalhos com os joelhos. Se você tivesse sorte, as governantas a dispensariam, dizendo que era o preço de ser desastrada. Se não, elas encharcariam sua ferida de álcool, o que doía duas vezes mais do que qualquer machucado.

Às vezes uma menina mais nova se cortava e chorava ao ver sangue. Às vezes uma mais velha a pegava no colo e dizia "Não doeu nada", como se simplesmente falar as palavras fosse torná--las realidade. Um encantamento, um feitiço para banir a dor ao negar sua existência.

Ninguém nunca as disse para Olivia — ninguém nunca precisou —, mas ela perdeu a conta de quantas vezes já as dissera para si mesma.

Quando Agatha batia nos nós de seus dedos com uma régua.
Não doeu nada.
Quando Clara a espetou com um alfinete.
Não doeu nada.
Quando Anabelle arrancou as páginas do caderno da mãe dela.

— Está doendo? — pergunta Edgar quando a vê mexendo no curativo.

A pergunta pega Olivia de surpresa, mas ela balança a cabeça. Ele corta uma fatia grossa de pão, passa manteiga nela e a coloca numa frigideira. O cheiro é divino, e ela assiste, com a boca cheia de água, enquanto ele passa geleia de framboesa na torrada.

E a coloca na frente dela.

— Pronto — diz ele —, isso vai te animar.

Olivia dá uma mordida, derretendo um pouco ao sentir a doçura na língua.

Ele aponta a cabeça para o bloco de desenho dela.

— O que você tem aí?

Olivia lambe a geleia dos dedos e folheia as páginas para que ele possa ver os últimos desenhos que ela fez, do jardim, do pomar e do muro.

— Muito bons — diz ele, embora sejam apenas esboços, camadas de lápis sobre lápis encontrando luz, escuridão e silhueta. — Lembro que sua mãe sempre gostou de desenhar.

Olivia franze a testa, pensando nas estranhas manchas de tinta no diário. Ela não as chamaria de desenhos. Dá outra mordida, sentindo as framboesas explodirem cheias de sabor na boca. Edgar vê o sorriso dela enquanto mastiga.

— Hannah fez a geleia — diz ele. — Tom costumava colocar mel por cima... — Ele se interrompe, assustado, como se houvesse tropeçado. Uma sombra cruza seu rosto, fugaz. — Mas as frutas vermelhas estavam tão doces no ano passado que mal precisaram de açúcar.

Olivia ergue uma das mãos para perguntar, mas Edgar já está se afastando em direção à porta, dizendo algo sobre uma persiana que precisa de conserto e deixando-a sozinha para adicionar o nome à sua lista mental de todos os outros segredos que pareciam ser mantidos em Gallant. O tio que não lhe escrevera a carta. A suposta maldição de Matthew. As ervas daninhas sem cor no jardim. O muro que não é um muro. E esse Tom de quem ninguém quer falar. Ela relembra o campo da família Prior, as lápides baixas feito dentes separados, mas não vira nenhum Thomas ali.

Olivia termina sua torrada, segura o bloco de desenho embaixo do braço e sai em busca do escritório. Avançando pelos corredores, ela volta a se espantar com o tamanho desse lugar, projetado para quarenta em vez de quatro. Cheio de funcionários fantasmas, no sentido literal da palavra, exceto pelo fato de os residentes de Gallant serem menos fantasmas e mais um punhado de ossos desencontrados. E a casa, a casa é um labirinto, corredor atrás de corredor, quarto atrás de quatro, alguns enormes e outros pequenos e a maioria fechada, montes de móveis enterrados sob lençóis brancos limpos.

Atrás de um par de portas duplas ela descobre um cômodo extenso, do tipo que foi projetado para banquetes ou bailes. O piso é de madeira clara, incrustado com aqueles mesmos círculos torcidos. O teto arqueado é alto, dois andares, talvez três, e a parede oposta é coberta de portas de vidro que dão para uma sacada.

É o lugar mais grandioso onde já esteve, e ela não sabe o que lhe acontece, mas Olivia rodopia, seus pés descalços sussurrando pela madeira.

Então, enfim, encontra o escritório.

Gallant

Já começava a pensar que fora uma alucinação, um sonho, que ela procuraria pela casa inteira apenas para descobrir que tal cômodo não existia.

Mas aqui está o corredor estreito, a porta à espera.

Ela passa os dedos pelo papel de parede como na noite anterior, e a maçaneta polida cede. Não há janelas, e ela não quer arriscar acender uma luz, então deixa a porta aberta para a luminosidade do corredor se infiltrar. Ela avança, as tábuas de madeira rangendo levemente sob seus pés, até chegar a um tapete fino e escuro aberto sob a escrivaninha.

Em cima dela está a estranha escultura de metal, duas casas dentro de anéis concêntricos. Não apenas qualquer casa, mas duas pequena réplicas de Gallant.

Elas estão localizadas em cima nas laterais, se encarando no centro da moldura curva. Anéis de metal circundam cada uma das casas, e mais anéis circundam as duas juntas. Olivia não consegue se segurar. Ela ergue o dedo para o anel mais externo e lhe dá um levíssimo empurrão, e a coisa toda começa a se mover.

Ela prende a respiração, temendo que a qualquer segundo a escultura tombe e desabe no chão, mas é como se ela fosse feita para se mover. As duas casas giram feito dançarinas, deslizando para longe e depois voltando para se encontrar. Cada uma segue seu próprio arco, seu próprio centro e órbita. Ela observa, fascinada, estudando a revolução estável até que desacelere.

As casas giram uma última vez, e Olivia estende a mão de novo para interromper o movimento quando elas ficam frente a frente. Ela se inclina para perto. É estranho, mas desse ângulo, os anéis entre elas parecem quase — quase — um muro.

Olivia abre uma página em branco no seu bloco e desenha a escultura, tentando capturar o senso de movimento, as linhas limpas, quase matemáticas do dispositivo. Ela dá a volta na escrivaninha para olhar de outro ângulo e nota a gaveta. Ela se projeta como um lábio inferior, um pedaço de papel preso no canto. Ela puxa a maçaneta, e por um momento a gaveta resiste, depois se abre com um tremor.

 Lá dentro, um punhado de papéis soltos, novos e brancos, e um caderninho preto. Ela o abre e encontra páginas e páginas de anotações numa letra de forma. Não, não anotações. *Lugares*.

ESCOLA LARIMER
BELLWEATHER PLACE, 50
BIRMINGHAM

ASILO HOLLINGWELL
IDRIS ROW, 12
MANCHESTER

ORFANATO FARRINGTON
FARRINGTON WAY, 5
BRISTOL

 Olivia vira uma página depois da outra, até que encontra, ali, no meio da quarta.

ESCOLA MERILANCE PARA GAROTAS INDEPENDENTES
WINDSOR ROAD, 9
NEWCASTLE

 Passos se anunciam no corredor.
 Os anos de invasões aos cômodos das governantas a treinaram bem, e o caderno foi devolvido ao lugar em um instante, a gaveta está fechada e ela se abaixa no chão atrás da grande e velha

escrivaninha, espremida entre a cadeira e a madeira, o coração acelerado, mas o corpo permanecendo imóvel.

Ela prende a respiração e espera os passos passarem pela porta e atravessarem as tábuas de madeira até o tapete.

— Que estranho — diz Hannah —, eu podia jurar que essa porta estava fechada.

A voz dela é afável e alta; ela não está falando sozinha.

— Você não é a primeira criança a se esconder nesta casa — diz ela. — Mas a maioria estava brincando. Vamos lá, pode sair. Estou velha demais para me abaixar no chão.

Olivia suspira e se levanta. Quando Hannah estende a mão em sua direção, ela recua um passo, por instinto, a mão enfaixada escondida às costas como um segredo.

Hannah baixa a mão, com tristeza oscilando nos olhos.

— Minha nossa, menina, você não está encrencada. Se quer investigar por aí, fique à vontade. Afinal, esta é a sua casa.

Minha casa, pensa Olivia, as palavras se emaranhando como esperança dentro do seu peito. O olhar de Hannah vaga até a escultura sobre a escrivaninha, e seu humor parece azedar um pouco.

— Vamos — diz ela —, está ficando tarde.

Quando o sol começa a se pôr, eles fecham a casa como uma tumba.

Olivia segue Hannah de quarto em quarto, subindo em cadeiras e bancos para ajudar a puxar as persianas enormes para dentro e deslizar as janelas para baixo. Parece tanto desperdício, se fechar do lado de dentro quando o tempo está tão bom, mas Hannah explica:

— Num lugar selvagem como este, o lado de fora vive tentando entrar.

Eles comem na cozinha, reunidos ao redor de uma mesa arranhada e dentada pelo uso. Nenhuma fileira de garotas barulhentas. Nenhuma governanta encarrapitada feito corvos pelos cômodos. Só Hannah e Edgar, batendo papo tranquilamente enquanto ele tira um tabuleiro do forno com uma toalha sobre o ombro, ela serve vegetais numa tigela e Olivia põe quatro pratos na mesa, mesmo que Matthew não esteja presente, e ela se assusta com a sensação boa que a situação traz. Como sopa quente no inverno, o calor se irradiando a cada gole.

— Prontinho — diz Edgar, colocando um tabuleiro de medalhões de carne na mesa.

— O que houve com a sua mão? — pergunta Hannah ao ver o curativo ao redor da palma da mão de Olivia.

— Acidente de percurso — responde Edgar. — Nada fora da minha alçada.

— Você foi um achado e tanto — diz ela, beijando a bochecha dele.

O gesto é tão simples, tão casto, mas carrega anos de ternura consigo. Olivia sente as bochechas corarem.

— Só serve para provar — diz Hannah — que eu deveria publicar anúncios no jornal com mais frequência.

Um anúncio no jornal?, pergunta Olivia, fazendo contato visual com Edgar, mas ele apenas pisca e se levanta.

— Jogue as palavras certas no mundo — comenta ele —, e nunca se sabe o que pode encontrar.

Olivia fica imóvel.

Mandei essas cartas para todos os cantos do país.

Que seja esta a encontrá-la.

— Além disso — diz Edgar ao se sentar —, achei que nossa hóspede precisava de uma refeição decente.

Hóspede. As palavras a cortam como vento frio. Ela tenta não se encolher enquanto Hannah lhe passa uma tigela de batatas e pastinacas assadas, temperadas com sal.

— Vai fundo.

É um banquete, e o dia no jardim a deixou faminta. Olivia nunca comeu tão bem. Quando finalmente desacelera, Hannah pergunta sobre a vida dela antes de a carta chegar. Olivia sinaliza, Edgar traduz e Hannah escuta, com uma das mãos na boca, enquanto ela explica como foi encontrada na porta de Merilance e passou quase a vida inteira lá.

Olivia não conta a eles sobre as governantas, ou as outras garotas, sobre o quadro de giz ou a cabana do jardim ou Anabelle. Já está começando a parecer outra vida, um capítulo num livro que ela pode simplesmente fechar e largar. E ela quer fazer isso. Porque quer ficar em Gallant. Mesmo que Matthew não a queira ali. Ela quer ficar e transformar esta casa em seu lar. Quer ficar e descobrir seus segredos, saber por que eles têm tanto medo do escuro, o que aconteceu com todos os outros Prior, o que Matthew quis dizer quando chamou a casa de amaldiçoada. Mas quando ela ergue as mãos para perguntar, uma sombra aparece na porta. Ela olha de lado, esperando um espectro, mas é Matthew. Ele vai até a pia e lava a terra das mãos.

Então lança um olhar para Olivia.

— Ela ainda está aqui — murmura ele, mas Hannah apenas sorri e dá tapinhas na mão enfaixada de Olivia.

— O carro mais próximo está na oficina — diz ela. — Levará alguns dias até poder vir.

Olivia vê o brilho nos olhos da mulher, um brilho travesso. Outra mentira. Mas Matthew apenas suspira e apoia o sabão na pia.

— Sente-se e coma — incentiva Edgar, mas o primo de Olivia balança a cabeça, murmura que não está com fome, mesmo que seu corpo magro demais implore por uma refeição. Ele se retira, levando o ar do cômodo consigo. Hannah e Edgar beliscam a comida, ambos tentando preencher o espaço com conversas descontraídas, mas suas palavras saem tensas, desajeitadas.

Olivia faz contato visual com Edgar. *Ele está doente?*

Ele lança um olhar para Hannah antes de responder:

— Matthew está cansado. Cansaço pode ser um tipo de doença, se durar demais.

Ele está dizendo a verdade, uma versão dela, mas há um mundo entre suas palavras. Há tantas palavras não ditas. Elas pairam no ar, e Olivia deseja que eles pudessem voltar aos momentos antes da chegada de Matthew. Mas seus pratos estão vazios agora, e Hannah se levanta, dizendo que preparará uma bandeja para ele, se Edgar puder levá-la para cima. E Edgar vê Olivia o encarando, mãos erguidas para perguntar sobre Matthew e a casa, mas ele se levanta e vira de costas. Ela odeia que ele possa fazer isso, que só o que ele precise fazer para silenciá-la seja desviar o olhar.

Ela reprime um bocejo, embora ainda não sejam nem nove da noite, e Hannah lhe oferece um biscoito amanteigado e diz que um banho e uma cama quente lhe farão bem antes de expulsá-la da cozinha.

Ela pega o caminho mais longo até a escada, passando pelo saguão estreito e a porta para o jardim. Deve ser uma noite nublada. Nem um raio de luar entra pela janelinha, mas o corredor não está vazio. O espectro do tio dela está a postos como um vigia, de costas para ela e de olho no escuro.

O mestre da casa está com fome.

Ele está emaciado por esta fome. Ela rói feito um dente num osso, até que ele não consiga suportar a dor. Até que seus dedos se curvem, rígidos nas articulações. Estão inflexíveis. Este lugar é inflexível.

Ele caminha pelo jardim decadente.

Passa pela fonte vazia e pelo solo árido, pelo terreno degradado que se estende para além da casa feito um rolo de tecido apodrecendo no armário. Devorado por traças. Puído.

As frutas são podres. O solo é rachado. A casa está desmoronando feito areia numa ampulheta. Ele já comeu cada pedaço, cada migalha, e não sobrou nada. Está se alimentando de si mesmo agora. Deteriorando-se um pouco mais a cada noite.

Ele é uma fogueira ficando sem ar. Mas ainda não acabou. Ele queimará e queimará e queimará até que a casa desmorone, até que o mundo ceda.

Ele só precisa de um fôlego.

Só precisa de uma gota.

Só precisa dela.

Então ele se recosta em seu trono, fecha os olhos e sonha.

Parte Três
COISAS NÃO DITAS

Capítulo Onze

Olivia está tão cansada, mas, novamente, não consegue dormir.
    Seu corpo afunda na cama, pesado por causa do trabalho no jardim ao ar livre, mas a mente está embaralhada em perguntas. Ela rola na cama, sentindo as horas passarem enquanto observa a vela pingar e escorrer na mesa de cabeceira, e está prestes a desistir e jogar as cobertas para longe quando ouve um barulho.
    O ranger sutil da porta se abrindo.
    Embora ela a tenha trancado.
    Olivia prende a respiração ao ouvir o som de pés descalços sussurrando pela madeira às suas costas, e um corpo se senta do outro lado da cama, afundando o colchão com seu peso. Lentamente, ela se força a se virar, certa de que é apenas uma artimanha de sua mente cansada, certa de que o quarto estará vazio e ela verá...
    Há uma jovem sentada na beira da cama.
    Ela é um pouco mais velha do que Olivia, com a pele corada pelo sol, mechas de cabelo castanho descendo pelas costas. Quando vira a cabeça, luzes de velas tremeluzem por sua maçã

do rosto proeminente, seu queixo fino, destacando os ângulos e as linhas do retrato daquela manhã. Aquele gravado aqui e ali no próprio rosto de Olivia.

A mãe dela olha por cima do ombro. Um sorriso cintila em seu rosto, pura travessura. E, naquele momento, ela é jovem, uma garota. Mas então a vela se mexe, sombreando o outro lado, e ela é uma mulher novamente.

Ela desliza os dedos sobre os lençóis, e Olivia não sabe se estende a mão ou recua, e, no final, não faz nenhum dos dois, porque não consegue se mexer. Seu corpo está pesado sobre a cama, e talvez ela devesse sentir medo, mas não sente. Não consegue tirar os olhos de Grace Prior, nem enquanto ela sobe na cama, se deita ao lado de Olivia e se encolhe como um espelho, refletindo os ângulos do corpo da filha, a curva do pescoço, a inclinação da cabeça, como se fosse uma brincadeira.

Seus pés descalços estão sujos de terra, assim como os de Olivia estavam antes de lavá-los, como se ela estivesse correndo no jardim. Mas as mãos de sua mãe são delicadas e limpas ao acariciar o ar acima do curativo na palma de Olivia, com uma expressão de preocupação. Ela levanta a mão até a bochecha de Olivia.

O toque, quando chega, é quente, o gesto, suave. A luz da vela não alcança o espaço entre seus corpos, e o rosto de sua mãe está escuro, inescrutável. Mas Olivia vê o brilho de seus dentes quando ela sorri e se inclina para perto e fala.

A voz dela é suave, familiar, não aguda e meiga, mas grave e reconfortante.

Um arranhar levíssimo, feito cascalho, na garganta dela.

— *Olivia, Olivia, Olivia* — diz sua mãe, como se fosse um encantamento, as últimas palavras de um feitiço, e talvez seja, porque, simplesmente assim, ela acorda.

* * *

Tem uma coisa morta na cama dela.

A vela se apagou. O quarto está no breu, mas mesmo assim Olivia consegue ver o espectro aninhado ali, como sua mãe estava, uma das mãos podres ainda em sua bochecha.

Seu corpo não está mais paralisado, e ela recua, se arrastando para trás, sem perceber como está perto da beira da cama até cair dela, aterrissando com força no chão de madeira. A dor é forte o bastante para desanuviar sua mente, e ela se levanta de um pulo.

Mas o espectro já sumiu.

Olivia solta um suspiro trêmulo e leva a palma da mão boa à bochecha, segurando o toque da mãe ali.

Mas essa parte só aconteceu no sonho. As coisas que ela consegue ver não podem tocá-la. Elas não estão ali de verdade.

Ela tateia pela escuridão, encontra uma caixa de fósforos e uma vela nova. A chama se acende, sombras dançando enquanto ela pega seu bloco de desenho e lápis e começa a desenhar. Não o espectro de Grace Prior, mas a mulher que ela era no sonho. Linhas velozes e grosseiras, o lápis sibilando enquanto ela tenta capturar não tanto o rosto da mãe, mas a suavidade do toque dela, a tristeza em seus olhos, a maneira como ela disse seu nome. *Olivia, Olivia, Olivia.* O lápis risca o papel, apostando corrida contra a neblina, o esquecimento.

Ela está na metade do desenho quando alguém grita.

O lápis pula com a ponta se quebrando quando Olivia se vira na direção do som.

Ela já ouviu gritos antes. O gritinho estridente de crianças brincando. O uivo ferido seguido de um braço quebrado. O ganido apavorado de uma garota acordando e encontrando insetos em sua cama.

Esse grito é diferente.

É um lamento.

É uma respiração entrecortada.

É um choro soluçado, engasgado e desesperado, e Olivia se levanta depressa, correndo em direção à porta do quarto, tentando abri-la. Ela entra em pânico por um instante quando a maçaneta resiste, antes de se lembrar da chavezinha dourada. Ela abre com um clique, e Olivia se lança pelo corredor, esperando que os gritos se interrompessem no momento em que ela cruzasse a soleira da porta.

Mas eles continuam.

Há uma porta aberta no corredor, a luz no chão cheia de sombras agitadas, e ela ouve Hannah e Edgar agora, sons de corpos lutando, e descobre quem está gritando assim que chega à porta e vê Matthew se debatendo na cama.

Os gritos se transformam em palavras, em súplicas.

— *Não posso deixá-lo. Não posso deixá-lo.* POR QUE VOCÊ NÃO ME DEIXA AJUDÁ-LO?

Os olhos dele estão abertos, mas ele está em outro lugar. Ele não vê Hannah, sussurrando com urgência, com o cabelo despenteado, não vê Edgar enquanto ele se esforça para segurá-lo, não vê Olivia parada na porta de olhos arregalados.

— É só um sonho — tranquiliza Hannah. — É só um sonho. Não pode machucá-lo.

A promessa da mãe dela se derramando da boca de Hannah, mas as palavras não são verdadeiras.

Ele está obviamente sofrendo.

Um soluço angustiado escapa de sua garganta, e é desconcertante ver o primo assim, totalmente exposto, com as entranhas para fora. Ele parece tão jovem, tão assustado, e Olivia desvia o olhar da cama para o resto do cômodo. Para a bandeja de comida praticamente intocada, para as persianas trancadas com firmeza atrás do vidro, para uma silhueta pontuda contra a parede oposta, coberta por um lençol.

Um grito a puxa com força de volta à cama. Hannah e Edgar estão tentando enfiar as mãos de Matthew em um par de tiras de couro. O corpo de Olivia entra em pânico, e ela precisa reprimir o impulso de correr até eles e afastá-los. A força desse anseio a surpreende, e ela consegue dar um passo antes que o olhar de Edgar corte o ar na direção dela e ela veja o sofrimento nele, o luto que a faz parar imediatamente.

Matthew se contorce e implora enquanto as tiras se apertam ao redor dos pulsos, e desaba febrilmente de volta na cama, arquejando. Linhas finas de sal escorrem por suas bochechas e entram em seu cabelo. Ela não sabe se são de suor ou lágrimas.

— Por favor — murmura ele, com a voz falhando. — Eles o estão machucando.

Aquela palavra, um espinho na sua voz. Não *me* machucando, *o* machucando.

— Não — diz Hannah, o empurrando para baixo. — Eles não podem mais machucá-lo.

Ela entorna um copo de líquido turvo nos lábios de Matthew, e em pouco tempo seus apelos se reduzem a murmúrios sofridos.

— Ele está descansando agora — diz ela, a exaustão transbordando da garganta. — Você deve descansar também.

Olivia não viu Edgar se afastar da cama. Não o viu se aproximar da porta e dela. Não até que ele estivesse bem ali, bloqueando a visão do quarto.

Volte para a cama, sinaliza ele, com a expressão cansada.

O que houve com ele?, pergunta ela.

Mas Edgar apenas balança a cabeça. *Pesadelos,* diz ele.

Então fecha a porta.

Olivia se demora no corredor escurecido, entre duas fontes de luz: a que jorra pela porta aberta dela e o feixe estreito por baixo da porta de Matthew. E, quando finalmente volta ao próprio quarto, à própria cama, com o desenho inacabado virado para cima sobre as cobertas emboladas, ela passa os dedos sobre o grafite e pensa em sonhos. Do tipo que sai das dobras do sono para a sua cama. Do tipo que pode acariciar sua bochecha ou arrastar uma pessoa para a escuridão profunda.

Não há descanso no sono.
Esses sonhos serão minha ruína.

Capítulo Doze

Na manhã seguinte, há sangue nos lençóis.

Olivia estremece ao vê-lo, se perguntando se já estaria naquela época, mas as manchas são menos pontos ou manchas e mais dedos afundados na roupa de cama. De fato, o curativo em sua mão afrouxou, o corte abrindo durante o sono, denunciando uma noite inquieta com impressões digitais.

Ela vai à pia do banheiro, espanando o sangue seco das mãos como se fosse pó. Enxagua a palma, espera para ver se voltará a sangrar, mas isso não acontece. Ela passa o dedão por cima da linha fina, a casquinha como um fio vermelho em relevo, uma vinha, uma raiz. Ela decide deixar a ferida respirar enquanto investiga o armário da mãe, tira um vestido verde leve e escuro, como as folhas no verão. Ele bate nos seus joelhos, e quando ela se vira, a saia se abre como pétalas.

Seu bloco de desenho está largado entre os lençóis. O rosto disforme da mãe a encara do papel, a outra metade, onde a luz da vela não alcançava, representado como uma mancha sombreada. Olivia fecha o bloco e o segura embaixo do braço.

Quando ela sai para o corredor, seus olhos vão direto para a porta de Matthew. Ela avança lentamente, pressionando o ouvido contra a madeira, e escuta... nada. Nem os soluços inquietantes ou as respirações entrecortadas, nem mesmo o roçar e farfalhar de lençóis. Ela desliza os dedos em direção à maçaneta, mas a lembrança da dor do primo a detém, e ela dá meia-volta em direção às escadas.

Na parte de baixo, a casa está silenciosa.

Talvez todos ainda estejam dormindo. Olivia olha ao redor e percebe que não faz ideia de que horas são. Em Merilance havia sinos, apitos, sons fortes para marcar a passagem das horas, para convocar as garotas para dormir e acordar, para guiá-las das orações às aulas, às tarefas domésticas e de volta. Aqui, a única hora que parece importar é o pôr do sol, o momento em que o dia se torna noite.

Mas a casa está ativa. As persianas foram abertas, luz do sol se infiltrando pelo saguão e pelos corredores, iluminando pontinhos de poeira no ar.

Alguém solta um grito, e ela se sobressalta, apenas então percebendo que o som não é humano, mas o apito agudo de uma chaleira. Quando ela chega à cozinha, o objeto está cantando sozinho no fogão. Olivia desliga o fogo.

— Ora, você acordou cedo.

Ela se vira e encontra Hannah na escada do porão, um saco de farinha num dos braços. Seus cachos castanhos estão amarrados para trás, um sorriso enrugando os cantos da boca, mas seus olhos estão cansados.

— Ah, se eu pudesse ser jovem de novo — diz ela, largando a farinha no chão com força o bastante para erguer uma pequena nuvem branca. — E precisar dormir tão pouco. — Ela aponta com a cabeça para a chaleira. — Você faz o chá, eu faço a torrada.

Olivia pega a chaleira, tomando cuidado para evitar o corte na mão. Ela escalda o bule e coloca uma colher cheia de folhas de chá enquanto Hannah fatia pão, e por alguns momentos elas trabalham como engrenagens do mesmo relógio, como as casas na escultura do escritório, girando em torno uma da outra num arco fluido. Enquanto o chá infusiona e o pão torra, ela abre o bloco de desenho, voltando pelas páginas até chegar à imagem do estranho globo de metal.

Ela vira o papel para Hannah e bate com o dedo nele, a pergunta evidente.

O que é isso?

Por um segundo, o único som é o da faca espalhando manteiga em torradas. Mas é um tipo pesado de silêncio, aquele que as pessoas usam quando sabem a resposta para uma pergunta mas não conseguem decidir se devem dizê-la.

— Casas velhas são cheias de coisas velhas — responde ela enfim. — Talvez Matthew saiba.

Olivia revira os olhos; até agora, seu primo não ajudou em nada.

— Um belo dia — acrescenta Hannah, deslizando dois pratos de torrada com manteiga e geleia pelo balcão. — Belo demais para ficar dentro de casa. Leve este aqui para Edgar lá fora, certo? Ele está pelo quintal.

Olivia suspira diante da dispensa.

Ela precisa de ambas as mãos e toda a sua concentração para pegar uma xícara de chá, dois pratos de torrada e o bloco de desenho para o jardim sem derramar, quebrar ou perder nada. Mas Hannah tem razão; o dia está belo. Uma camada de orvalho brilha na grama sob seus pés, mas a névoa e o frio estão se dissipando no sol, e o céu é de um azul leitoso.

Gallant

Ela encontra Edgar em cima de uma escada de mão, consertando uma das persianas. Ele acena um bom-dia, gesticulando com a cabeça para que ela coloque o prato de torrada no chão. Olivia hesita, preocupada que algo possa pegar a comida, um pássaro ou um camundongo. Mas, agora que pensa nisso, percebe que não viu nenhum animal.

É estranho, na verdade, nesse terreno todo. Ela não entende muito sobre a vida no campo, lógico, mas viu vacas e ovelhas na viagem até aqui, e imagina que uma dezena de bichos menores, coelhos, pardais, toupeiras, pudessem se abrigar na propriedade.

Mesmo em Merilance elas encontravam um camundongo de tempos em tempos, e o céu vivia cheio de gaivotas. Se Gallant fosse um livro, certamente haveria um cachorro na frente da lareira ou um gato pegando sol na entrada, um bando de aves no pomar ou um corvo no muro. Mas não há nada. Apenas um silêncio etéreo.

Ela carrega seu café da manhã para o banco de pedra e desaba nele.

De acordo com a Governanta Agatha, garotas respeitáveis se sentam com os joelhos fechados e os tornozelos cruzados. Olivia come sentada de pernas cruzadas, joelhos abertos para os lados e com a saia verde esticada sobre o colo.

O sol se reflete na borda de metal de um balde próximo, um par de luvas pendurado na lateral, mas o corte em sua palma ainda está recente, então ela o ignora, decidindo desenhar a casa em vez disso.

Ela abre numa página em branco, começa a desenhar, e em pouco tempo Gallant toma forma sob sua mão, evoluindo de alguns poucos traços rápidos para algo com paredes e janelas, chaminés e telhados pontudos. Aqui estão as alas e a sacada do salão de baile e a porta para o jardim. Aqui está a janela saliente, a única que não tem persianas, e aqui está a silhueta escura do piano.

Ela está terminando de adicionar Edgar na escada, em seu desenho, pouco mais do que uma sombra fina contra a casa imensa, quando ouve passos atravessando o jardim.

O movimento é um tipo de voz. Ela consegue identificar uma pessoa pela maneira como ela anda. Edgar arrasta um pouco os pés, uma perna mais rígida do que a outra. Os passos de Hannah são estáveis e curtos e supreendentemente silenciosos. Matthew dá passos longos e fortes, como se suas botas fossem grandes ou pesadas demais.

Ela ouve o primo marchando pelo caminho do jardim, olha para cima e o vê com as luvas de jardinagem. Ela espera que ele lance um olhar frio para ela, que comente sobre o fato de ela ainda estar aqui, mas ele não fala nada, apenas se ajoelha e começa a cuidar das rosas. Não é possível que novas ervas daninhas tenham surgido tão cedo, ainda assim, ali estão elas, seus caules cinza se soltando a cada puxão.

Suas mangas estão enroladas, e ela vê hematomas brotando em seus pulsos, onde as luvas terminam, e ele parece tão magro que ela teme que, se o sol bater no ângulo certo, seja possível ver através dele, então ela empurra o resto da torrada na direção do primo. A louça do prato raspa na pedra, e ele relanceia para cima.

— Estou bem — diz Matthew de um jeito vazio e automático, embora tenha uma aparência pior do que da maioria dos espectros. Olivia então empurra o prato de novo, provocando outro barulho desagradável, e ele fecha a cara para ela, irritado, e ela olha feio de volta, e logo em seguida ele arranca uma das luvas e pega a torrada. Ele não agradece.

Ela volta a desenhar Gallant, mas não consegue se livrar da sensação de que está sendo observada, sentindo o peso do olhar dele em suas costas. Olivia dirige rapidamente os olhos para Matthew, mas a cabeça dele está abaixada, concentrado no trabalho. Ela olha por cima do ombro, mas enxerga apenas o muro.

Olivia volta a atenção para seu caderno, folheando-o até encontrar o desenho abandonado. Ela olha do papel para o muro, tentando achar onde errou, e ainda está batendo na página com o lápis quando a sombra de Matthew recai sobre o papel.

Ele relanceia para o bloco, assumindo uma expressão desgostosa ao ver o muro. Ela prende a respiração, esperando que ele fale alguma coisa, e quando ele não fala, ela vira para uma página em branco e escreve.

O que houve com seu pai?

Mas quando ela levanta o papel, Matthew mal registra a frase antes de desviar o olhar. Ela o empurra para a frente dele, o forçando a ler, mas os olhos de Matthew se recusam a se fixar nas palavras.

— Está perdendo o seu tempo — murmura ele, e Olivia finalmente entende. Não é que ele não queira ler, ele não *consegue*.

Ele vê a compreensão no olhar dela e fecha a cara.

— Eu não sou burro — argumenta ele, nervoso. Olivia faz que não com a cabeça. Ela sabe até demais como é quando as pessoas te definem por uma única fraqueza. — Eu só... nunca peguei o jeito. As letras não ficam paradas. As palavras se misturam.

Ela assente, então volta a rabiscar na página.

— Eu já disse... — resmunga ele, mas ela ergue o dedo indicador, uma ordem silenciosa para que ele espere enquanto ela desenha o mais rápido que consegue.

A imagem de um homem toma forma no papel, não como ele é agora, disforme na porta para o jardim, mas como ele era no retrato do corredor. Arthur Prior. Ela vira o esboço para o primo, e é como se tivesse batido uma porta na cara dele.

— Ele morreu — responde. — Não importa como.

Matthew olha para a frente, além do jardim, para o muro.

Olivia vira a página, deixando o lápis pairar sobre o papel. Ainda está tentando transformar suas outras perguntas em imagens quando ele diz:

— Sempre precisa ter um Prior no portão.

A voz dele é baixa e transborda amargura, mas as palavras saem como se tivessem sido memorizadas.

— Sempre. Era o que meu pai dizia. Como se sempre tivéssemos morado em Gallant. Mas não. Os Prior não construíram esta casa. Gallant já estava aqui. Ela chamou nossa família, e, como tolos, nós viemos.

Olivia franze a testa, confusa. A *casa* não escreveu aquela carta para ela. Alguém de dentro de lá escreveu. Alguém que queria que ela viesse. Alguém que alegava ser o seu tio.

— Viemos para Gallant um dia e agora não conseguimos mais ir embora. Estamos presos a este lugar, acorrentados à casa e ao muro e à coisa além dele, e isso não acabará até não haver mais nenhum Prior.

Meu pai disse que eu era o último.

— Você já começou a escutar? — Ele lança um olhar febril para ela. — Isso já entrou nos seus sonhos?

Olivia faz que não com a cabeça, em dúvida sobre ao que ele se refere. Ela sonhou duas vezes, e sempre com a mãe. Mas a voz de Matthew ecoa dentro dela, o choro forte que ela escutara na noite anterior.

— Você não sabe como é — diz ele, a dor quebrando feito uma onda em seu rosto. — O que pode fazer. O que pode tomar.

O que é essa coisa à qual Matthew se refere? Ela estende a mão para a dele, mas Matthew já está recuando, sua última frase mal passando de um murmúrio:

— Se ainda não te encontrou, ainda há tempo.

Então vai embora, marchando pelo caminho do jardim, sem dúvida à procura de Hannah para perguntar sobre o carro. Olivia pressiona as têmporas com as mãos, sentindo o início de uma dor de cabeça. As palavras de Matthew são como as da sua mãe, outro enigma desnecessário. Por que a família dela não pode falar com verdades simples? Ela olha para baixo e vê o desenho.

... acorrentados à casa e ao muro e à coisa além dele...

Ela levanta a cabeça lentamente para além do jardim. É óbvio que seu primo não está bem. Ele não come, não consegue dormir, fala de maldições, de portões, mas há apenas uma desgastada extensão de pedra ao fim do jardim. Olivia se levanta e esquadrinha o terreno. Não há sinal de Matthew. Ou de Edgar, apesar de sua escada ainda estar apoiada contra a casa.

Ela não segue em linha reta até o muro. Ela apenas... perambula em sua direção. Através do jardim, passando pela última fileira de rosas, pela descida suave coberta de grama.

O velho espectro no cemitério a observa se afastar. Ele não abandona o pomar, mas ela consegue ver a inclinação de sua meia cabeça, seus braços cruzados sobre o peito ausente, obviamente insatisfeito em vê-la no muro. *Eu sei, eu sei*, pensa ela. Mas não para.

Quando se aproxima, Olivia vê por que seus desenhos nunca funcionaram. É a luz. O sol parece não bater no muro, não como deveria. Embora ele esteja às costas dela agora, projetando sua sombra na descida da colina. Mesmo que devesse iluminar as pedras diretamente, ele não as alcança. Em vez disso, as sombras se curvam e se acumulam ao redor do muro, e Olivia estremece um pouco ao entrar naquela sombra fria e estranha.

Então, enfim, ela vê o portão.

Não consegue acreditar que não o percebeu antes. É de ferro antigo, um tom mais escuro do que a pedra ao redor, e se o sol batesse sobre ele, talvez ela a tivesse notado. Ainda assim, agora que o viu, não consegue imaginar ter pensado que o muro era todo de pedra.

O portão, pensa ela, estendendo a mão para tocá-lo, chocada ao sentir a frieza do metal. Há uma pequena maçaneta, esculpida como se fosse uma trepadeira, mas quando ela tenta puxá-la, vê que está trancada. Ela se agacha procurando um buraco de chave, mas não há nenhum.

Que estranho.

Qual é o sentido de um portão fechado num muro que simplesmente termina? Ele nem é muito longo; com doze passos, ela poderia chegar a qualquer uma das bordas decrépitas. Seus pés já estão a levando para lá quando algo a faz ir mais devagar, e então parar.

De acordo com Matthew, existe algo *do outro lado* do muro.

Olivia morde o lábio. É ridículo, lógico. Ela consegue ver o espaço atrás dele, o campo aberto se estendendo para ambos os lados. Mas não consegue se forçar a circundar o muro. Em vez disso, volta ao portão.

Há uma fresta estreita onde o portão de ferro se liga ao muro, da largura de um dedo, o espaço interrompido por um par de ferrolhos, e vê-los incita sua mente, mas ela não consegue identificar o motivo. Ela fica na ponta dos pés, pressionando o olho contra a fresta.

Olivia já leu histórias o suficiente sobre portais, batentes, e por um momento ela se imagina equilibrada à beira de algo grandioso, algo sombrio e perigoso... mas quando olha, vê apenas um campo de vegetação alta, balançando na brisa e as montanhas escarpadas à distância.

Um pouco decepcionada, ela se afasta, se sentindo ridícula.
É óbvio que o muro não passa de um muro. Nada mais.

Algo se racha, e, à sua direita, alguns pedaços de pedra se soltam, produzindo um som de chuva num telhado de latão antigo. É um dos pontos que Matthew tentou remendar — dá para saber pela cor, mais clara do que a pedra ao redor —, mas a argamassa está frágil, já descascando, vestígios dela estão caídos sobre a grama, como se o muro tivesse se balançado e sacudido para se livrar do remendo como poeira. De perto, ela vê a origem da última rachadura: uma erva daninha fina e cinzenta forçou passagem por ali. Ela estende a mão para puxá-la antes de lembrar do corte na palma da mão e da fúria de Matthew. Em vez disso, ela pega uma pedra caída e a encaixa de volta no lugar.

— Olivia!

O seu nome ecoa, enfraquecido pela extensão do quintal, e quando ela olha para trás, protegendo os olhos do sol com uma das mãos, vê Edgar acenando para ela com a escada apoiada num dos ombros.

— Me dá uma mãozinha? — exclama ele, e Olivia corre em sua direção, saindo da sombra fria para o sol, um calor chocante, mas bem-vindo. Enquanto sobe o gramado íngreme, ela escuta o raspar suave de mais pedras de soltando.

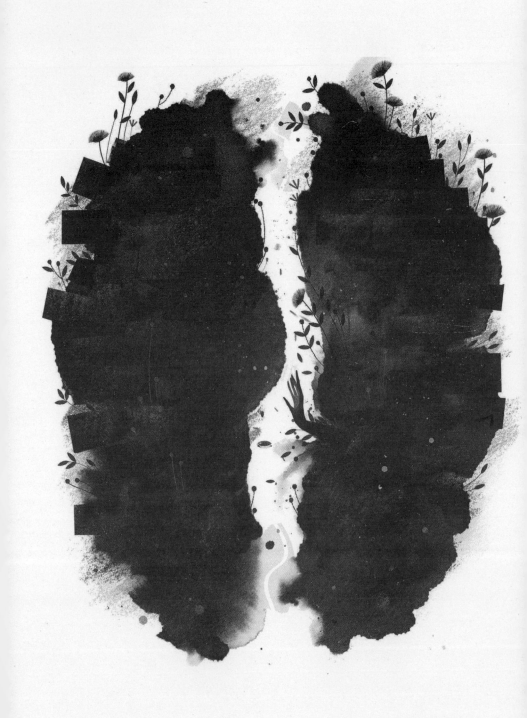

Capítulo Treze

A vela escorre e faz uma poça, mas não apaga.

Está tarde, mas Olivia está sentada, bem acordada, no meio da cama. Ela folheia o diário da mãe, torcendo por respostas, mas encontra apenas as mesmas entradas, memorizadas há tanto tempo, capazes de enlouquecer de tão vagas.

Não há descanso
dormi nas suas cinzas
Quando você se desfez
quero adormecer, mas ele sempre me encontra lá

A mãe e o primo de Olivia, ambos assombrados pelos próprios sonhos. Será que Grace também definhara, como Matthew? Será que ela ficou com olheiras e com o rosto fino? Seria loucura ou doença ou será que só estava tão cansada que as duas coisas se tornaram a mesma? E se isso aconteceu com eles, será que aconteceria com ela?

Se ainda não te encontrou...

Olivia vai do diário para o bloco, para os desenhos que fez de Matthew, da casa, do muro e do jardim. Ela sente como se estivesse no meio de um labirinto, a cada curva uma pergunta que não consegue desvendar, cada descanso a levando mais para as profundezas da escuridão emaranhada.

Ela mantém um dos ouvidos aguçados, preparada para os gritos de Matthew, mas o corredor está silencioso, as sombras vazias de seu próprio quarto. Os únicos sons são o sussurrar suave da vela queimando e o farfalhar frágil das páginas virando.

Olivia aperta os olhos com a palma das mãos, sua frustração crescendo com a vontade de bater uma porta ou quebrar um vaso numa cabana de jardim, algo para extravasar os sentimentos, lhes dar forma e som. Em vez disso, ela joga os cadernos para longe e se afunda de volta nos travesseiros.

Um segundo depois, ela ouve o som familiar de um lápis caindo no chão e rolando para debaixo da cama.

Deixa pra lá, pensa ela, mas tem uma sensação estranhíssima de que, se deixar, a casa vai roubá-lo, engoli-lo para dentro das frestas entre as tábuas de madeira, os espaços entre os pisos, e aquele é o seu lápis favorito. Ela suspira, jogando as cobertas para longe, se levanta e agacha para olhar embaixo da cama.

Ela se prepara para ver um rosto apodrecido, cabelo sujo cinzento e ralo como uma teia, um sorriso irregular. O espectro no dormitório costumava ficar assim, deitado embaixo das camas, com o queixo apoiado nos braços cruzados no escuro, como se qualquer um além de Olivia fosse vê-lo.

Mas não há nenhum espectro embaixo da cama. Apenas poeira e escuridão e a leve silhueta de seu lápis quase fora de alcance. Quando Olivia deita de barriga para baixo e se estica para a frente para pegá-lo, ela vê outra coisa. Uma sombra sólida, encaixada entre a cabeceira e a parede, com a ponta se projetando para baixo.

É um livro.

Ela não sabe dizer se ele simplesmente caiu atrás da cama e ficou preso ou se foi escondido ali de propósito, mas ao prender o lápis atrás da orelha e puxar o livro, ele se solta. O coração dela dá um pulo; ele é fino e flexível. Não é livro algum.

É um *diário*.

Olivia se contorce de volta para o círculo de luz da vela no chão do quarto e senta ali, estudando a capa. Ela encara, perplexa, as curvas de um G gravado na superfície. É o diário de sua mãe. Mas não é, porque, quando Olivia se levanta, ela vê o diário da mãe, o que ela sempre teve, entre os lençóis enrolados como havia sido deixado. Além disso, o diário de sua mãe é verde e desgastado pelo tempo, marcado com aquelas duas linhas estranhas, páginas projetadas para fora onde foram arrancadas e colocadas de volta. Esse é liso, limpo e muito menos castigado.

E é vermelho. Igualzinho ao do sonho.

Ela passa o dedão sobre o G gravado, praticamente intacto, e imagina a mãe recebendo não um, mas dois diários. Um conjunto. Ela prende a respiração ao abrir a capa, o fôlego escapando quando vê as palavras, a caligrafia delicada e cheia de curvas, como era nas primeiras páginas do outro diário, antes de a letra perder a firmeza e de as entradas se tornarem estranhas e entrecortadas e desmanteladas.

Olivia passou anos dedicada ao enigma do diário da mãe, examinando minuciosamente cada linha em busca de pistas. Agora ela vira uma página atrás da outra, maravilhada com a riqueza das novas palavras.

Arthur está com um humor péssimo hoje.

Ela folheia, encontra o nome de Hannah.

Hannah disse que, se eu estragar mais um vestido, ela vai me fazer usar calça. Eu respondi que tudo bem, desde que eu pudesse ter um par de botas combinando.

Várias páginas depois, ela encontra Edgar.

Algo deixou o pássaro sair da gaiola, e agora não consigo achá-lo. Arthur diz que não há mais volta, e Edgar diz que é melhor assim, que pássaros gostam mais do céu do que de parapeitos. Deixei a janela aberta, esperando que ele voltasse, e papai quase me matou.

Que estranho ver as portas se escancararem para outra vida. Não há nenhum "você" misterioso nessas entradas, nenhuma menção a sombras que se mexem ou ossos com histórias como tutano ou vozes no escuro. Há desenhos *de fato*, aqui e ali, esboços de uma gaiola de pássaros, uma rosa, um par de mãos, mas são pequenos e precisos, contidos nas margem das páginas, muito diferentes das manchas de tinta selvagens e amorfas no outro diário.

Olivia passa os olhos por uma dúzia de entradas mundanas — reflexões sobre como Arthur está enlouquecendo Grace, sobre a ausência da mãe, a tosse cada vez pior do pai. Sobre Hannah e Edgar e o fato de ninguém perceber que eles estão se apaixonando — até que uma lhe chama a atenção.

Ontem à noite eu ultrapassei o muro.

Olivia perde o fôlego, os olhos se apressando à frente.

Gallant

Eu queria ver com meus próprios olhos. Queria saber se era de verdade, ou se esperam que eu cresça e apodreça aqui por uma mera superstição. Não seria engraçado? Se fosse só uma história, passada de um Prior a outro até que todos esquecêssemos que era ficção? Todos nós, entregues à mesma ilusão insana?

Aquele mundo grande e vasto, e nós apenas sentados aqui, encarando um muro.

Papai fala que é uma prisão, e nós somos os guardiões, mas é mentira. Nós somos igualmente prisioneiros aqui. Presos a estas terras, esta casa e aquele jardim.

Olivia para, a voz de Matthew ecoando na cabeça. *Viemos para Gallant um dia, e agora não conseguimos mais ir embora. Estamos presos a este lugar.* Ela o afasta dos pensamentos e continua a ler.

Arthur diz que a morte aguarda do outro lado do muro. Mas a verdade é que a morte está em todo lugar. A morte chega para as rosas e maçãs, chega para os camundongos e os pássaros. Chega para todos nós. Por que a morte deveria nos impedir de viver?

Então eu fui.

Eu ultrapassei o muro.

Não deveria. Pensei... mas não importa o que pensei. É claro que não fui a primeira. É claro que as histórias não são ficção. Não me arrependo. Não mesmo... Mas entendo agora.

Nunca mais voltarei.

O coração de Olivia acelera enquanto ela vira a página.

Ninguém precisa saber.

Eu nem deveria escrever isso aqui, mas parte de mim sabe que, se eu não escrever, começarei a duvidar de mim mesma. Vou pensar que foi um sonho. Mas não dá para sonhar com palavras no papel. Então aqui está. Ontem à noite, eu ultrapassei o muro.

E encontrei a Morte.

As palavras se alastram pela página feito ervas daninhas. Olivia passa os dedos por elas, esperando em parte que se contorçam sob seu toque. Há gotas de tinta no papel, como se a caneta do escritor tivesse pairado sobre a página, hesitante, antes de continuar.

Não encontrei, mas vi, e já foi bastante perto. Com suas quatro sombras e doze vultos, tudo silencioso na ossada da casa arruinada. Parece loucura ao ver escrito. Pareceu loucura quando testemunhei. Um mundo louco, um sonho febril.

Arthur me flagrou depois, no jardim, me sacudiu com força e perguntou se eu tinha sido vista. Eu disse que não.

Não contei ao meu irmão como a sombra mais alta me encontrou no corredor, descolada do mestre feito uma longa sombra de verão. Não contei ao meu irmão como ele olhou direto para mim com aqueles olhos quase pretos e inclinou a cabeça para a porta mais próxima, para o jardim e o muro. Não contei ao meu irmão que a sombra me deixou ir embora.

A entrada acaba. As mãos de Olivia já estão virando as páginas. A entrada seguinte começa:

Eu escrevi para ele ontem à noite.

Quando voltei, esperei que minha carta tivesse sumido e sido roubada como todo o resto que cai pelas rachaduras, mas ainda estava lá, enfiada entre ferro e pedra, e, pelo ângulo, percebi que ela fora mexida, e quando conferi, descobri que ele respondera.

Outra página, outra entrada.

Eu morei a vida toda em Gallant. Mas nosso lar deveria ser uma escolha. Eu não escolhi esta casa. Estou cansada de estar presa a ela.

Olivia vira a página, esperando mais, porém a página seguinte está arrancada, assim como a próxima, e a próxima, as entradas seguintes todas arrancadas, deixando apenas alguns poucos começos perto da costura, a curva de tinta das palavras partidas, palavras rasgadas em dois. Uma trilha de migalhas de meias-palavras.

Não vem...
um prisione....
junt...
podemos l...
essa noite...

Olivia solta um suspiro frustrado e volta para o começo.

A mãe dela ultrapassou o muro. Ela viu a morte e quatro sombras e doze vultos. A sombra mais alta a ajudou a voltar para casa. É conteúdo de contos de fadas. Ou algo mais sombrio. Uma garota enlouquecendo? Mesmo assim, ela estava bem o suficiente para saber a impressão que suas palavras passavam. E a própria Olivia já não vira vultos? As garotas fantasmagóricas em Merilance. Sua própria mãe e o tio a seguindo pelos corredores de Gallant. Será que Grace Prior também via espectros?

Mas qual é a diferença entra uma sombra e um vulto?

Seria um enigma ou um código?

Ela fecha os olhos, tentando organizar as peças, mas sua mente está cansada demais para encontrar os contornos, e nada parece se encaixar, até que ela apaga a vela com um sopro exasperado e cai novamente na cama.

E, no escuro, ela sonha.

Talvez você esteja me assombrando.
Que ideia reconfortante.
Talvez seja você na escuridão.
Juro que já a vi se mexendo.

Capítulo Catorze

Há um homem no jardim.

Ele cambaleia, como se estivesse doente ou bêbado, cai e volta a se levantar, arrastando o corpo pesado para além das flores, pálido ao luar, passando pelas treliças e cercas vivas e por Olivia, que observa sentada do banco baixo de pedra, incapaz de se mover. Ele segue oscilante, passando pela última fileira de rosas com as pernas trêmulas, em direção ao trecho inclinado de grama que leva ao muro do jardim.

— Você não pode me prender! — grita ele, suas palavras quebrando o silêncio da noite. Sua voz é rouca, exausta. — Você não vencerá.

Ele lança um olhar por cima do ombro, para a casa, para ela, e a luz passa por seu olhar atormentado e por suas bochechas encovadas. Metade do seu rosto está mergulhado em sombras, mas ela reconhece aquele maxilar, aqueles olhos profundos, o eco de Matthew, porém mais velho. O tio dela. Arthur.

Ela observa, impotente, enquanto ele cambaleia de novo, mas dessa vez não se levanta. Ele cai de joelhos na grama. Um objeto brilha em sua mão, e a princípio ela acha que é uma pá, mas então o luar ilumina o cano. É uma arma.

— Você disse que pode fazer os pesadelos pararem. — Ele ergue os olhos, vidrados no escuro, para o muro. — Bem, eu também posso.

Ele ergue a arma até a têmpora.

Olivia acorda com o estrondo.

O som ecoa pelo quarto, e ela se levanta num pulo e corre descalça para a porta. *Foi só um sonho*, diz a si mesma, mas pareceu tão real. Foi só um sonho, mas os sonhos dela parecem alcançar o mundo desperto, e o tiro continua reverberando em seus ouvidos enquanto ela se apressa para o corredor. A porta de Matthew está aberta, um círculo de luz do lampião no chão de madeira, mas não há choro, nenhum sinal de Hannah ou Edgar o forçando a ficar na cama.

A cama está vazia, os lençóis revirados, as tiras de couro penduradas o chão.

Uma onda de pânico passa por seu corpo. Foi só um sonho, mas Matthew não está aqui, e ela tem certeza de que, se olhar para o jardim, verá um corpo caído na grama. A janela de Olivia dá vista para a frente e a fonte. O quarto de Matthew fica do outro lado do corredor, então deve dar vista para o jardim e o muro. Mas quando ela vai até a janela, as persianas não estão apenas travadas, mas trancadas.

Olivia corre de volta para o corredor, e está na metade da escada quando ouve algo. Não um grito, nem um tiro, mas uma sequência suave de notas, subindo e descendo na escala.

Alguém está tocando o piano.

A melodia flutua pelo ar feito fumaça, rala e fina, e o coração de Olivia custa a desacelerar à medida que segue o som escada abaixo, por um labirinto de corredores até a sala de música, a

Gallant

luz escapando pela porta aberta, onde encontra a tampa preta reluzente do piano e Matthew de cabeça baixa sobre as teclas.

À primeira vista ela quase o confunde com um espectro, curvado tão para a frente que até parece sem cabeça. Mas um espectro não conseguiria tocar as teclas, muito menos produzir música, e quando ele muda de posição, a luz do lampião recai sobre ombros estreitos, porém firmes, iluminando a silhueta do seu cabelo. Ele é de fato sólido.

Ela olha para além dele, e em seguida para a janela saliente, o jardim iluminado pelo luar se estendendo para o outro lado do vidro. É claro que não há corpo algum. Foi só um sonho.

Olivia faz um movimento perto da porta, chamando a atenção de Matthew.

Ele olha de relance para cima, fazendo contato visual com ela pelo vidro. Por um momento, suas mãos param, a melodia é suspensa, e ela sustenta o olhar, esperando por uma expressão de irritação no reflexo dele. Mas não há raiva em seus ombros, não há frustração em sua mandíbula. Apenas exaustão. Ele volta a olhar para baixo e recomeça.

— Não consegui dormir — diz ele, e ela olha para os hematomas ao redor dos pulsos do primo. Sabe que os sonhos dele são tão vívidos quanto os dela, imagens que têm sabor, sensação e som de verdade. Depois de três noites nesta casa, ela já se sente abalada. A julgar pelo tom da pele de Matthew e suas olheiras fundas, ele tem lidado com esses sonhos há muito mais tempo, e com imagens muito piores.

Não há descanso no sono. Esses sonhos serão minha ruína.

— Não fique parada aí — diz ele, mas há um convite nas palavras, para entrar ou sair. Olivia se aproxima.

Só há dois assentos na sala, a janela saliente e o banco do piano, e ela não consegue se sentar à janela de costas para o jardim, então se senta na beira do banco, observando os dedos dele percorrerem as teclas, suas mãos se movendo com a tranquilidade proporcionada pela prática. A canção que preenche o cômodo é suave, sinuosa e solitária. Ela sabe que essa não é a palavra certa, mas é a única que se encaixa. As notas são lindas, mas a fazem sentir como se estivesse de volta à cabana do jardim.

— Você toca?

Olivia faz que não com a cabeça, se pergunta se ele consegue notar a tristeza em seu rosto ou a avidez com que ela olha para as teclas. Mas Matthew não está olhando para ela. Ele também não está olhando para baixo. Em vez disso, mira na janela, na noite, no jardim banhado de luar e no muro ao longe, sua silhueta demarcada pela luz prateada.

Ele respira profunda e longamente e diz:

— Meu pai me mostrou, quando eu era novo.

Ele suaviza, um fantasma de sorriso no rosto, e ela não reconhece esse Matthew.

Ele já foi um amor de menino.

As mãos dele são tão delicadas sobre as teclas.

— Minha mãe amava ouvi-lo tocar. Eu também queria aprender, mas ele não sabia como ensinar, não lembrava como ele próprio aprendera, então sentou comigo um dia e acenou para as teclas com a cabeça e disse: "Observe, escute e dê seu jeito."

A mão esquerda de Matthew nunca para, mas a direita avança para as teclas bem na frente dela, arrancando três notas e repetindo sem parar.

— Tipo assim — diz ele. Ele recolhe novamente as mãos, e Olivia leva às próprias mãos às teclas.

Algo se move atrás deles, mas Matthew não parece notar. Olivia levanta a cabeça para a janela, e no reflexo há um vislumbre do espectro de uma senhora, se debruçando para a frente na sombra da porta, com o rosto inclinado enquanto escuta.

— Continue — insiste Matthew, e ela começa a tocar. Ela sabe que não está exatamente *tocando*, apenas fazendo um círculo de som, mas é algo, é um começo, e ela sente que está sorrindo, levada pela melodia.

— Meu irmão, Thomas, nunca pegou o jeito — diz ele, e Olivia se atrapalha ao ouvir o nome. — Ele não conseguia parar quieto por tempo o suficiente para aprender. Mas eu nunca pensei nisso como *parar*. É que... algo na gente se aquieta para abrir espaço para a música. Hoje em dia, isso é o mais próximo que eu chego de descansar.

Olivia prende a respiração, esperando que ele continue, que lhe conte o que houve com Thomas, que explique por que ele está sozinho nesta casa grande demais, por que não pode ir embora, apesar de sua mãe ter ido, por que passa as noites preso a uma cama, gritando por socorro.

Mas ele não fala mais nada. O momento passa.

Amanhã ela encontrará uma maneira de fazer essas perguntas, amanhã ela o fará responder, mas esta noite ela deixa Matthew tocar em paz. Esta noite o espectro sai de fininho do quarto, e Olivia fecha os olhos e deixa que a melodia a envolva, sua mente silenciando para abrir espaço para a música. A parte mais escura da noite passa e se dilui. Eles tocam juntos até o amanhecer.

Capítulo Quinze

Pela primeira vez em anos, Olivia foi dormir tarde.

Ela mal se lembra de voltar ao quarto ou para debaixo das cobertas. Ela só sabe que já era de manhã, a luz fraca permeando o jardim rendado de neblina, batendo no piano enquanto Matthew tocava. Mas quando ela chegou ao seu quarto, as persianas ainda estavam puxadas, o quarto, escuro, e o sono se abateu sobre ela feito uma onda, arrastando-a não para sonhos, mas para o doce e familiar vazio.

Quando emergiu novamente, foi para o ruído da chuva forte.

Hannah já passou por ali; há um bule de chá sobre o divã, mas seu conteúdo não solta vapor, está frio faz tempo. As persianas estão abertas, mas a luz do lado de fora é de um cinza encharcado. O tipo de cinza que pertence a outro mundo, outra vida. Seu estômago se contrai com a visão, a lembrança do cascalho sibilando sob seus sapatos, canteiros de flores abandonados, cabanas dilapidadas e construções como dentes desbotados.

Olivia engole em seco e escuta a tempestade, uma pequena parte dela temendo que Gallant não tenha passado de um sonho, que ela esteja prestes a acordar e se encontrar de volta em Merilance, agachada na cabana do jardim enquanto a chuva tamborila no antigo telhado de latão.

Mas então ela ouve a voz de Edgar na escada, chamando Hannah, e o medo se dissipa. Ela ainda está aqui. Ainda é real.

Mesmo assim, só para garantir, Olivia vasculha o armário da mãe, se veste com a roupa mais chamativa que encontra, como se o azul vivaz do vestido fosse um desafio, uma cor que nunca seria encontrada em Merilance. Ela está procurando os botões quando escuta algo do outro lado da janela.

É um som baixo, meio abafado pela chuva contínua, mas ela identifica o raspar de pneus no cascalho, o ronco de um motor.

Um *carro*.

Ela é tomada pelo pânico, e por um breve e aterrorizante segundo, tem certeza de que ele veio buscá-la. Se olhar pela janela verá o mesmo carro preto que a levara embora de Merilance, esperando feito um carro fúnebre para levá-la de volta. Mas quando consegue olhar pela janela embaçada, em direção à fonte e à entrada para carros, ela vê Edgar correndo em direção a um caminhão de açougue, caixotes sendo trocados, um aceno, e o homem de volta ao volante se afastando.

A pulsação trêmula dela começa a se acalmar. Os dedos, agarrados à escrivaninha, relaxam. Ela recua, volta para a cama e pega os diários da mãe. Encontra o bloco de desenho entre os lençóis embolados, enfia os três embaixo do braço e vai para o andar de baixo.

O dia está horrível lá fora, mas, do lado de dentro, bem agradável. Há um ar sonolento em tudo. O vento sopra suavemente contra a casa, sacudindo as persianas abertas, e, com o sol enterrado atrás de tantas nuvens, é difícil saber que horas são. Podem ser dez da manhã, seis da noite ou qualquer outro horário. Edgar está cantarolando suavemente na cozinha, mas o estalo baixo de madeira a atrai para a sala de estar, onde encontra Hannah aninhada numa poltrona, pés erguidos diante da lareira, um livro aberto no colo.

Decidiu que hoje era um dia para ficar lendo, segundo ela. Nada mais para fazer quando o tempo vira.

— Meus ossos estão ficando velhos — comenta ela —, e eles não gostam da umidade.

Há um espectro sentado na outra poltrona, despercebido. Um rapaz, pouco mais do que um cotovelo num joelho, um queixo numa mão, imitando a pose de Hannah. Olivia tenta identificá-lo entre os retratos no corredor, mas não há rosto o suficiente, e quando ele vê que ela está encarando, se dissolve nas almofadas de veludo. Olivia abraça os diários e sai, se perguntando quantos espectros moram em Gallant. Um para cada lápide? Será que os mortos sempre voltam para casa?

Seus pés a levam pela casa, de volta à sala de música.

A chuva cai num fluxo constante por trás da janela saliente, fazendo as rosas murcharem, o muro distante borrado pelo clima e pela neblina até que pareça um esboço inacabado. Parte dela espera ver Matthew lá fora, ajoelhado entre as flores, cabeça baixa apesar da chuva.

Mas não há sinal dele. Talvez ainda esteja na cama. Ela pensa no rosto dele na noite anterior, no arqueamento exausto dos ombros, nas olheiras, e torce para que ele tenha conseguido dormir.

O piano está ali, à espera, mas Olivia resiste ao desejo de se sentar no banco de novo e arriscar a melodia de Matthew, temendo acordá-lo caso esteja descansando. Em vez disso, ela afunda entre as almofadas no banco da janela e espalha os diários e o bloco de desenho.

Parecem peças de um quebra-cabeça, esperando para ser solucionado.

Eu ultrapassei o muro, escrevera sua mãe. *E encontrei a Morte.*
Não contei ao meu irmão que a sombra me deixou ir embora.
Então: *Eu escrevi para ele ontem à noite.*

Essas palavras mexem com ela de alguma forma. Ela volta à primeira entrada do antigo diário verde, mesmo a linha estando gravada na sua memória.

Se você ler isso, eu estou segura.

Sempre lhe pareceu uma primeira entrada estranha. Agora lhe parece uma apresentação. Ela sabe que o "você" no diário é seu pai, baseado na forma como sua mãe escreve para ele, na forma como ela sofre com a perda.

Não se vá. Por favor, aguente mais um pouquinho. Você não pode ir antes de conhecê-la.

Se isso for verdade, então o pai dela era a "sombra mais alta", a que Grace alega ter conhecido do outro lado do muro. Mas não há nada do outro lado do muro, até onde ela sabe, e o seu pai não era uma invenção da mente da mãe dela, uma figura fantasmagórica num conto de fadas... Olivia é a prova de que ele era real. Ele vivia e respirava...

E escrevia.

Olivia folheia o diário vermelho até encontrar a linha.

... quando conferi, descobri que ele respondera.

Ela franze a testa, olhando de um diário para o outro. Ela já lera o verde mil vezes e encontrara apenas a letra inclinada da mãe, seus pensamentos instáveis. Ela o folheia de novo, buscando qualquer sinal de seu pai, e só encontra as mesmas entradas e ilustrações que sabe de cor.

Tomada por frustração, ela joga uma almofada do outro lado do cômodo.

O que você estava fazendo?, pensa ela, direcionando as palavras não para si mesma, mas para a mãe. *O que quis dizer? Me ajude a entender.*

Uma sombra se mexe em sua visão periférica. Um cabelo longo, soprado por uma brisa. Um pé descalço se movendo silenciosamente nas tábuas do chão. Sua mãe. Olivia não ergue o olhar, com medo de fazer o espectro desaparecer. Ela resiste, mesmo quando a silhueta se aproxima. Mesmo enquanto ela senta no banco da janela.

O coração de Olivia bate acelerado dentro do peito. Ela aprendeu a ignorar os espectros ou expulsá-los ao encará-los, mas nunca passou por sua cabeça chamá-los. Nunca lhe ocorreu que eles viriam.

Mas o espectro de sua mãe está sentado ao seu lado agora, com os joelhos encolhidos sob o queixo, como se tivesse sido convocado. Ela é tão jovem, e Olivia se pergunta se essa era a aparência de Grace quando morreu, ou quando foi embora, ou ainda mais jovem, quando começou a sonhar com liberdade... qual versão dela voltou para Gallant?

Pelo canto do olho, ela vê o espectro se inclinar para a frente como se analisasse os diários, o observa passar uma das mãos transparentes de forma quase amorosa sobre a ilustração, manchas de tinta sob seus dedos. Seu olhar — parte dele, um lado de seu rosto se desintegrando em sombra — relanceia para Olivia. Sua boca — o que sobrou dela — se abre, como se tentasse falar. Nenhum som sai. Mas sua mão se move de um lado a outro sobre a ilustração.

Olivia estuda a página através do véu da pele da mãe. Então algo estala dentro de si. Ela pega o diário vermelho e volta para as páginas iniciais, examinando as margens em busca de um dos desenhos da mãe. Eles são tão delicados, tão precisos... e tão diferentes das manchas de tinta. Como se não tivessem sido feitos pela mesma mão. Dois estilos diferentes. Dois artistas diferentes.

Olivia baixa a cabeça e olha para o diário que possuiu a vida toda e, enfim, entende.

As palavras são a voz da sua mãe.

Os desenhos são a do pai.

Se você ler isso, eu estou segura.

Acordada na cama, eu me pergunto por quê.
Por que você me ajudou? Por que ficou naquele lugar? Tem medo de ir embora? Ou é preso a ele, assim como eu, ambos prisioneiros de nossa casa?
Mas uma casa assim nunca será um lar.

Sonhei com você ontem à noite. Não é estranho? Sonhei que você estava no jardim, olhando para cima. Sonhei que esperava o sol nascer. Ele nunca veio.
Eu me pergunto: com o que você sonha?
Você sequer sonha?

Eu já tive um pássaro. Eu o mantinha numa gaiola. Mas um dia alguém o soltou. Fiquei tão brava na época, mas agora me pergunto se fui eu. Se levantei à noite, meio adormecida, abri o ferrolho e o deixei ser livre.
Livre: uma palavra pequena para algo tão magnífico.
Não sei qual é a sensação, mas quero descobrir.
Se eu te desse minha mão, você a seguraria?
Se eu corresse, você correria comigo?

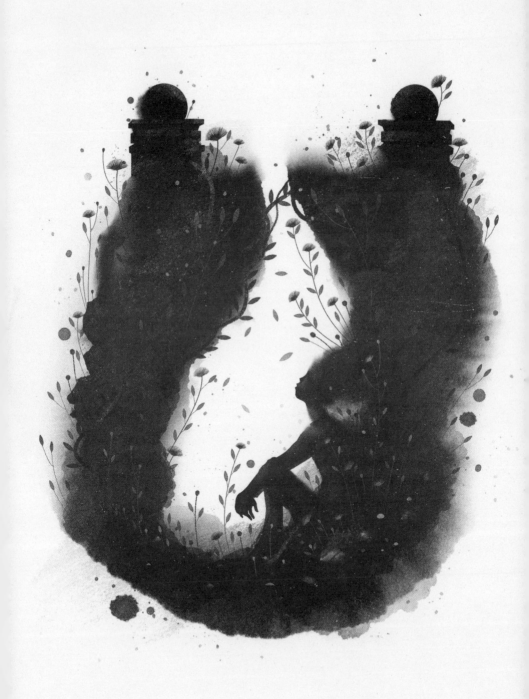

Me encontre aqui amanhã à noite.

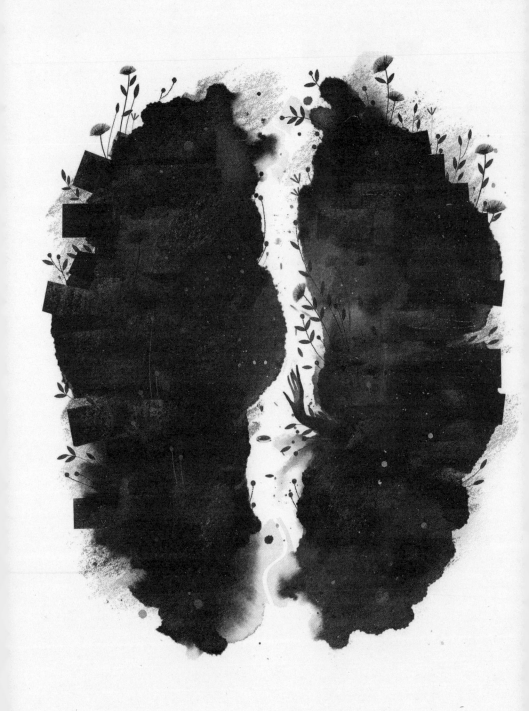

Nós conseguimos. Nós conseguimos.
Deu certo. Estamos livres. No entanto...
Não parece real. Não consigo acreditar que você está sentado ao meu lado, que eu posso esticar a mão e tocar a sua, que posso falar e você vai ouvir. Suponho que não haja necessidade de escrever para você assim agora. Talvez eu esteja escrevendo para mim mesma. É um hábito difícil de abandonar.
Estou tão feliz.
Estou tão assustada.
Os dois, ao que parece, podem andar juntos, de mãos dadas.

Não consigo acreditar. Mas o mundo é cheio de coisas desconhecidas, e eu estou inebriada com o conhecimento.
Que maravilha sentir o coração dela sincronizado com o meu.
Que assombro saber que ela está ali. Como vamos chamá-la?

Olivia.

Lar é uma escolha.

Algo está errado.
Eu fico maior, mas você fica menor a cada dia. Consigo vê-lo definhar. Tenho medo de enxergar através de você amanhã. Tenho medo de você ter sumido no seguinte.

Não sei como fazer você melhorar.
Não sei como fazer você ficar.
Fique comigo. Fique comigo. Fique comigo.
Eu escreveria essas palavras mil vezes se elas fossem fortes o bastante para segurar você aqui.

Não se vá. Não se vá. Por favor, aguente mais um pouquinho. Você não pode ir antes de conhecê-la. Aguente firme. Aguente firme. Aguente firme.

Eu dormi nas suas cinzas ontem à noite.
Foi como se você tivesse estendido sua sombra antes de ir embora.
Cheirava a fumaça de lareira e ar de inverno. Fiz um cobertor do espaço vazio. Pressionei a bochecha contra o lugar onde a sua estivera.

Quando você se desfez, eu encontrei o osso amaldiçoado. Era um molar, dentre todas as coisas, a boca dele escondida dentro da sua. Mas não se preocupe, eu triturei o dente até virar pó e joguei as obturações no fogo. Ele nunca terá o pedaço que era você. Espero que ele apodreça obcecado com o vazio.

Nunca era tão quieto quando você estava aqui. Não é engraçado? O quanto um corpo produz som. Odeio o silêncio, odeio o fato de eu ser a única fazendo barulho. Eu faço tanto barulho, como se pudesse me enganar, me levar a pensar que você está aqui, apenas sem poder ser visto.
Talvez você esteja me assombrando.
Que ideia reconfortante.
Talvez seja você na escuridão.
Juro que já a vi se mexendo.

Todas as cinzas já se foram. Queria ter ficado com o dente. Só para ter algo. Ao menos eu tenho Olivia. Ela é tão quieta. Tem seus olhos, acho, mas quando olho para ela, me pergunto se é você me encarando de volta ou ele. Espero que não seja ele, mas os olhos são tão firmes, tão velhos para o rosto de uma criança, e eu quero perguntar se ela sabe, se ela vê, se ela pertence àquele outro lugar, mas ela é pequena demais para falar.

Ouço você em meus sonhos. Toda noite, quando tento dormir, me encontro de volta no muro, e lá está você, esperando do outro lado. Você inclina a cabeça na direção da minha e sussurra, e é assim que eu sei que é mentira. A voz dele na sua boca, me dizendo para voltar, para voltar, para voltar para casa.
Não há descanso no sono.
Esses sonhos serão minha ruína.

Eu me sinto como um painel de vidro, cheio de rachaduras e golpeado toda noite pelo vento. A madeira lasca, o vidro range sob o peso. Ele vai quebrar. Eu vou quebrar. É só uma questão de tempo, e eu estou tão tão tão cansada ~~que é difícil saber~~ às vezes eu tenho certeza de que estou acordada, então me flagro acordando, e outras vezes tenho certeza de que estou dormindo, então adormeço de novo. O tempo é fugidio, minha mente vaga e meus pés me carregam para lugares quando não estou olhando eu pisco e me mexi o sol se mexeu a lua está no céu e Olivia está parada observando e ~~eu não sei por quanto tempo~~ e eu quero descansar para não ficar sozinha para poder ver você ~~eu posso ver você~~ e isso me faz querer adormecer, mas ele sempre me encontra lá.

Não me lembro de adormecer, mas acordei e estava debruçada sobre Olivia sussurrando o nome dela e temo que não fosse minha mão na bochecha dela não fosse minha voz na minha boca não fossem meus olhos a observando dormir e

Estou tão cansada que não sei o que fazer ~~não é seguro mas nenhum lugar é seguro agora eu não estou aqui quando~~ estou acordada e estou em outro lugar ~~adormecida preciso fechar os olhos mas as sombras estão se mexendo consigo vê-las quando não estou olhando e estou com medo não delas mas de mim da voz na escuridão da sua ausência estou com medo do que farei se eu não não importa eu sei que não consigo continuar eu não consigo continuar e sinto muito por querer ser livre sinto muito por ter aberto o portão sinto muito por você não estar aqui e eles estão observando ele está observando ele quer você de volta mas você se foi ele me quer mas eu não vou ele a quer mas ela é tudo o que tenho de você e eu ela é tudo ela é tudo~~ eu quero ir para casa.

Olivia Olivia Olivia

Venho sussurrando o nome em seu cabelo
para que você se lembre será que você vai lembrar?
Não sei não consigo Dizem que há amor na
renúncia mas eu só sinto perda. Meu coração é de cinzas e
você sabia que as cinzas mantêm seu formato até que as toquem
Eu não quero deixá-la mas não confio mais em mim mesma
não há tempo não há tempo não há tempo para
Sinto muito por não saber o que mais fazer
Olivia, Olivia, Olivia, lembre-se disso:
as sombras não conseguem te tocar não são reais
os sonhos são apenas sonhos nunca podem te machucar
e você ficará segura desde que mantenha distância de Gallant

O mestre da casa não esqueceu.

Toda vez que sua língua seca desliza sobre seus dentes polidos e mergulham no buraco, é uma pá fincada no solo, a terra revirada, a lembrança trazida à tona.

Um pedaço dele está faltando. Ele não consegue trazê-lo de volta.

Errado, errado. As coisas dão certo e fracassam, mas ele não. Ele é o criador. Ele é a origem. Ele empresta, eles pegam emprestado, mas tudo volta.

Ele conta cada pedaço e cada osso, sabe onde eles estão quando estão com ele e quando não estão, e ele pode chamá-los para casa.

Ele estala os dedos, e eles vêm correndo, se encaixam nos espaços vazios, pele fechando sobre todas as feridas até que restem apenas quatro.

Aqui é o lugar onde a costela entrará.

Aqui a clavícula, aqui o pulso.

E aqui o molar. A única ferida que não se fechará. O mestre range os dentes.

Um pedaço dele foi roubado.

E logo ele o recuperará.

Parte Quatro
DO OUTRO LADO DO MURO

Capítulo Dezesseis

Quanto mais ela analisa o diário, mais óbvio se torna.

A posição dos desenhos. O modo como eles desaparecem quando ele desaparece.

O espectro da mãe dela tremula em sua visão periférica, observando em silêncio enquanto ela folheia o diário verde novamente, dessa vez avaliando as manchas de tinta como se fossem letras, uma correspondência elaborada de duas formas, uma linha e outro formato. Ela tenta ler ambas, como se fossem palavras, mas as imagens são abstratas demais.

Por que ele simplesmente não escrevia?, pensa ela, apertando a área macia acima dos olhos com os polegares. Talvez ele fosse como Matthew. No entanto, ele conseguia entender a letra da mãe bem o suficiente para responder. Ela imagina Grace Prior se derramando sobre as ilustrações. *Ela* obviamente conseguia decifrá-las.

Olivia também vai conseguir.

Ela passa a mão sobre o trabalho do pai, a tinta fina e rebelde como aquarela.

É parecido com observar nuvens, tentando identificar os formatos enquanto elas passam, todas alguma coisa e nada ao mesmo tempo, uma promessa de uma imagem mais do que uma imagem em si, mas quanto mais ela olha, mas sua visão se embaça, e quanto mais sua visão se embaça, mais ela parece perceber. Ela logo para de tentar ler as linhas como formas, e elas se tornam gestos. As imagens se desenrolam em sentimentos. É a diferença entre uma linguagem falada e uma sinalizada, a boca formando palavras enquanto as mãos formam mais: palavras, pensamentos e sentimentos.

Nos gestos do pai, ela lê alívio e tristeza, esperança e desejo.

Há partes que ela não entende, fragmentos que parecem sair do alcance, mas é um começo. É o primeiro vislumbre de um pai que ela nunca conheceu, o seu fantasma impresso no papel.

Olivia para e se espreguiça, se sentindo dolorida. Há quanto tempo está sentada ali? A chuva agora mal passa de uma garoa, e os seus olhos começaram a doer, então ela fecha o diário, passando a mão distraída sobre os dois riscos paralelos talhados na capa. Para sua surpresa, uma mão fantasmagórica baixa sobre a dela, atravessando-a. O toque do espectro é nada, uma sombra fria; ainda assim ela se sobressalta, recuando por instinto, antes de perceber que ele não buscava a sua mão. Em vez disso, os dedos finos demais se mexem no ar, traçando os mesmos riscos da capa do caderno antes de se afastar. Olivia segue a mão do espectro até a janela, onde se apoia no vidro.

Olivia não consegue evitar. Ela olha direto para o espectro da mãe e, por um momento — apenas um momento —, vê Grace Prior, entrecortada aqui e ali pela luz cinza e úmida, as partes visíveis do rosto tomadas por tristeza, olhos focados no mundo além da janela. No jardim. No muro.

Por um momento — apenas um momento —, antes que o peso do olhar de Olivia se torne intenso demais, e o espectro oscile e desapareça.

Olivia se inclina para a frente, seguindo o caminho dos dedos, do diário até a janela, onde pairaram sobre o vidro. Como se tentasse alcançar ou apontasse para o jardim e o muro.

O olhar dela recai sobre a capa verde sulcada, aquelas linhas paralelas repuxando algo em seu crânio. Ela pega o bloco de desenho, folheando-o até encontrar um que fez do portão no muro, do ferro escuro e sua maçaneta em forma de vinha, da fresta entre o portão de metal e a pedra. Dos dois ferrolhos projetados, separados a uma distância mais ou menos igual à das marcas na capa do diário.

Ela, em seguida, se levanta e começa a andar pela casa.

Ela passa pela sala de estar onde Hannah ronca diante do fogo moribundo e sobe as escadas. Segue pelo corredor — a porta de Matthew ainda fechada — e entra no quarto da mãe. E encontra um par de galochas amarelas no fundo do armário, enche a ponta de meias até que elas sirvam, deixa o bloco de desenho na cama e enfia o diário vermelho embaixo do travesseiro, levando apenas o verde.

Ainda está claro do lado de fora, apesar de ela não saber ao certo por quanto tempo, então ela avança depressa pela casa e sai pela porta para o jardim.

A chuva parou, mas venta forte, o ar está carregado de umidade e as nuvens, ainda baixas e pesadas, escuras na parte de baixo, prometem outra tempestade. Ela aperta o diário contra o peito enquanto se arrasta pelas rosas e desce até o muro, desacelerando apenas ao avistar o portão.

Ontem à noite eu ultrapassei o muro. E encontrei a Morte.

Mas sua mãe também encontrara seu pai.

De alguma forma, apesar do tempo, o portão nem está molhado. O muro de pedra é inclinado para a frente, o suficiente para manter o metal seco, e se Olivia não estivesse tão absorta em sua missão poderia achar estranho e relacionar isso à forma como a sombra se curvava, mesmo quando o sol estava no céu, ao ar frio que se acumula na pedra como névoa.

Um espectro estremece na beira do pomar. Não o velho, mas o tio dela, ou ao menos pedaços dele. Ela desenha o resto em sua mente, o imagina não como um espectro, mas um homem, apoiado de braços cruzados na árvore mais próxima. O espectro a encara, e ela encara de volta, mas ele não dissolve sob seu olhar. Ele dá um passo em sua direção, e Olivia se pega pensando *Pare*, pensando *Fique aí*, e, para sua surpresa, ele obedece.

O rosto do espectro se contrai, e ele recua de volta à sombra das árvores, deixando-a sozinha diante do muro.

Olivia passa os dedos pela beira do portão, acompanhando a fresta entre o ferro e a pedra em direção ao solo. Exceto pelos dois ferrolhos se projetando para o espaço estreito, ele tem a largura de um dedão. Ou da lombada de um caderno. Ela morde o lábio e enfia o diário da mãe entre o portão e o muro.

Ele não tem o mesmo formato de tantos anos atrás.

É um pouco mais grosso agora, as páginas arrancadas por Anabelle devolvidas com imperfeição ao lugar, o tempo amarelando as bordas e entortando a capa.

Ainda assim, ele cabe. A lombada do diário verde desliza para dentro da fresta com a facilidade de uma chave numa fechadura, os dois ferrolhos antigos beijando seus sulcos familiares.

Foi aqui que os pais dela se conheceram.

Era assim que eles conversavam. Cartas e desenhos passados de um lado para o outro por um portão que não funciona num muro que dá para lugar nenhum.

Olivia afasta os dedos do diário, e ele fica ali, aninhado confortavelmente no espaço pela duração de uma inspiração. Então o mundo exala. O vento sopra. Uma rajada súbita balança seu vestido e puxa seu cabelo e derruba o diário de seu pouso.

Se o vento tivesse soprado para o outro lado, o diário teria caído na direção dela, aos seus pés. Mas ele sopra nas suas costas, e o diário tomba pelo buraco, desaparecendo atrás do muro.

Olivia sibila entre dentes.

Ela puxa o portão antigo, mas é claro que está trancado, então ela corre para a borda do muro, o lugar onde as pedras se desintegram e viram nada, a grama dos dois lados crescendo juntas, o lado de cá se emaranhando com o de lá.

É só um passo, diz ela.

Mesmo assim, ela hesita. Olha de relance por cima do ombro para o jardim e a casa, o alerta de Matthew pesado no ar.

Mas ela não tem medo de histórias.

Claro, há coisas estranhas no mundo. Coisas mortas que espreitam nos cantos. Casas cheias de fantasmas. Mas isso é só um muro, e parada ali, na beira, ela consegue *ver* o campo do outro lado. Ao espiar a outra face da pedra partida, ela avista o diário sobre a grama molhada, esperando ser coletado.

Olivia pega fôlego e dá a volta no muro.

Suas galochas amarelas emprestadas atravessam a linha, e é estranhíssimo, mas naquele momento ela se lembra da estátua na fonte, a mão da mulher estendida, não em boas-vindas, mas em alerta, como se dissesse: *Dê meia-volta, mantenha distância.* Mas a mulher encara o mundo, não o muro, e a galocha de Olivia aterrissa em segurança no solo.

É só um passo.

Um único passo entre aqui e ali, o lado virado para Gallant e o outro, para os campos além. Um passo, e ela espera sentir alguma corrente mágica, alguma brisa errante forçando-a para a frente ou empurrando-a para trás, mas a verdade é que não sente nada. Nenhuma mudança alarmante, nenhuma queda súbita, nenhuma sensação arrepiante de que o mundo ficou errado. Só a velha e conhecida emoção de estar fazendo algo que alguém te mandou não fazer.

Só para ter certeza, Olivia recua um passo, de volta ao lado do jardim.

Nada. Como ela se sente tola naquele momento, como uma criança saltando entre pedras como se algumas fossem feitas de lava.

Ela volta a ultrapassar o muro, olhando por cima do ombro para Gallant — ainda ali, inalterada — antes de voltar a atenção para o mundo além. Parece igual. Um campo vazio, uma versão malcuidada do gramado inclinado, o diário verde da mãe caído no pé do muro. Ela anda apressada em sua direção, mas, na metade do caminho, outra rajada de vento sopra. Ela abre a capa e rouba as páginas soltas, espalhando-as pela grama ainda úmida.

Olivia solta um gritinho silencioso e corre atrás delas.

Uma se prendeu num cardo próximo.

Uma se emaranhou num caniço.

Uma ela pesca no ar ao passar voando.

Uma está umedecida na terra.

A última aterrissou mais longe, no campo, e quando ela consegue recuperá-la, a barra do seu vestido azul está molhada, as pernas expostas frias, as galochas amarelas sujas de lama e folhas.

Ela volta com dificuldade até o muro, onde o diário continua aberto, páginas balançando de um lado para o outro na brisa. Devolve as páginas úmidas e amassadas ao caderno, decidindo encontrar fita ou cola para prendê-las no lugar quando chegar à casa.

Está ficando tarde — ao menos ela acha que está; as nuvens baixas apagaram a linha entre dia e crepúsculo, tornando impossível saber a hora —, ela segura o diário embaixo do braço e corre de volta à borda do muro, torcendo para que ninguém tenha notado sua ausência. Torcendo para que Hannah ainda esteja cochilando em frente à lareira, Edgar ainda esteja cantarolando na cozinha e Matthew ainda esteja adormecido na cama, e não no piano, com os olhos voltados para o jardim e o portão. Como ele ficaria mal-humorado se a visse saindo de detrás do muro.

Mas quando ela chega à borda da rocha, não está ali.

Olivia olha para cima, confusa.

Há mais ou menos doze passos da borda do muro até o portão — ela mediu —, mas ela já percorreu essa distância, e agora a borda esfacelada paira à distância, mais doze passos à frente. Ela avança, mas, a cada passo, o muro se torna mais longo, seu fim fora de alcance.

Ela acelera para uma corrida desajeitada, tentando ultrapassar a pedra, mas ela está sempre um passo à frente. Isso continua por algum tempo, até que Olivia desacelere, sem fôlego, sentindo o pânico se alastrar pelo corpo.

Ela dá um giro, pretendendo voltar para o portão de ferro.

E para.

O campo sumiu. Não há grama alta. Nenhum cardo. Nenhum mundo selvagem.

No seu lugar, há um jardim.

Ou ao menos os restos mortais de um jardim. Caules secos e flores murchas, de pétalas pálidas, suas folhas desprovidas de cor. Há um pomar de um dos lados, seus troncos sem folhas, e os resquícios de uma horta do outro, seu conteúdo há muito reduzido a sementes e podridão.

E ali, no topo do jardim destruído, há outra Gallant.

Capítulo Dezessete

Uma vez, em Merilance, a Governanta Sarah ministrou uma aula de desenho.

Olivia já começara a aprender sozinha; um hábito que começou cedo. Existe um certo poder no ato de capturar o mundo ao redor, destilá-lo em linhas e curvas, uma linguagem de gestos que qualquer um pode entender.

Mas, nessa aula, as meninas foram instruídas a se desenhar.

A governanta deu uma folha de papel e um lápis a cada uma e lhes mostrou como retratar o próprio rosto, como medir a distância entre os olhos, o ângulo do nariz e bochechas e sorriso. E as deixou à vontade.

Havia uma pequena pilha de espelhos no centro da mesa, alguns novos e outros manchados, alguns rachados e outros inteiros. Não havia o bastante para todas, então as meninas precisaram dividir, roubando olhares breves delas mesmas sempre que podiam, o que significava que os ângulos e a luz viviam mudando, e, quando acabou o tempo e os retratos foram presos à parede, o cômodo ficou cheio de rostos, e absolutamente todos eles estavam *errados*.

Uma reflexão distorcida, estranha, enervante.

É isso o que Olivia vê ao olhar para a casa além do muro.

Ela tem todos os traços certos, arranjados do jeito errado. Um desenho feito essencialmente de memória ou um desenho de contorno, quando você não tira o lápis do papel, e todas as linhas se conectam e se mesclam numa figura abstrata, uma impressão estilizada.

Acima, o anoitecer parece ter chegado de repente, e o céu está preto feito piche. Não há lua. Nem estrelas. Ainda assim, não é vazio. Não, é como um lago, uma vasta extensão de água escura. O tipo de escuridão que engana os olhos. Faz com que você veja coisas onde não há nada. Ou deixar de vê-las quando estão ali. A escuridão que mora nos espaços que você sabe que não deve olhar, por medo de avistar outros olhos, encarando de volta.

Olivia recua, se pressionando contra o muro, esperando sentir a pedra, mas tremendo ao leve toque do metal no lugar. O portão.

Ela empurra, mas ele não se mexe. Procura um buraco de fechadura, mas não há nem mesmo uma maçaneta, nada além de uma camada de detritos sobre metal, hera e folhas mortas que descascam como ferrugem ou pele.

Ela olha para a fresta e relaxa de alívio ao ver Gallant — a Gallant *verdadeira* — ainda do outro lado, com o amanhecer recaindo sobre o jardim. Sua mente vai para a estranha escultura de metal no escritório, as duas casas se encarando pelas esferas giratórias.

Uma sombra passa pela janela — Hannah —, e Olivia bate com força no portão, esperando que o som se propague, ecoe, mas isso não acontece. O ferro absorve o som feito seda, plumas ou lodo. Enquanto ela observa, Hannah ergue uma das mãos para fechar a persiana. Trancando a escuridão para fora. E ela.

Olivia dá um passo para trás e sente que esmaga algo sob a galocha.

Ao baixar o olhar, encontra um punhado de sementinhas brancas espalhadas aos seus pés. Ela se abaixa para pegar uma, sente a ponta entre o indicador e polegar e percebe que não são sementes, mas *dentes* minúsculos. Ela olha ao redor e vê um punhado de outros ossos, finos e frágeis. Pedaços de bico, pata e asas, e seu primeiro pensamento é: aqui estão todos os animais que ela deveria ouvir e ver em Gallant.

Ela não percebe que sua mão se fechou ao redor do dentinho até que ele *pule*. Vibre feito uma abelha contra a sua palma. Olivia arqueja ao soltá-lo, sentindo um formigamento frio subir pelo braço, e, quando ele atinge o chão, não é mais um pedaço de ossos se contorcendo, mas um *camundongo*.

Uma coisinha cinza e peluda que corre pelo jardim devastado adentro.

Olivia encara a palma, agora vazia, e se pergunta o que diabos está acontecendo: se ela caiu no campo e bateu a cabeça. Ou se isso é ainda outro sonho.

Ela ergue o olhar para a casa que não é Gallant.

As persianas estão abertas e as janelas, levemente iluminadas por um brilho fraco. Há uma luz acesa em algum lugar lá dentro.

Ela hesita por um momento, sem saber o que fazer, desejando ter mais do que um diário nas mãos, consciente de que não pode ficar aqui, parada e exposta feito uma árvore solitária sob aquele céu sinistro. Ao que parece, ela não pode voltar, então, enfim, seus pés a carregam à frente.

O solo farfalha como papel seco sob suas galochas, alto demais nesse jardim silencioso. Até o vento parece prender a respiração enquanto ela avança sorrateiramente, suas galochas amarelas praticamente reluzindo contra o mundo de carvão. (Ela não sabe dizer se a noite tornou o lugar incolor ou se realmente não há cor nele.)

Ao redor de Olivia, flores mortas se curvam sobre caules finos e secos, rosas parecem que se desfariam com um único sopro, e galhos expostos exceto pelas folhas que parecem ter morrido ali. Tudo quebradiço, degradado.

Uma rosa frágil se enverga no caminho, e Olivia passa a ponta dos dedos sobre as pétalas, esperando que quebrem e desintegrem. Em vez disso, ela sente um súbito formigamento na mão, como uma promessa de dor no instante em que uma faca escorrega e corta, o momento antes de você sangrar. Ela recua depressa, analisando a ponta dos dedos, mas não há machucado, apenas um arrepio estranho sobre a pele. Ela estremece e sacode a mão.

Então ela vê a planta que tocou, não mais morta, mas florescendo, selvagem. Flores novas forçam caminho para cima e para fora, o crescimento de uma estação em questão de segundos. Olivia observa, perplexa, dividida entre a ânsia de fugir e o desejo de passar as mãos sobre as outras flores, apenas para observá-las crescer. Apenas duas coisas a impedem: o frio que se demora em sua pele e a maneira como a rosa se inclina para a frente, como se a buscasse, faminta.

Ela recua, volta a atenção para a casa que se avoluma à frente. Há uma pequena porta no topo da subida; ou ela pode dar a volta no jardim e na casa, subir os degraus até as grandes portas da frente, bater e ver o que abre.

O pensamento a faz estremecer e apertar o diário verde e surrado com mais força.

Ela avança em direção à porta do jardim, parando apenas para tirar as galochas amarelas, cuja borracha e cor são tão chamativas quanto vozes neste lugar silencioso. O azul do seu vestido é igualmente forte, mas não há nada que ela possa fazer em relação a isso. Ela está deixando as botas ao lado da porta quando algo à sua esquerda se move no jardim. Ela mais sente do que escuta o movimento, e se vira, esquadrinhando o terreno escurecido.

Há um espectro parado entre as flores arruinadas.

Uma mulher, talvez da idade de Hannah.

Olivia consegue enxergar através do espectro, aqui e ali, feito uma cortina puída, mas ele tem mais do que um cotovelo ou uma bochecha. Ele tem braços e pernas e, numa das mãos, uma *adaga*. E, quando Olivia olha direto para o espectro, ele não desaparece. Nem mesmo se encolhe ou hesita. Simplesmente encara de volta, e há algo familiar na posição de seu maxilar, na linha de sua sobrancelha. Mas é a expressão do seu rosto que arrepia Olivia. *Medo*.

Ela olha além dele uma última vez, do jardim até o muro, a porta bem fechada, os contornos borrados pela neblina, em seguida estende a mão para a porta do jardim. Ela segura a maçaneta, esperando que ela amoleça e se desfaça, virando cinzas ou fumaça, uma porta fantasma numa casa fantasma. Mas ela se mantém sólida em seus dedos. A maçaneta gira. A porta se abre.

Ela entra na casa.

E percebe que não sabe bem o que fazer.

Pensou que uma resposta se materializaria quando cruzasse a soleira, como poeira sacudida. Mas a porta é uma porta, e o corredor do outro lado é um corredor, e quando ela olha ao redor, vê uma versão mais medonha e incolor da Gallant que ela conhece, mas, fora isso, não há nada. Ninguém.

Mesmo assim, ela não se *sente* sozinha.

Olivia aperta o diário verde contra o peito, desejando ter trazido o outro diário, o vermelho mais antigo, e tenta se lembrar das palavras da mãe.

A sombra mais alta me encontrou no corredor.

A sombra era o pai dela. Ele queria ajudar; mostrou a saída para a sua mãe. Talvez alguém venha ajudá-la também.

Talvez... mas ela não ficaria parada esperando.

Seus pés descalços encontram o caminho pelo chão.

Olivia Prior nunca foi uma menina quieta. Ela sempre fez questão de fazer barulho por todo lugar que fosse, em parte para lembrar às pessoas de que não é só porque ela não consegue falar que é silenciosa, e em parte porque ela simplesmente gosta do peso do som e da forma como ele ocupa espaço.

Mas, agora, conforme avança descalça pela casa que não é Gallant, ela se torna quieta, silenciosa, pequena. Encolhe-se toda e prende a respiração enquanto segue o corredor até o saguão principal, com os círculos giratórios gravados no chão.

Ela olha para cima, analisando a grande escadaria em busca da luz que viu do jardim, mas não há nenhuma fonte de iluminação. Em vez disso, aquele brilho fraco parece emanar de todo lugar, não com a intensidade de um lampião, mas como luar. Como se alguém tivesse tirado o teto e pendurado a esfera branca bem ali em cima.

É o bastante para enxergar, mas não o suficiente para enxergar bem. Ainda assim, mesmo no escuro, uma coisa é clara.

Esta casa está desmoronando. Não sucumbindo silenciosamente, tipo Gallant, ruindo lentamente por negligência. Não, esta casa está *desabando.*

As pequenas rachaduras que ela viu do outro lado, o papel de parede descascado e a umidade no teto, essas coisas estão ampliadas aqui. Tábuas quebradas do piso. Uma rachadura profunda sobe por uma parede, grande a ponto de acomodar seus dedos. Na sala de estar, a pedra ao redor da lareira está lascada, com pedaços de pedra e argamassa empilhados no chão. A casa toda parece se desmantelar em câmera lenta. Como se um passo ou esbarrão errado pudesse fazer tudo ruir.

E essa não é uma visão assustadora, mas *triste*.

Ela não consegue se livrar da sensação de que já esteve aqui, o que, de certo modo, é verdade. Mas não é só o reflexo distorcido da outra casa que a deixa tão agoniada. É o gosto, talvez, ou o cheiro, ou algo inquantificável, uma memória sensorial, algo dentro dela dizendo *sim*, dizendo *aqui*, dizendo *lar*.

Que pensamento apavorante.

Ele se agarra a Olivia como teias de aranha, e ela estremece, afastando-o enquanto vira num corredor conhecido: o dos retratos. Mas aqui não há pinturas, não há quadros. As paredes estão vazias, o papel não está descascado, mas rasgado, como se por unhas. A porta ao final está aberta, e ali, no chão, ela vê o piano de cauda tombado e quebrado. Como se suas pernas tivessem cedido e permitido o desabamento do resto. Como se estivesse caído ali há cem anos, até que a tampa se entortasse e as teclas se soltassem como dentes.

Seus pés a levam para a frente, e ela se ajoelha para colocar a mão boa sobre o instrumento quebrado. Um pensamento estranho, então, do camundongo e das flores, e ela pressiona a palma da mão na lateral do piano como se apenas seu toque pudesse trazê-lo de volta.

Ela espera... pelo quê? Pelo formigamento, pelo arrepio, que o piano se erga e se remonte, mas isso não acontece, e ela se sente apenas tola, afastando a mão. Uma sombra se move, e Olivia ergue a cabeça depressa.

Há um espectro na janela saliente, olhando para o jardim, o muro. Uma faixa fora arrancada dele, uma fita apagando um ombro e parte do peito, mas uma luz prateada marca a silhueta do que sobrou, e quando ele vira a cabeça, o coração dela dá um salto. Ela conhece aquele rosto. Já o vira no corredor dos retratos em Gallant, o primeiríssimo retrato. Alexander Prior.

Ele olha para ela, e há tamanha fúria em seus olhos que ela recua, saindo do cômodo para o corredor.

Então ela ouve algo.

Não vozes ou música, mas *movimento*. Espectros não fazem barulho quando se movem, mas humanos fazem. Eles fazem muito barulho simplesmente ao existir. Eles respiram, falam e tocam, e tudo isso produz som, do tipo que você mal nota em meio aos sons mais altos e ressoantes como risadas e vozes.

Quando estica o pescoço para escutar, ela ouve um ritmo, o bater e arrastar de corpos se movendo, o sibilo como vento por entre árvores.

Olivia segue o som, indo por um corredor e voltando por outro, até chegar às portas duplas que dão no salão de baile. Aquele pelo qual ela rodopiou na outra casa, pés descalços sussurrando no chão de madeira.

As portas estão abertas, um crescendo de luz prateada se derramando para o corredor, e quando ela espia para dentro, ela vê...

Dançarinos.

Duas dúzias deles, girando pelo salão, e a primeira coisa que ela nota é que eles não são espectros. Não são esfarrapados e quebrados, não têm pedaços faltando, não estão presos entre a sombra e a luz.

Eles são *pessoas*. Na luz prateada suave, eles parecem ter sido desenhados em tons de cinza. Suas roupas. Sua pele. Seu cabelo. Tudo pintado na mesma paleta incolor, e ainda assim, eles são lindos. Enquanto observa, eles se juntam em pares e giram, se afastam e se reúnem de novo, avançando no ritmo da dança, e, por todo o tempo, eles se movem em silêncio.

Gallant

    Os sapatos dos homens e as saias das mulheres murmuram pelo piso de madeira, o farfalhar de corpos se mexendo, apesar de não haver música se propagando pelo corredor, nenhuma conversa baixa entre parceiros, apenas o sussurro sinistro da dança.

    O primeiro som de verdade que ela ouve é o bater ritmado de um dedo na madeira. Uma das mãos marcando o tempo. Olivia segue o *tap-tap-tap* para além dos dançarinos até a frente do salão, onde há um homem sentado numa cadeira de espaldar alto.

    Um homem, e não um homem.

    Ele não é um espectro, mas também não tem nada a ver com os dançarinos. Enquanto eles são cinza como desenhos a lápis, ele é desenhado em tinta. Vestido num paletó de gola alta, seu cabelo preto como terra molhada, sua pele clara como cinzas frias, e seus olhos...

    Seus olhos.

    Seus olhos são do branco uniforme e leitoso da Morte.

Capítulo Dezoito

Tap. Tap. Tap. Tap.
Eu ultrapassei o muro.
Tap. Tap. Tap. Tap.
E encontrei a Morte.
Tap. Tap. Tap. Tap.
Ele batuca com um dedo enquanto os dançarinos mergulham para trás e rodopiam, fazendo um círculo vertiginoso muito parecido com a escultura no escritório, que gira com um único empurrão.

O homem que não é um homem parece de alguma forma ancestral, mas não *velho*. Sua pele não tem rugas, mas descasca aqui e ali, o osso polido aparecendo por baixo feito pedra sob hera rala. E é assim que ela vê que faltam partes dele; não perdidos para a sombra, como os espectros, mas cinzeladas.

A articulação de um dedo. A ponta de uma bochecha. Uma clavícula fissurada na gola da camisa. A pele está esfolada ao redor de cada ferida, mas, ainda assim, ele não parece sentir dor.

Apenas... tédio.

Um breve movimento na plataforma faz Olivia desviar o olhar do estranho na cadeira de espaldar alto e ver que ele não está sozinho.

Gallant

Há três figuras atrás dele, tão cinza quanto os dançarinos, mas representadas num tom mais escuro, a mão do desenhista mais pesada sobre o papel, e vestidos como cavaleiros, em vez de foliões, uma armadura dividida entre eles.

O primeiro tem uma compleição robusta, forte e entroncado, um rebraço de metal preso no ombro dele.

O segundo tem a compleição de um sussurro, magro como um graveto, uma placa de metal em seu peito.

A terceira tem a compleição de um lobo, baixa e forte, uma manopla brilhando na mão.

Eles estão dispostos ao redor da cadeira de espaldar alto, o mais corpulento de expressão soturna atrás do trono, o magro bem ao lado, a baixa sobre as ancas contra a parede. E mesmo que estejam inteiramente ali, mesmo que tenham trajes e rostos, eles parecem apenas sombras projetadas em horas diferentes do dia.

Eles assistem à dança sem assistir, o olhar distante dos fatigados, dos cansados e dos desinteressados enquanto seu mestre faz a batida, marcando o tempo de uma música que apenas ele ouve.

Então, num impulso súbito, ele se levanta.

Ele se ergue da cadeira e desce em direção aos dançarinos. Eles se afastam e giram, e à medida que ele avança, um por um, eles morrem. Não é uma morte humana; não há sangue nem grito. Eles simplesmente desfalecem, como pétalas caindo de flores há muito sem vida, corpos se desfazendo em cinzas ao atingir o chão.

O mestre da casa não parece reparar.

Não parece se importar.

Seus olhos brancos e mortos apenas observam enquanto eles caem para todo lado, desabando numa terrível e silenciosa maré, até que reste apenas um dançarino. O parceiro dela acabou de ruir, e ela baixa o olhar para o pó que cobre seu vestido e pisca, como se acordasse de um feitiço. Ela vê as ruínas do baile, a criatura se movendo na sua direção, e o rosto dela, que até então era uma máscara de calma, começa a sucumbir à confusão, ao medo. Sua boca se abre num grito sufocado, um apelo. Ele busca a mão dela, e ela se afasta, mas não o bastante. Ele pega o seu pulso e a puxa para perto.

— Ora, ora — diz ele, e sua voz não é alta, mas não há nenhum obstáculo, então ela se propaga como um trovão pela sala vazia. — Eu nunca machucaria *você*.

A dançarina não acredita nele, não a princípio. Mas então o mestre a puxa de volta ao ritmo da dança, os dois girando em círculos elegantes pelas cinzas dos combalidos, e a cada passo, ela relaxa um pouco mais em seu papel, deixando-o guiar, até que o medo desaparece do seu rosto e a calma estável retoma.

Então ele para de dançar e ergue o queixo dela e diz:

— Viu?

E ela está começando a esboçar um sorriso quando ele continua:

— Chega. — E a palavra é breve e violenta como um sopro numa vela, apagando-a.

A dançarina se desintegra contra ele, o corpo se reduzindo a cinzas, e ele suspira.

— Francamente — diz ele, espanando o pó do peito, como se aborrecido com a possibilidade de manchar a roupa. Um fragmento branco brilha no chão de madeira onde a dançarina estivera, e a princípio Olivia acha que é um pedaço de papel ou uma semente. Mas então ele se ergue no ar e se encaixa no corte do maxilar dele, e ela percebe que era uma lasca de *osso*.

Um som preenche a sala, como um chocalho, como chuva, enquanto mais ossos deslizam pelo chão. Eles se erguem das cinzas de cada corpo caído, fragmentos pequenos como um nó de dedo, uma unha de dedão, um dente. O mestre fica no centro de tudo, esperando enquanto os pedaços sobressaltam e avançam em sua direção, se encaixando de volta nos lugares onde a pele havia descascado.

Gallant

É como um copo quebrando ao contrário. Uma centena de cacos delicados voltando à superfície da porcelana, reconstruindo o desenho, apagando as rachaduras. Olivia observa, entre horrorizada e maravilhada, enquanto a pele branca como papel se fecha sobre os ossos, observa à medida que o homem que não é um homem gira a cabeça sobre os ombros como se alongando um torcicolo, observa enquanto ele se vira para os soldados de armadura na plataforma, os únicos ainda presentes.

— Alguém gostaria de uma dança? — pergunta ele com um floreio.

Eles o encaram de volta, um austero, um triste, um entediado. Mas não dizem nada.

O rosto dele oscila, rápido como a chama de uma vela, entre a raiva e o divertimento.

— Vocês não são nada divertidos hoje em dia — diz ele, marchando pelo salão em direção às portas da sacada. Ele as abre e sai para a escuridão.

Durante todo esse tempo, Olivia prendeu a respiração.

Agora, enfim, ela solta o ar. Não produz som quase nenhum, apenas uma pequena exalação, um sopro levíssimo. Mas todos os dançarinos se foram, levando os outros sons consigo, e, no silêncio, mesmo uma respiração é muito barulhenta.

Uma cabeça se vira para a porta aberta.

É um dos soldados. A baixa, equilibrada nas ancas, na beira da plataforma. Sua cabeça gira, os olhos escuros apontando depressa para a porta do salão bem na hora em que Olivia recua para a segurança do corredor. Ela se imprensa na sombra atrás de uma das portas, fechando os olhos com força e torcendo para ter sido rápida o bastante, para que a sombra não tenha visto nada quando olhou na sua direção. Para que, quando ela esquadrinhou as portas abertas, Olivia já tivesse sumido. Ela segura com firmeza o diário da mãe e tenta desaparecer para dentro da parede da casa.

Olivia nunca foi de rezar.

Em Merilance, ela era orientada a se ajoelhar e entrelaçar os dedos e falar com um Deus que não conseguia ver, não conseguia ouvir, não conseguia tocar. Ela não queria que golpeassem os nós de seus dedos, então ajoelhava, entrelaçava os dedos e fingia.

Ela nunca acreditou em poderes divinos, porque, se houvesse um poder divino, então ele teria tomado sua mãe e seu pai, teria tomado sua voz, a teria deixado em Merilance apenas com um caderno. Mas há poderes terrenos, mais estranhos, e ali no escuro, atrás da porta, ela reza para eles.

Ela reza por socorro; bem até ouvir um som de botas, alto como sinos no chão do salão. O clangor de uma mão se fechando dentro de uma manopla, o raspar de uma lâmina deslizando para fora da bainha. Bem até ver a sombra atravessar o chão iluminado pelo luar.

Então ela corre.

Ela segue na direção errada. Não é culpa dela; Olivia sabe que deveria ter corrido para a porta principal, mas teria que passar bem na frente da soldada, então, em vez disso, corre ao longo do corredor, para longe da porta, fugindo para as profundezas da casa.

Seus passos são altos demais, sua respiração é alta demais, tudo é alto demais. E há um lobo atrás dela.

Ela chega ao cômodo ao final do corredor, entra feito um raio no escritório, batendo a porta atrás de si com um estalo ensurdecedor. Ela arrasta uma cadeira de madeira até a porta e a prende ali, então se vira, esquadrinhando o escritório em busca de um lugar onde se esconder, sabendo que não há nada, sabendo que está encurralada. Ela escolheu o cômodo sem janelas, sem saídas.

Nada além de prateleiras quebradas e a antiga escrivaninha de madeira.

A escultura está caída contra a parede, como se alguém a tivesse jogado ali. Os anéis estão deformados, as casas presas sob o metal retorcido. Olivia vai na direção dela, na esperança de arrancar um pedaço de metal, qualquer coisa para usar como arma. Ela segura o diário embaixo do braço e se ajoelha, repuxando a escultura arruinada. Sua palma machucada dói enquanto ela a segura, tentando soltar alguma coisa, qualquer coisa, da geringonça para usar contra a soldada a caminho.

No entanto, ela não parece mais estar a caminho.

Sua pulsação martela nos ouvidos, e ela os aguça para escutar. Olivia se levanta da confusão de metal, se esgueira de volta até a porta, pressiona o ouvido contra a madeira e escuta... nada. Ela relaxa, torcendo para que o fantasma tenha sumido, para que nunca tenha estado ali, para que não a tenha visto na porta, não a tenha seguido pelo corredor, então...

Uma bota golpeia a porta, chacoalhando a madeira.

Olivia cambaleia para trás e se vira, prendendo os dedos do pé na beira do tapete puído.

Ela tropeça e cai, perdendo o fôlego e batendo os joelhos com força no chão de madeira. Ao estender as mãos para amortecer a queda, o diário cai e desliza por baixo da escrivaninha. A porta chacoalha e sacode, e ela se apressa em direção à escrivaninha, esticando bem o braço por baixo dela, raspando os dedos na capa enquanto a madeira começa a se partir atrás de si.

Uma porta se abre com um grunhido.

Não a porta do escritório, mas outra, uma pequena escondida na parede, onde as estantes de livros são substituídas por papel de parede ondulado. Olivia não vê a porta se abrir, não vê o espectro que sai do cômodo oculto até que ele envolva sua cintura com seus braços apodrecidos e a puxe para trás, para longe do diário e da escrivaninha e do escritório e da porta quase destruída.

Olivia chuta e se contorce e tenta se soltar. Não adianta.

O espectro segura firme e a arrasta para fora do escritório.

Para a escuridão.

Capítulo Dezenove

Numa época muito distante, Olivia Prior tinha medo de espectros.

Ela tinha apenas cinco ano quando começou a notá-los. Um dia as sombras estavam vazias e, no seguinte, não mais. Os espectros não apareceram todos de uma vez. Foi como sair do sol para um cômodo escuro; seus olhos precisaram se ajustar. Um dia, ela derrubou um pedaço de giz embaixo da cama, se ajoelhou e encontrou uma boca aberta. No seguinte, uma mão disforme passou por ela na escada. Alguns dias depois, um olho flutuou na escuridão atrás da porta.

Com o tempo, eles tomaram forma, se tecendo de partes de pele e osso até os formatos toscos que ela passou a identificar como espectros. Eles eram dignos de pesadelos, e por semanas ela não conseguiu dormir, com as costas contra a parede e os olhos virados para a escuridão.

Vão embora, pensava ela, e eles iam, mas sempre voltavam. Ela não sabia por que eles a seguiam, não sabia por que ninguém mais os via, tinha medo de que eles fossem reais e medo de que não fossem, medo do que as governantas fariam se descobrissem que ela era assombrada ou louca. Mas, acima de tudo, ela tinha medo dos próprios espectros.

Medo de que eles fossem sair da escuridão e agarrá-la, dedos decompostos se fechando sobre sua pele. Até que um dia ela balançou a mão num gesto frustrado, esperando encontrar carne morta ou ao menos o toque leve e sinistro de teias de aranha, a bruma de algo disforme. Mas ela não sentiu nada.

Por mais horrendos que fossem, eles não estavam *ali*.

Claro, ela conseguia vê-los pelo canto do olho, um eco desagradável, como encarar o sol e precisar passar uma hora piscando para se livrar da luz. Mas ela aprendeu a ignorá-los porque eles não conseguiam tocá-la.

Eles *nunca* conseguiam tocá-la.

Agora, no entanto, pressionada contra uma parede mofada numa passagem secreta da casa que não é Gallant, ela *sente* a mão do espectro sobre a boca. E não é a lembrança de uma mão, não é de seda, de teia de aranha ou névoa, mas de fruta estragada há muito tempo e galhos secos demais, uma palma ossuda e ressecada pressionada com força sobre os lábios dela.

Se ela conseguisse gritar, ela gritaria.

Mas não consegue, então se contorce, tenta afastar o espectro, afundando os dedos em tecidos puídos e costelas ocas, mas o espectro apenas a gira e se inclina para perto, seu rosto devastado a centímetros do dela, e na escuridão prateada, não há ameaça em seus olhos leitosos, apenas um apelo silencioso para que ela fique quieta.

Além do coração disparado, Olivia tenta escutar o cômodo do outro lado da parede. Ela escuta a porta se quebrar, a batida estável das botas da soldada enquanto ela atravessa o escritório, passando da madeira para o tapete fino. Ela visualiza seu corpo estreito e lupino espreitando ao redor da escrivaninha. Um joelho tocando no chão, a manopla de metal arrastando, então... não. O barulho suave de algo se soltando, o farfalhar de papel solto. O diário da mãe. As mãos de Olivia doem e seus pulmões ardem. Ela precisa voltar para recuperá-lo, mas não pode, não pode, então, em vez disso, respira contra os dedos apodrecidos, inalando folhas mortas e cinzas.

Até que, enfim, os passos se afastam.

O silêncio se arrasta, longo e monótono.

O espectro baixa a mão.

Ele recua um passo, e na hesitante luz sinistra que permeia a casa, ela vê que ele é — ou era — um homem, da idade do seu tio, talvez, com o mesmo maxilar forte e olhos profundos que ela passou a reconhecer como característicos dos Prior.

Suas mãos se erguem em rendição ou talvez num pedido de desculpas. Ela não entende, não até ele traçar com os dedos no ar algo que não é linguagem de sinais — não do tipo que ela aprendeu —, mas gestos lentos, legíveis.

Você... pediu... socorro.

Olivia encara o espectro. Ela pediu, quando estava escondida no corredor. Mas foi apenas um pensamento, uma reza, uma súplica silenciosa, não foi falado nem sinalizado.

Como você me ouviu?, pergunta ela, mas a atenção do espectro oscila de volta para a porta secreta. Ele contorce o rosto, então gesticula para a passagem escura.

Você precisa ir, diz ele. *A sombra está voltando.*

A sombra?, pergunta ela, mas o espectro a vira para encarar o corredor estreito. A fraca luz prateada não parece se estender por mais do que trinta centímetros. Depois disso, a escuridão é como uma parede.

Uma mão destruída passa por ela ao apontar.

Por ali.

Mas os olhos dela se detêm na mão decrépita. Olivia se vira de volta. O camundongo. As flores. Por duas vezes, ela tocou algo morto e o trouxe de volta à vida, então estende o braço para tocar o peito destruído do espectro, mas ele segura o pulso dela e balança a cabeça.

Por que não?, pensa ela.

Ele arrasta a outra mão pelo ar. *Não é seu.*

Ela não entende, mas o espectro não lhe dá tempo para perguntar de novo. Ele a vira de costas para a porta secreta e o lobo à espreita, e mesmo sem conseguir vê-lo, sente o alerta em seu toque. *Vá.*

Obrigada, pensa ela, e o espectro aperta seu ombro. Um único e breve apertão, então ela é empurrada de leve para a frente. Para o corredor.

À frente, a escuridão é densa como tinta, e, em parte, ela espera sentir uma resistência contra seus dedos. Mas quando dá um passo, a parede recua, a luz prateada se move com ela, iluminando apenas algumas centímetros à frente. Ela leva as mãos às paredes, a passagem é tão estreita que Olivia consegue tocar ambos os lados com os cotovelos dobrados.

Ela olha para trás, mas o espectro sumiu.

Passo a passo, ela tateia seu caminho adiante, deslizando as mãos por pedra antiga, torcendo para que nada mais saia da escuridão.

Enfim, ela encontra a outra porta.

Ela hesita, sem saber onde vai sair, se está prestes a entrar no salão de dança ou no saguão. Ela leva o ouvido à madeira e tenta escutar alguma coisa, qualquer coisa, do outro lado, mas não escuta nada. Com um empurrão suave, a porta se abre com um sussurro para a alcova estreita logo em frente à cozinha.

Como tudo mais nesta casa, é igual, mas totalmente diferente.

Uma rachadura profunda atravessa uma parede. As tábuas do piso sobem e descem, como se houvesse raízes empurrando-as de baixo para cima. Não há panelas no fogão, nem pão na mesa, nem cheiro de ensopado ou torrada ou qualquer coisa além de cinzas, como se uma camada grossa tivesse assentado sobre todas as superfícies. Há uma única maçã, murcha e seca, no balcão lascado, uma impressão fantasmagórica de dedos longos e finos na poeira ao lado.

O medo percorre o seu corpo.

Em sua mente, aqueles mesmos dedos batucam na beira de uma cadeira, o osso exposto através da pele branca rasgada. Aqueles dedos pegam um pulso e o puxam para si. Aqueles dedos espanam sua morte como se fosse pó.

Olivia se força a olhar para a portinha lateral ao lado da despensa, com uma janela de vidro com vista para a noite. Não para o jardim que se estende atrás da casa, mas para a entrada para carros, a fonte, a estrada além.

Ela corre para a porta estreita, e em cinco passos está se lançando para fora da casa e para a noite como alguém subindo à superfície para pegar ar. Ela não sabe aonde ir, de volta ao muro impossível ou pela estrada vazia, mas uma opção já a rejeitou, então ela decide tentar a outra. Ela começa a atravessar a entrada, o cascalho espetando seus pés descalços. *Shh, shh, shh,* diz ele, *alto demais,* enquanto ela passa apressadamente pela fonte, onde a mulher de pedra se eleva, a mão estendida quebrada, o vestido ondulante em frangalhos, pedras sujando o poço vazio, e...

Mas ele não está vazio.

Ali, na base da fonte, há um garoto deitado.

Capítulo Vinte

Um garoto.

Não o *espectro* de um garoto, mas um de verdade, de carne e osso e inteiro, com os contornos sólidos. Ele é da idade de Olivia, talvez um ou dois anos mais novo, com cabelo castanho-avermelhado caído sobre o rosto. Parece que simplesmente entrou na fonte, se aconchegou na pedra fria e dormiu. Se não fosse pelo brilho prateado em sua pele, a forma como seus pulsos estão amarrados com hera escura, as gavinhas enroscadas ao redor dos pés da estátua.

Se não fosse pelo fato de que ele não está se mexendo.

Ela já viu um cadáver. Foi na estrada, no inverno retrasado, a carcaça de uma mulher que se curvara feito uma folha na geada e nunca se levantara. Ela também parecia estar dormindo, mas seus braços e pernas estavam rígidos, a pele flácida sobre os ossos, o brilho da vida claramente apagado.

Não, o garoto na fonte não está morto.

É isso o que ela fala para si mesma ao se inclinar para a frente. Ao passar os dedos no ar sobre o tornozelo do garoto, onde as cordas de erva o amarram com força. Mas ela não consegue alcançar. Está prestes a passar uma das pernas por cima da borda de pedra da fonte quando sente um movimento, ouve passos esmagando o cascalho e ergue os olhos, torcendo para encontrar outro espectro, mas se lembra: espectros não fazem barulho.

Tem um soldado de pé na entrada para carros.

O magro feito um graveto, com uma placa de armadura brilhando sobre o peito. Seus olhos são escuros, quase melancólicos, mas não há qualquer piedade neles. Um reflexo brilha nos degraus desmantelados da entrada, e ela vê o segundo soldado sentado ali, o homem com compleição robusta e a ombreira reluzente. Ele tem as costas curvadas, entediado, cotovelos nos joelhos e mãos soltas e grandes como pás.

Olivia dá um passo para trás, para longe da fonte e do garoto enroscado aos pés da estátua, então algo se move à sua direita e ela tem um vislumbre do brilho de uma manopla quando a soldada baixa sai de detrás da mulher de pedra, sorrindo como um lobo.

O troncudo fica parado.

Os outros dois avançam.

Metal reluz em seus quadris, mas eles não carregam nenhuma arma.

De alguma forma, isso é pior. Suas mãos expostas se retorcem. Seus olhos pretos brilham.

Você pediu socorro, disse o espectro no escritório, embora ela tenha apenas pensado as palavras. Ela as pensa de novo agora. *Socorro.*

Parece tão pequeno, não falado, não sinalizado, mais um sussurro do que uma palavra, uma exalação.

Socorro, pensa, enquanto as sombras se esgueiram em sua direção. *Socorro, socorro, socorro...*

Então eles vêm.

Três espectros emergem, não da casa ou do jardim ou da escuridão. Eles saem diretamente do chão, brotando como ervas daninhas por entre os cascalhos: um rapaz e uma mulher esfarrapada, e também aquele que ela viu na sala de música, o primeiro dos Prior. E por mais que seus corpos estejam carcomidos, cortados por escuridão, e por mais que não haja nenhum brilho de metal em suas roupas, ela percebe imediatamente que estão vestidos para a batalha.

Eles vêm como se convocados, seus corpos formando um escudo na frente de Olivia.

Os soldados franzem as testas, o troncudo perplexo, o magro irritado, a baixa sorrindo com desdém quando o espectro do rapaz dá um passo à frente, com as mãos vazias bem abertas. E, por mais que os espectros não digam nada, ela consegue sentir a ordem deles ecoando por seus ossos.

Corra.

Olivia pula em direção ao garoto na fonte, mas o espectro da mulher esfarrapada segura seu braço e balança a cabeça, empurrando-a para longe.

Então uma lâmina passa zunindo pelas costas do espectro, que oscila, e Olivia sabe que o espectro não tem como morrer, sabe que já está morto, mas a visão do metal saindo de seu peito, seus joelhos cedendo silenciosamente em direção ao chão, provoca uma onda de horror por seus ossos mesmo assim.

Os espectros não são páreo para os soldados. Eles apenas os atrasaram.

Então ela corre na única direção que pode, não pela estrada vazia, mas de volta ao jardim. Uma corrida desesperada, motivada apenas pela vontade de fugir. Fugir da casa. Fugir dos soldados com suas armaduras reluzentes. Fugir, seu vestido azul prendendo-se em arbustos e espinhos, seus pés descalços ressoando sobre o tapete de grama morta que se estende entre o jardim murcho e o pomar vazio.

Fugir de volta ao muro que não termina, ao portão que não se abre. Está quase lá quando prende os dedos do pé numa raiz protuberante e tropeça, uma onda de dor subindo por suas mãos e seus joelhos quando ela atinge o chão. A queda a deixa sem ar, mas sua pulsação parece um tambor em sua cabeça. *Levanta, levanta, levanta.* E, quando ela afunda as mãos na terra úmida e fria para se impulsionar para cima, sente palitinhos cutucando suas palmas e percebe tarde demais que não são palitos, mas ossos, os restos espalhados diante do muro. Tarde demais, ela sente a dor perfurante, o espasmo de movimentos sob a pele. Tarde demais, o chão se torna um tapete ondulante de patas e pele e asas, todos vivos.

Olivia se arrasta para trás, um arrepio frio subindo pelos braços.

Fujam, pensa ela, *fujam*, e os corvos içam voo, os camundongos se dispersam, os coelhos correm, e ela se força a se levantar, um frio penetrante inundando seu corpo enquanto ela cambaleia para o portão do jardim e se joga contra ele.

O ferro estremece, mas não cede.

Ela o golpeia de novo, mas o som não se propaga, terminando no encontro de seus punhos com o metal, engolidos como um grito num travesseiro de plumas macio.

Olivia se joga contra o portão, sem ar. Então se vira e apoia as costas no metal gelado e olha para a escuridão. Talvez seja uma necessidade primitiva de encarar seu destino, a mesma força que motiva uma garota a olhar embaixo da cama, a noção de que o que você não consegue ver é sempre pior do que o que consegue.

Ela se vira e olha para a casa que não é Gallant.

E o vê olhando de volta.

O mestre da casa está de pé na sacada, cotovelos apoiados sobre o parapeito, o paletó preto esvoaçando no vento frio da noite, e, mesmo de onde está, ela consegue ver seus olhos leitosos a observando. Mesmo dali, ela consegue ver o sorriso em seu rosto pálido, consegue ver sua mão se erguendo e seu dedo fino demais se curvar num único e tenebroso gesto, silencioso porém nítido.

Venha aqui.

Não há lua, mas, no jardim abaixo, uma luz prateada se reflete num ombro, um peito, uma mão. Os soldados estão chegando. Eles se aproximam lentamente, selvagens e silenciosos, a perseguindo pela escuridão, e Olivia decide que não está pronta para enfrentar seu destino. Ela se vira para o portão no muro e o esmurra com os punhos de novo e de novo, até que detritos se soltem da superfície, expondo o ferro abaixo.

Abra, abra, abra, pensa ela, esmurrando até sentir o calor ardente do corte na mão reabrindo, o sangue brotar na pele, a dor ecoar pela palma da mão ao atingir o ferro, então algo ressoa bem nas profundezas do metal, como o fim de uma nota musical, mais um murmúrio do que um som. Uma tranca se abrindo com um rangido.

O portão no muro se abre, e Olivia passa cambaleando, de uma noite para a outra. Do jardim morto para a grama verde e úmida que ensopa seus joelhos quando ela desaba no solo do outro lado, arquejando em busca de ar. Ar com gosto de chuva de verão em vez de cinzas. Ar com gosto de flores, vida e luar.

Passos apressados atravessam o jardim, e Olivia levanta a cabeça a tempo de ver Matthew correndo em sua direção, com uma faca na mão. Por um segundo, ela acha que ele quer matá-la. Seu olhar *é* assassino, os nós dos dedos brancos no cabo da arma, mas ela vê a borda úmida da lâmina com o sangue pingando de seus dedos. Ele passa correndo por ela em direção ao portão aberto.

Ela se vira e vê as sombras se aproximando, a escuridão se derramando pelo portão aberto e por cima do solo feito óleo, manchando a terra, antes que Matthew feche o portão de ferro com força, o tinido do metal ressoando sobre sua voz enquanto ele diz:

— Com meu sangue, eu selo este portão.

O portão murmura, o ferrolho range e volta ao lugar.

Olivia olha para a palma dolorida, o corte aberto, uma linha vermelha fresca e irritada.

Com meu sangue.

Matthew está com a mão aberta sobre o ferro, cabeça baixa contra o portão. Ele está ofegante, os ombros suspensos. Olivia se levanta, prestes a estender a mão em sua direção, quando ele se vira e agarra seus ombros, afundando os dedos com força o bastante para machucar.

— O que foi que você fez? — pergunta ele com a voz trêmula.

E Olivia olha de seu primo para o muro e de volta, desejando poder responder.

Desejando saber.

É tudo tão barulhento dentro da casa.

Do outro lado do muro, tudo era feito de sussurros, o silêncio fantasmagórico ampliando qualquer respiração ou passo. Mas aqui, Hannah bate objetos na cozinha, fervendo água e pegando gaze, e Matthew não para de gritar, ainda que pareça estar prestes a desmaiar, e Edgar puxa um banco e ordena que ele se sente. O barulho é como uma maré, e Olivia deixa que ele a inunde, grata pelo som depois de tanto silêncio, mesmo que nenhum deles esteja falando sobre o que ela viu, sobre o fato de que há outro mundo do outro lado do muro.

— Como você *ousa* — exclama ele em tom exigente, e pela primeira vez as palavras são direcionadas a Hannah e não a ela.

— Eu só estava tentando ajudar — retruca ela.

— Sente-se — pede Edgar.

— Você me *drogou*.

Olivia se assusta, percebe que é por isso que a porta do quarto dele ficou fechada, por isso que ela não o viu.

— Antes drogado que morto! — grita Hannah. Olivia não consegue culpar a mulher. Ela vira o rosto do primo na noite anterior, a curva exausta de seus ombros, as olheiras profundas sob seus olhos. — Você precisava descansar.

— Não há descanso! — grita ele. — Não nesta casa.

— *Sente-se* — ordena Edgar enquanto Matthew anda de um lado para o outro, uma toalha de prato enrolada na mão, o algodão encharcado de vermelho. Ele cortou rápido demais, fundo demais, uma ferida feia atravessando a palma, e mesmo com a toalha, algumas gotas densas e vermelhas pingam no chão da cozinha.

Com meu sangue, disse ele.

A palma da mão da própria Olivia está num estado lamentável, mas Edgar a enrolou em gaze limpa (sem nem mesmo olhar para ela), e a mente dela não está focada na dor branda na mão ou na sola dos pés descalços depois de correr por cascalho e terra rachada, ou no frio que perdura sob a pele. A mente dela não está nem um pouco ali na cozinha, mas a quase cem metros dali, na borda do jardim. Por trás de suas pálpebras, ela vê os cadáveres de criaturinhas se erguendo ao seu toque, se sente arrastada para a escuridão por mãos mortas, observa duas dúzias de dançarinos se transformarem em cinzas, fragmentos de ossos chacoalhando no chão do salão de baile enquanto rastejam de volta ao seu mestre.

Edgar finalmente convence Matthew a se sentar.

— Você não tinha o direito — diz ele para Hannah, espumando de raiva, mas seus olhos estão febris, sua pele subitamente descorada e rosada demais, e ela não consegue evitar pensar que, apesar de seu tamanho, um vento decente poderia derrubá-lo.

E Hannah não estava disposta a deixar para lá.

— Eu vi você nascer, Matthew Prior — fala ela. — Não vou assistir a você se matar.

— Você assistiu ao meu pai — retruca ele, com tanto veneno na voz que Hannah estremece. — Você deixou meu irmão...

— Já chega! — grita Edgar, o Edgar tranquilo e de voz suave, e a palavra atinge a bochecha de Matthew feito um tapa.

— Tem dias — diz Hannah, com a voz frágil — que você ainda se parece uma criança.

Os olhos de Matthew ficam pretos como piche.

— Eu sou um Prior — afirma ele com uma carranca desafiadora. — Nasci para morrer nesta casa. Mas nem a pau que essa morte será em vão. — Então ele se vira, direcionando toda a força de sua raiva para Olivia. — Faça as malas. Nunca mais quero ver a sua cara.

Ela recua como se golpeada. A raiva corre quente sob sua pele.

Eu também sou uma Prior, ela quer dizer. *Eu pertenço a esta casa tanto quanto você. Eu vi coisas que você não consegue ver e fiz coisas que você não consegue fazer, e se você tivesse me contado a verdade em vez de me tratar como uma estranha na sua casa, então talvez eu não tivesse ultrapassado o muro. Talvez eu pudesse ter ajudado.*

Ela ergue as mãos para sinalizar as palavras, mas Matthew não lhe dá a oportunidade.

Ele vira de costas para ela, e também para Hannah e Edgar, e sai da cozinha batendo pé, deixando apenas sangue e silêncio pelo caminho. Olivia explode, passa o braço por cima da mesa e derruba a lata de gaze e fita com um estrondo no chão. Matthew não olha para trás.

Lágrimas ardem em seus olhos, ameaçando cair.

Mas ela não permite. Quando as pessoas veem lágrimas, elas param de escutar suas mãos ou suas palavras ou qualquer outra coisa que você tenha a dizer. E não importa se as lágrimas são de raiva ou tristeza, medo ou frustração. Só o que eles veem é uma garota chorando.

Então ela as reprime enquanto, em algum lugar nas profundezas da casa, uma porta bate.

Hannah não a tranquiliza.

Edgar não diz que vai passar.

Eles não lhe dizem para ignorar o primo, para descansar um pouco, que tudo estará melhor pela manhã. Olivia tem tantas perguntas, mas percebe pelo peso do ar, pela quietude horrível, de fôlego preso, que ninguém planeja respondê-las.

Hannah afunda numa cadeira, cabeça baixa, mãos desaparecendo em meio aos cachos rebeldes.

Edgar se aproxima para confortá-la, e Olivia sobe para arrumar a mala.

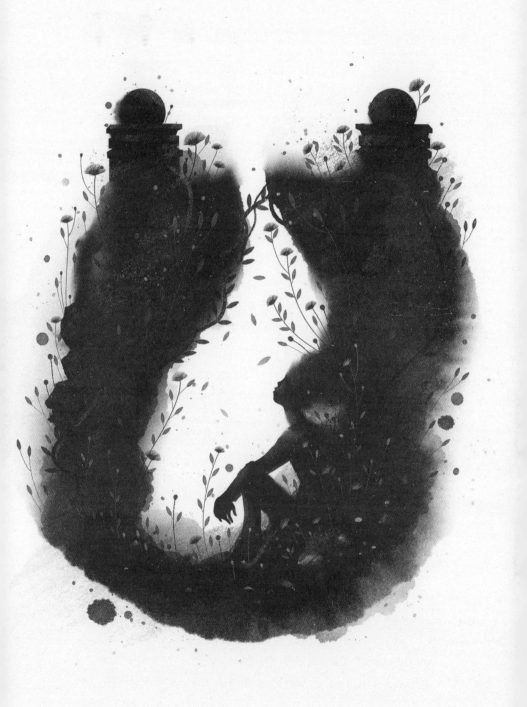

Capítulo Vinte e Um

Olivia anda pela casa como um espectro, se sentindo presente e ausente ao mesmo tempo, atordoada, dolorida e hesitante.

Ela para na escada, lembrando da luz prateada sinistra que se expandia pela outra casa. No corredor, ela vê a porta do quarto de Matthew se fechar rapidamente, a sombra manchada de pés se movendo abaixo dela. O espectro do tio está de guarda do lado de fora e se recusa a olhar para ela. No quarto da mãe, ela gira a chave dourada na fechadura, lembrando do murmúrio do ferro sob suas mãos, a porta respondendo ao sangue. Dela e de Matthew. Sangue dos Prior.

Sempre deve haver um Prior no portão.
Com meu sangue, eu selo este portão.
Papai fala que é uma prisão. E nós somos os guardiões.
Eu nasci para morrer nesta casa.
O que foi que você fez?

A cabeça de Olivia está desorientada.

Ela olha para os pés descalços, cobertos de lama seca e pó, o arranhão vermelho superficial de espinhos que se enroscaram em suas panturrilhas, mas está cansada e abalada demais para sentir qualquer coisa. Ela passa pela mala e pela cama, entra no banheiro de azulejos e prepara um banho de banheira, o mais quente possível.

Enquanto a banheira enche, ela para diante do espelho do cômodo e estuda o rosto, o vestido, todo o seu corpo recoberto de cinzas e sangue e coisas que não consegue ver, mas sentir: a mão do espectro sobre sua boca, o camundongo se contorcendo na palma da mão, os olhos brancos e mortos direcionados para ela na escuridão, e ela tem uma súbita vontade de sair de suas roupas, de sua pele.

Ela tira o vestido azul manchado e submerge na água quente demais, observando-a soltar vapor. Ela faz tudo com apenas uma das mãos, esfregando a pele, tentando lavar o frio sinistro, as cinzas dos dançarinos, o garoto na fonte de quem não conseguiu chegar perto, o portão que não se abria e o medo do que teria acontecido se os soldados a tivessem alcançado. Ela tenta, ao se lavar, se livrar do outro lado do muro, do pavor que sentiu a cada passo, mas também da sensação sinistra de voltar para casa. Como se uma parte sua pertencesse àquela casa morta e decadente.

E é claro que pertencia.

Ela é filha do pai dela, afinal.

A sombra mais alta.

Ela tenta imaginá-lo como um dos dançarinos, girando como um fantoche pelo salão de baile, mas sabe com toda certeza que ele não era um deles.

A Morte, com suas quatro sombras e doze vultos.

Quatro sombras, e ela contou apenas três, distribuídas ao redor do trono.

A água escurece, e na superfície rodopiante ela invoca outro soldado, não robusto ou magro ou baixo, mas alto, de olhos escuros e armadura, sobre a plataforma. Ela o vê caçando a mãe dela pela casa em ruínas. Capturando-a. E libertando-a.

Olivia observa as mãos embaixo da água, coradas pelo calor. A camada cinza que ela lavou permanece na banheira, se enroscando feito vinhas ao redor de seus dedos. Uma mãe feita de carne e ossos. Um pai feito de cinzas e ossos.

Do que *ela* é feita, então?

A água já está fria e turva com tudo o que lavou, e Olivia sai e puxa a tampa do ralo, observando-o drenar a água. O vestido azul da mãe está destruído sobre os azulejos, e ela o deixa ali, abre a mala que nunca desfez e veste a segunda vestimenta cinza que trouxe, o tecido duro e áspero e de caimento ruim. Foi só uma questão de dias, mas ela já não suporta a sensação dele contra a pele. Ela o despe e o troca por um vestido verde-claro.

Então faz a mala.

Não porque Matthew mandou, mas porque ela anseia por encontrar um lugar onde seja querida. E ela não é bem-vinda aqui. Ela encara a pilha de tecidos pálidos em sua mala, então abre o guarda-roupa e pega as roupas da mãe.

A mala é pequena demais, elas nunca vão caber, mas ela não se importa, já perdeu muito e vai levar isso. Um por um eles se soltam dos cabides, um por um eles caem como flores cortadas, até que o guarda-roupa esteja vazio, o chão coberto de tecido, e Olivia desaba, o peito ofegante, em meio ao jardim dos vestidos da mãe, os amarelos fortes e vermelhos ousados e azuis nebulosos, como flores de verão.

Algo estala dentro dela, uma respiração suave, estremecida.

Então as lágrimas vêm, amargas e quentes.

Ela as odeia enquanto caem.

Olivia só chorou duas vezes, uma quando tinha idade o suficiente para ler o diário e se deu conta de que, apesar de todos os jogos e todas as mentiras que ela se contava, seus pais nunca mais voltariam. E uma vez quando Anabelle rasgou as páginas. Não quando ela ouviu o rasgo horrível, mas depois, depois de se levantar para encher a jarra com insetos, depois de jogá-los na cama de Anabelle e voltar para a própria cama, ela se encolheu no escuro e soluçou, com as páginas arrancadas apertadas contra o peito.

O diário da mãe. Ela não para de contrair os dedos, desesperada para sentir o peso familiar do livro. Mas ele se foi. Perdido do outro lado do muro, e o luto a atinge como uma onda.

Não é pelas *palavras* que ela sofre — ela já decorou todas —, mas pelos desenhos do pai, aqueles que ela tinha acabado de começar a entender. É pelo objeto em si, o sulco da caneta no papel, as ranhuras na capa, a carta na parte de trás, *Olivia, Olivia, Olivia*, o nome dela escrito sem parar na letra da mãe.

A mãe que fugiu deste lugar.

Que a alertou a nunca voltar.

A mãe de quem ela sente falta, apesar de nunca ter conhecido.

Uma leve brisa sopra pelo quarto, por mais que a janela e a porta estejam fechadas.

Então o espectro aparece. Ele é mais incompleto do que os do outro lado do muro — falta metade do ombro, parte de um quadril, um braço —, mas ele está ali, de tornozelos cruzados, inclinado para a frente, cotovelo apoiado num dos joelhos, queixo na palma da mão.

Com a visão borrada pelas lágrimas, Olivia quase consegue imaginar que a mulher na cama é real. Talvez seja. Real, ela está aprendendo, é um conceito escorregadio, não uma linha preta sólida, mas um formato com contornos suaves e muitas partes cinza.

Ela não olha para cima, temendo que o espectro desapareça. Fica sentada ali, de cabeça baixa entre os vestidos da mãe, mesmo ao perceber um movimento, mesmo ao sentir o espectro se levantando da cama e pisando no acúmulo de algodão e lã e seda, se ajoelhando na frente dela. Eles ficariam quase cara a cara se ela olhasse para cima.

E ela não consegue se segurar. Ela ergue a cabeça.

Quando Olivia olha para cima, o espectro oscila de leve, como uma vela na brisa, mas então se firma. Talvez nunca tenha sido o olhar que bania os espectros. Talvez fosse o pensamento, o *vá embora* incisivo que ela sempre direcionou a eles com o olhar.

Agora Olivia encara o que sobrou da mãe.

O que aconteceu com você?, pensa ela.

Não é como o tio Arthur, com metade do rosto faltando. Não há ferida de tiro, nenhuma lâmina, nenhum culpado, mas o espectro é dolorosamente magro e com olheiras profundas, e Olivia se lembra das entradas no diário, o sono que a mãe não conseguia ter, o medo de se afogar nos próprios sonhos.

Cansaço pode ser um tipo de doença, disse Edgar, *se durar demais.*

Seja qual for a doença que levou sua mãe, está levando Matthew também. E ela não sabe como detê-la, como impedir que ela seja a próxima.

Por que você abandonou Gallant?, ela quer perguntar.

Por que você me abandonou?

A mão do espectro se ergue, e Olivia prende a respiração, torcendo para ele falar, sinalizar, mas ele simplesmente passa os dedos no ar ao lado do rosto dela, como se para tocar sua bochecha ou prender uma mecha atrás de sua orelha, e Olivia não consegue se segurar, ela joga os braços ao redor do pescoço da mãe, desesperada para ser abraçada.

Mas, aqui, os espectros não são reais o bastante para serem tocados. Aqui, eles não passam de sombras frágeis dos mortos, e suas mãos passam direto por ele. Ela cambaleia para a frente, caindo sobre os vestidos da mãe. Uma onda de dor irradia de sua palma machucada. E quando ela se levanta com dificuldade de novo, está sozinha.

Olivia perde as forças, desejando, por um brevíssimo momento, estar de volta ao outro lado do muro.

Gallant ficou silenciosa.

Não o silêncio sinistro da outra casa ou o silêncio tranquilo de um lugar adormecido, mas o silêncio tenso de corpos se recolhendo a seus cantos. Em algum lugar, Hannah está se apoiando em Edgar. Em outro, Matthew espera acordado pelo amanhecer.

As janelas estão bem fechadas, e ela sabe que o dia vai demorar pelo menos uma hora para nascer. A Governanta Jessamine costumava dizer que essa era a parte mais escura da noite, depois da lua e antes do sol.

Olivia arrasta sua malinha até o pé da escada e a deixa ali.

Ela avança descalça pelos corredores vazios, da mesma forma que fizera em sua primeira noite. Já aprendeu a disposição da grande casa, e encontra seu caminho sem precisar de uma vela pela fileira de retratos até a sala de música, com o diário vermelho da mãe embaixo do braço.

O piano está abandonado no escuro.

Nada de Matthew. Nada de luar. O jardim não passa de uma parede de texturas pretas.

Olivia se senta na janela saliente com o diário vermelho. Está escuro demais para ler, mas ela não pretende fazê-lo. Em vez disso, abre a capa e vai passando pelas páginas de texto até encontrar a última entrada. Então, com mais uma virada, chega às páginas brancas no final.

Ali, ela começa a escrever.

Se você ler isto, eu estou segura.

Os desenhos do pai estão perdidos, mas as palavras da mãe estão a salvo, lidas mil vezes e gravadas nas páginas da memória de Olivia. E ali, no escuro, seu lápis sibila sobre a página enquanto ela ressuscita cada uma delas.

Sonhei com você ontem à noite.
Se eu te desse minha mão, você a seguraria?
Como vamos chamá-la?

E, a cada linha reconstruída, ela entende: Grace Prior não estava louca. Ela estava solitária e perdida, selvagem e livre, desesperada e assombrada.

E ela fez tudo o que podia.

Mesmo que isso significasse deixar a filha.

Mesmo que isso significasse deixá-la partir.

Há tanto que ela ainda não entende, mas isso, ao menos, ela sabe.

Olivia escreve até chegar à última entrada, rabisca a carta para si mesma no verso do caderno vermelho.

Olivia, Olivia, Olivia
Lembre-se disto:
as sombras não são reais
os sonhos nunca podem te machucar
e você ficará segura desde que mantenha distância de Gallant

Ela olha fixamente, por um bom tempo, as palavras da mãe na própria caligrafia, para em seguida fechar o diário e pressioná-lo contra o peito.

A exaustão se enrosca ao seu redor como fumaça, mas ela não dorme.

Em vez disso, mantém os olhos na janela, no jardim, transpassado por levíssimos feixes de luz do dia.

Ela não voltará a Merilance. O carro pode vir levá-la para lá, mas o caminho é longo, e ele precisará parar ao menos uma vez, e quando o fizer, ela irá embora. Ela vai fugir, como sua mãe fizera, como ela mesma sempre teve a intenção de fazer. Talvez fuja para uma cidade, se torne uma andarilha, uma ladra.

Talvez vá para o oceano, se esgueire para dentro de um navio e veleje para longe.

Talvez chegue de fininho naquela cidadezinha tranquila e trabalhe na padaria, e seja um mistério para todo mundo, e cresça e envelheça sem que ninguém jamais saiba que ela era uma órfã que via espectros e que uma vez encontrou com a Morte e morou numa casa ao lado de um muro.

O mestre da casa está irritado.

Ele anda até o muro do jardim, um par de galochas amarelas pendurado numa das mãos como frutas recém-colhidas.

As sombras estão ali, esperando.

— Vocês a deixaram escapar — diz ele numa voz gélida.

Suas cabeças baixam ao mesmo tempo, olhos na terra infértil, e ele se pergunta que desculpas dariam se pudessem falar. Ele analisa o portão, onde duas pequenas mãos bateram sem parar, derrubando a camada de folhas há muito mortas, expondo o ferro por baixo.

Ele passa uma das mãos sobre a mancha, pensativo, então se vira e sobe pelo caminho do jardim. As rosas mortas se envergam para longe, mas uma única flor vigorosa se inclina sobre o seu caminho, as pétalas cheias e pesadas.

O mestre da casa rastreia a origem da vida, descendo até suas folhas, seu caule, suas raízes.

— Muito bom — diz ele, arrancando a flor.

Então ele sorri, um sorrisinho perverso, um sorriso que o luar não ilumina, um sorriso só entre o jardim e os seus dentes.

Parte Cinco
SANGUE E FERRO

Capítulo Vinte e Dois

A chuva tamborila seus dedos na cabana do jardim.

O espectro encara do canto.

Olivia distribui seu peso de uma perna para outra e sente algo se quebrar debaixo do sapato. Ela olha para baixo, esperando encontrar um dos muitos cacos de barro espalhados pelo chão, mas é um pedaço de porcelana, rosas e espinhos entrelaçados sobre um chão branco, e ela sabe que pertence a um vaso, apesar de não ter certeza de como. O espectro leva um dedo disforme ao lugar vazio onde seus lábios deveriam estar. A chuva parou, e Olivia sabe que é melhor voltar, se é o que pretende fazer, mas quando pisa do lado de fora, não há fosso de cascalho cinza nem prédio de pedra austero, não há Merilance.

Em vez disso, ela está no jardim de Gallant. Uma abundância de cores floresce por todo lado, e é claro que está ali; como poderia esquecer?

Ela se vira para o muro do jardim e vê sua mãe em pé ao lado do portão, num vestido amarelo leve, sob a sombra formada pela pedra, com a mão levantada para o portão de ferro. Olivia abre a boca, querendo chamá-la, mas ela não consegue, é claro, então corre.

Ela se lança pelo caminho do jardim, na esperança de alcançar a mãe antes que ela abra o portão, mas bem quando a mulher no muro se vira para olhar para trás, Olivia tropeça e cai. Ela vai parar com força no chão, que não é coberto de grama macia, mas de um emaranhado de hera quebradiça sobre terra morta. Ela se levanta depressa, mas está escuro, e ela está no lado errado do muro.

A casa que não é Gallant se ergue como um dente quebrado, e ela serpenteia de volta para o portão e vê a mãe parada no portão aberto, ao lado de uma sombra alta. Olivia cambaleia na direção dos pais, mas, ao se aproximar, percebe que a sombra não é seu pai. É o homem que não é um homem, o mestre da outra casa com o osso do maxilar reluzindo pela bochecha rasgada enquanto sorri e bate o portão, e Olivia acorda.

Ela está ofegante e derruba o diário vermelho no chão. Olivia entreabre os olhos, uma das mãos erguida contra a luz do sol, forte e branca como uma nuvem, que se infiltra pela janela saliente. Já passou do alvorecer, é quase manhã. Sua cabeça está pesada, sua mão lateja de leve. Alguém a cobriu com uma manta, e quando ela olha para cima, descobre que não está sozinha.

Matthew está sentado na beira do banco do piano, de cabeça baixa, cutucando o curativo da mão. Eles parecem espelhos estranhos, ambos com a mão enrolada em linho, a dele limpa e a dela manchada.

Quando ela estica as costas, ele faz o mesmo. Seus olhares se encontram, e ela se prepara para um ataque. Mas ele simplesmente a encara com aqueles olhos cansados, assombrados, e diz:

— Você acordou.

Novamente, não é uma pergunta. Nunca é uma pergunta. As frases de Matthew sempre parecem terminar em pontos finais. Ela balança a cabeça afirmativamente, uma vez, à espera de que o carro a esteja aguardando e que Matthew tenha vindo acordá-la e mandá-la embora. Ela imagina Hannah e Edgar no saguão e sua mala já no carro. Mas Matthew não se levanta. Ele solta um suspiro longo e baixo e diz:

— Eu estava com raiva.

Olivia espera, se perguntando se isso tinha a intenção de ser um pedido de desculpas. Ele engole em seco.

— Eu não quero você aqui — murmura ele. Ela ergue uma sobrancelha em uma expressão de "não me diga". Mas ele não está mais olhando para ela; seu olhar se desviou para a janela, o jardim e o muro. — Mas você merece saber o motivo.

Então ele se levanta, já caminhando para a porta.

— Venha comigo.

E Olivia obedece. Ela pega o diário caído e o segue para fora da sala de música.

— Eu deveria ter te contado sobre o muro — diz ele —, mas temia que, se contasse, você fosse querer investigar. Acho que eu esperava que, se você fosse embora logo, ele poderia não descobrir que você estava aqui. Que poderia não te encontrar. — Ele relanceia por cima do ombro. — Mas você foi encontrá-lo mesmo assim.

Eles seguem pelo corredor dos retratos, Matthew relanceando por apenas um segundo para o pedaço de parede vazia de onde um deles fora removido. Seus passos são lentos, sua respiração, audível, como se o corpo dele fizesse muito esforço apenas para se manter de pé. Ela escuta Hannah e Edgar conversando na cozinha; eles certamente não pretendem deixá-la ir sem nem mesmo se despedir, não é?

Quando Matthew passa pelo salão de baile, ela entende aonde estão indo.

A porta do escritório se abre, e Olivia o segue para dentro. Por um brevíssimo instante, ela volta para o outro lado do muro, para o outro escritório, prendendo a cadeira sob a porta enquanto a soldada lupina corre atrás dela.

Mas ela logo aperta os olhos e encontra a cadeira em seu lugar, as estantes cheias de livros, o papel de parede liso, a escultura esperando na antiga escrivaninha de madeira. Ela olha brevemente para a parede oposta, se perguntando sobre a porta secreta enquanto Matthew afunda na cadeira atrás da escrivaninha, como se a curta caminhada pela casa tivesse esgotado todas as suas forças.

— Você não tem culpa de ser uma Prior — afirma ele —, e Hannah tem razão, eu não posso te fazer ir embora. — O coração de Olivia bate forte, seu humor melhorando, até que ele completa: — Mas, quando você descobrir a verdade, vai entender por que deveria ir.

Ele passa as mãos pelo denso cabelo castanho-avermelhado, descansa o queixo sobre os braços cruzados e encara a escultura de metal sobre a escrivaninha, com as bochechas encovadas e os olhos febris.

— Então eu vou te contar a história, assim como me foi contada.

Ele estende a mão e apoia um dedo na escultura de metal, lhe dando um levíssimo empurrão. A estrutura inteira se põe em movimento.

— Tudo projeta uma sombra — começa ele. — Até mesmo o mundo onde vivemos. E, assim como acontece com todas as sombras, há um lugar onde elas devem se tocar. Uma linha de junção, onde a sombra encontra a sua origem.

O coração de Olivia acelera.

O muro.

— O muro — ecoa Matthew. — O mundo que você viu do outro lado do muro é uma sombra deste. Mas, diferentemente da maioria das sombras, ela não é vazia.

Ele olha rápido para cima.

— Você o viu?

Ela sabe, sem precisar perguntar, que ele se refere à figura macabra na outra casa, o mestre feito de podridão e ruína. Olhos leitosos, paletó preto como carvão e o maxilar reluzindo através da bochecha rasgada.

Olivia assente, Matthew engole em seco e continua:

— Talvez tenha começado como algo sem importância. Uma erva daninha brotando no solo estéril. Ou talvez sempre tenha sido o que é, uma força destrutiva, mas não importa. A partir de certo momento, a coisa na escuridão se tornou faminta. Percebeu que estava vivendo na sombra do mundo. E quis sair.

Matthew mantém o olhar na escultura enquanto fala, e Olivia também se vê atraída pelas casas giratórias e pelo ritmo delas enquanto se afastam e se reúnem.

— Algumas pessoas são repelidas pela escuridão. Outras são atraídas para ela, para o crepitar estático do poder num lugar. Para o zumbido da magia ou a presença dos mortos. Elas conseguem ver essas forças manchando o mundo feito tinta na água. Nossa família era assim. Eu te contei que Gallant não foi construída pelos Prior. A casa já estava aqui. Vazia e à espera. E os Prior vieram. Eles se sentiram chamados para a casa, e quando chegaram, viram o muro pelo que ele era: um limiar. Uma linha intermediária.

A voz de Matthew é baixa e firme. Ele sabe essas palavras como ela sabe as da mãe.

— Durante o dia, o muro era apenas um muro. Mas, à noite, quando as linhas entre sombra e origem se tornavam estreitas o bastante, ele se tornava um portão. Um caminho de um mundo para o outro. E as coisas no escuro começaram a se *pressionar* contra as pedras. O centro do muro começou a partir e esfarelar, e os Prior sabiam que, em breve, o que havia no escuro se forçaria para fora.

"Então eles forjaram um portão de ferro e o instalaram sobre o muro quebrado, para manter a escuridão afastada. E, por um tempo, foi o suficiente. Até não ser mais.

"Uma noite, ele escapou. A rocha se quebrou, o ferro desabou, e ele simplesmente entrou neste mundo. Por onde ele andava, tudo morria. Ele se alimentava de cada ser vivo, cada lâmina de grama, cada flor e árvore e pássaro, deixando apenas pó e ossos pelo caminho. Ele teria devorado tudo."

Matthew passa um dos dedos ao longo da escultura giratória até que ela desacelere e pare.

— Todos os Prior lutaram, mas eles continuavam sendo carne e osso contra um demônio, que roubava todas as vidas que tocava. Eles não tinham como vencer. Mas deram um jeito de não perder. Forçaram a criatura a voltar para trás do muro. Metade dos Prior o segurava lá enquanto os outros reinstalavam o portão. Dessa vez, eles o embeberam de um lado a outro no próprio sangue e juraram que nada jamais cruzaria aquele portão sem a bênção deles.

Olivia baixa os olhos para a mão enfaixada, se lembrando da fúria do primo quando ela se cortou pela primeira vez. A maneira como sua pele se abriu enquanto ela esmurrava o portão, desesperada para se libertar. A palma ensanguentada de Matthew enquanto a pressionava contra o ferro e o selava novamente.

Ele orienta a escultura em seu arco até que as duas casas estejam frente a frente. Quando elas param, os anéis de metal se alinham entre as duas.

— Ele continua lá, a coisa do outro lado do muro, tentando sair. Está lutando agora, com mais afinco do que nunca, não por estar forte, mas por estar fraco. Está ficando sem tempo. Está ficando sem *nós*. Deve sempre haver um Prior no portão. É o que meu pai dizia. E o pai dele, e o dele, e o dele. Mas eles estavam *errados*.

Matthew ergue a cabeça com um brilho desafiador nos olhos escuros.

— Isso não vai terminar até que não sobre nenhum Prior. Você não entende? *Qualquer um* pode proteger o muro. Emendar as rachaduras. Mantê-lo de pé. Mas *nós* somos as chaves para essa prisão. Só o *nosso* sangue pode abrir o portão, e aquela *coisa* na escuridão fará qualquer coisa para tirá-lo de nós. Vai nos torturar, transformar todos os sonhos em pesadelos, torcer nossa mente até que arrebentemos, ou...

Ele retesa o maxilar, e ela vê o pai dele ajoelhado na grama, levando a arma à têmpora.

— Enquanto houver um Prior nesta casa, essa coisa tem uma chance. É por isso que você nunca deveria ter vindo. É mais forte aqui, perto do muro. Se você se afastar o bastante, talvez ele não te encontre.

Olivia engole em seco. Será que poderia ser verdade? Não, há uma chance, talvez, mas não uma promessa. A sua mãe foi embora, e a escuridão encontrou-a mesmo assim. E ela é uma Prior, afinal de contas. Matthew pode querer ser o último, mas ele não está sozinho.

Ela balança a cabeça.

Matthew bate na mesa com o punho, a força do golpe fazendo os anéis de metal voltarem a se mover.

— *Você tem que ir!* — grita ele, mas ela não vai. Ela não irá.

Ele se curva para a frente, cachos ralos sombreando seu rosto, e ela vê algo pingar na escrivaninha. Lágrimas.

— Não pode ser em vão — diz ele, com a garganta apertada. — Estou tão cansado. Não consigo... — Sua voz falha.

Olivia se aproxima do primo, estende uma das mãos com cautela, esperando que ele se retraia. Mas isso não acontece. Algo se quebra dentro dele e as palavras jorram.

— Levou meu irmão primeiro.

Olivia retrai a mão como se tivesse sido queimada.

— Foi há dois anos — diz ele. — A escuridão nunca viera atrás de crianças. Sempre viera em busca dos Prior mais velhos. Era mais fácil entrar na mente deles. Mas não veio atrás do meu pai. Não veio atrás de mim. Veio pegar Thomas. Carregou-o descalço para fora da cama numa noite.

É por isso que eles o prendem na cama, pensa ela. É por isso que seus punhos são roxos e seus olhos são escuros.

— Ele ainda estava dormindo quando ela o guiou pela casa e pelo jardim e ao redor do muro. Ele tinha apenas doze anos.

A mente dela fica desorientada enquanto pensa no garoto que viu do outro lado, aquele enroscado no fundo da fonte. Quantos anos ele tinha? Seu cabelo e pele pareciam desbotados, cinza, mas talvez fosse apenas um truque de luz, talvez...

— Eu fui atrás dele, é claro — conta Matthew. — Tive que ir. Ele sempre teve medo do escuro. — A voz dele oscila, quase falha. Mas ele continua: — Meu pai queria ir, mas eu disse que precisava ser eu. Disse que eu era mais forte, mas a verdade é que eu simplesmente não suportava a ideia de perder os dois. — A respiração dele se prende na garganta. — Então eu fui. E vi a casa do outro lado do muro. Mas nunca entrei. Não precisei. A porta do outro lado estava encharcada de sangue. Era muito sangue. Demais. Alguém pintara a porta com a vida do meu irmão. Cobrira cada centímetro de ferro.

Ele puxa o curativo na palma da mão.

— Mas aquela *coisa* assassinou meu irmão por nada. Só o sangue de um Prior pode abrir o portão, mas ele precisa ser dado voluntariamente. Agora ele sabe, e toda noite eu sonho que Thomas ainda está vivo, que ainda está do outro lado daquele maldito muro, chamando, implorando para ser resgatado. O que você está fazendo?

Olivia deu a volta na mesa. Ela o empurra para o lado e abre a gaveta, procurando uma caneta, mesmo sabendo que não há nada além do caderninho preto preenchido com possíveis localizações dela mesma. Ela empurra a escrivaninha e passa apressadamente por Matthew em direção ao corredor, avançando para o saguão, para sua mala, porque ela sabe, ela sabe que o viu.

Ela se ajoelha e abre a mala, puxando o bloco de desenho e o lápis para fora. Ela nem se dá ao trabalho de se levantar, simplesmente se agacha ali no chão padronado do saguão e começa a desenhar.

Os passos de Matthew se anunciam por perto, até que ele chega, apoiado no corrimão, enquanto o lápis dela sibila sobre o papel, ilustrando uma cena.

Um garoto, deitado no fundo de uma fonte vazia, amarrado aos pés de uma estátua quebrada. Enroscado como se dormisse, metade do rosto coberta por cachos.

Ela empurra o bloco de desenho na mão de Matthew, golpeando o papel com a parte traseira do lápis.

— Não estou entendendo — diz ele, alternando o olhar entre o papel e Olivia. — O que é isso? Onde você...

Olivia solta um suspiro exasperado, desejando que as pessoas parassem e *pensassem* às vezes, preenchessem as frases para que ela não precisasse fazer isso. Ela pega o bloco e volta ao desenho que fez da parede. E parece impossível que Matthew fique mais pálido, mas é o que acontece.

Então ele a segura pelos pulsos e a puxa escada acima e pelo corredor, até o quarto que ela só viu uma vez, na calada da noite, quando os gritos a atraíram até a porta. A cama está arrumada agora, as cobertas, lisas, os pesadelos, apagados, ao menos dos lençóis. Mas as amarras aparecem debaixo da cama, e, sem se dar conta, ele esfrega um dos pulsos, os hematomas ainda fortes em sua pele pálida demais.

Matthew vai até a parede oposta, onde há um volume coberto com um lençol branco. Ele o puxa, revelando uma moldura. Um retrato de família.

O que está faltando no corredor do andar de baixo. Nele, o tio de Olivia está de pé no jardim, de rosto severo porém humano e sadio, com um braço ao redor da esposa, Isabelle, segurando-a com firmeza. E ali, na frente deles, uma dupla de meninos sentados num banco de pedra. Matthew, de uns treze anos, já alto e esguio, cabelo castanho-avermelhado cobrindo metade do rosto. E um menino mais novo, olhando para ele com adoração.

— Foi ele que você viu? — pergunta Matthew, suas palavras curtas e tensas, como se presas dentro do peito.

Olivia se ajoelha diante do retrato, analisando Thomas Prior, sobrepondo esta imagem à outra em sua mente. Ele é mais jovem do que o garoto que ela encontrou na fonte, mas não muito. Aqui seus olhos são brilhantes e grandes, lá eles estavam fechados; aqui seus cachos são castanho-claros em vez de cinza. Mas tudo é cinza do outro lado do muro. E não há como negar a inclinação da sua bochecha. A linha de seu nariz. O ângulo de seu queixo.

— Foi ele? — insiste Matthew.

Olivia engole em seco e faz que sim com a cabeça, e seu primo se senta na cadeira mais próxima, apertando a mão enfaixada sobre a boca.

— Já faz dois anos — diz ele, e Olivia não sabe se ele está pensando que o garoto na fonte não pode ser o irmão dele ou no tempo em que o deixou lá. No tempo em que o considerou morto.

Toda a movimentação nos corredores atraiu Hannah. Ela está parada à porta, hesitante.

— O que está havendo? — pergunta ela.

Matthew ergue o olhar.

— É Thomas — diz ele, os olhos brilhantes de medo e esperança. — Ele ainda está vivo.

Capítulo Vinte e Três

— Preciso encontrar meu irmão — afirma ele. — Preciso trazê-lo para casa.

Eles estão na cozinha, as únicas quatro pessoas na casa grande demais. Edgar lava a terra das mãos, Hannah torce um pano de prato entre os dedos, Matthew anda de um lado para o outro, com as bochechas vermelhas, e Olivia se pergunta se cometeu um erro terrível.

Em Merilance, ela aprendeu sobre a *vida*. A maneira como ela começava e a maneira como ela terminava. Sempre falaram dela como uma via de mão única, primeiro vivo e depois morto, e embora ela soubesse que era mais complicado — por causa dos espectros, que obviamente já tinham estado vivos, mas estavam mortos, e agora eram outra coisa —, a verdade é que ela não sabe bem o que pensar sobre o garoto na fonte.

Ela não *acha* que ele estava morto, mas também não viu o peito dele subindo e descendo, o sutil movimento de um corpo adormecido. Se for um feitiço, ela torce para poder quebrá-lo. Torce para que ela toque em sua mão e ele desperte.

Gallant

Então tem a questão do tempo. Já faz dois anos. Ele deveria ter catorze anos, mas a silhueta no chão rachado da fonte ainda era a de uma criança. Mais uma vez, nada parece crescer do outro lado do muro. Talvez seja igual para pessoas.

— Será sequer possível? — pergunta Hannah, ocupando as mãos com uma panela de sopa que ninguém pretende comer. Olivia já contou sua história, de sua viagem além do muro, ou ao menos do descobrimento do garoto, e Edgar fez o seu melhor para traduzir, suas sobrancelhas se franzindo mais a cada palavra.

Ele limpa a garganta.

— Odeio dizer isso, mas pode ser uma armadilha.

Como se não fosse óbvio. *É claro* que é uma armadilha. Uma criança roubada, deixada como isca. Mas armadilhas são como fechaduras. Podem ser arrombadas. Podem ser abertas. Uma armadilha só é uma armadilha se você for pego. Olivia sabe melhor agora, e quando ela voltar...

— Eu vou hoje à noite — diz Matthew.

— Não — respondem Hannah, Edgar e Olivia ao mesmo tempo, dois em voz alta, uma com um único gesto cortante.

— Ele é meu irmão — insiste Matthew. — Eu já o deixei uma vez. Não o deixarei de novo.

Olivia solta uma exalação curta. Então se aproxima do primo e o empurra uma vez, com força. Matthew cambaleia para trás e bate no balcão, parecendo mais chocado do que machucado, mas ela mostrou que tem razão. Ele mal consegue ficar de pé. A cor em suas bochechas não é saúde, mas doença. Ele está magérrimo, sugado pela falta de sono, e ela esteve do outro lado do muro e voltou. Ela viu o que espreita nas sombras, o que mora na escuridão.

Ela olha de Matthew para Edgar e depois Hannah.

Não sabe como contar a eles sobre os espectros, sobre como eles vêm ao seu encontro quando ela chama. Não menciona a vida que emana de seus dedos lá, súbita e selvagem. Não diz que também é filha de seu pai, que uma parte dela *pertence* ao outro lado do muro. Que ela é capaz de entrar num mundo de morte e sair viva.

Matthew fecha as mãos em punho sobre o balcão.

— Ele é meu irmão — diz ele, com uma súplica na voz. Olivia assente e pega a mão enfaixada dele.

Eu sei, diz ela com um olhar, um sutil apertão. *E eu o trarei de volta.*

Eles têm seis horas até o anoitecer.

Tempo demais e não o bastante.

Hannah acha que ela deve comer, Edgar acha que ela deve descansar, e Matthew acha que ele deveria ir no lugar dela. Olivia não consegue comer nem descansar nem passar o fardo adiante. Tudo o que consegue fazer é se preparar; e quanto mais souber do funcionamento desse lugar, melhor. Ela passou os últimos dias aprendendo a disposição dos corredores, mas agora olha ao redor, para as paredes e pisos, e reflete.

O mundo que você viu do outro lado do muro é uma sombra deste.

As palavras de Matthew se misturam em sua cabeça, como as casas em sua moldura de metal. As casas, Gallant e não Gallant, uma branda e gasta, outra em estado de degradação, mas, fora isso, elas são iguais.

Olivia volta ao escritório, com o primo em sua cola.

Ela vai até a parede atrás da escrivaninha, ao lugar onde a estante e o papel de parede se encontram.

— O que você está fazendo? — pergunta ele enquanto Olivia passa uma das mãos pela parede, tentando encontrar a emenda. Estava ali na outra casa, então...

Gallant

Seus dedos encontram um sulco no papel de parede. Ela o pressiona com a mão aberta, e a porta secreta cede, apenas um pouco, antes de se abrir para um corredor estreito. Ela sabe que, se o seguir, vai parar na cozinha.

Matthew a encara como se ela tivesse acabado de fazer um truque de mágica.

— Como você sabia... — começa ele, mas ela não tem tempo de responder, de desenhar o espectro com a mão sobre a sua boca, então ela se aproxima da escultura com suas duas casas em miniatura e seus anéis de metal concêntricos. Ela aponta primeiro para uma casa, então para a outra, desenhando uma linha invisível entre os dois.

Os olhos de Matthew se estreitam, então se iluminam.

— O que tem lá, tem aqui — conclui ele.

Ela acena com a cabeça e se volta para o desenho que fez no jardim, aquele de Gallant, cutucando-o com o lápis em expectativa, como se dissesse: Onde mais? A compreensão floresce em seu rosto.

— Venha comigo.

Toda casa tem segredos.

Merilance não tinha túneis secretos ou paredes falsas, mas tinha uma tábua solta no corredor, um recanto bem do tamanho certo para se esconder no topo da escada norte, uma dúzia de rachaduras e sombras para explorar. Os segredos de Gallant são muito mais grandiosos.

Olivia os aprende agora, imprimindo-os em sua mente como uma flor silvestre entre as páginas do caderno de desenho.

Tem a passagem que ela já encontrou, o túnel sem iluminação que liga o escritório e a cozinha. Matthew lhe mostra outra. Ele a leva até o salão de baile, aos painéis de madeira que cobrem a parte oposta, da altura de sua cintura. Ela o observa tatear a madeira até encontrar o entalhe.

— Aqui — diz ele, pegando os dedos de Olivia e os guiando ao lugar.

Parece uma lasca, um pedaço quebrado, mas quando ela o pressiona, o painel de madeira se abre para fora, revelando um cubículo que só comportaria uma criança; ou uma garota magra. Ela se agacha, estreitando os olhos para a escuridão, até que Matthew ergue um lampião e ela consegue ver um lance de degraus de pedra curtos.

— Aqui vai dar no porão — explica ele.

O porão. Ela só o vira uma vez, na manhã seguinte à sua chegada, quando Hannah emergiu com a cesta no quadril. Mas ela consegue pensar numa centena de lugares aos quais preferiria ir em vez de descer até a cripta de pedra embaixo da casa. Ainda assim, enquanto fecha a porta, ela faz um esforço para notar o entalhe na madeira, a distância dele até o canto, até ter certeza de que conseguiria encontrá-lo no escuro.

Eles não estão sozinhos nesta jornada. Conforme Matthew a guia pela casa, ela os vê observando. Um espectro no canto. Outro na escada. Rostos disformes que ela reconhece das pinturas no corredor do escritório. Membros de uma família que ela nunca soube ter. Assim como os espectros do outro lado do muro, os Prior que nunca conseguiram voltar para casa.

Ela segue Matthew para a sala de música em seguida. Seus dedos coçam, desejando poder simplesmente se sentar e tocar, desejando que ele lhe ensinasse outra música. Mas ele não para no piano. Ele passa direto em direção ao canto direito do cômodo, encontra o sulco onde duas listras de papel de parede parecem se encontrar.

— Bem aqui — diz ele, pressionando a mão aberta na madeira.

E, por um momento, ela espera que ele dê uma ordem à porta secreta, que ordene que ela abra ou feche assim como fizera com o portão do jardim. Mas não há sangue em sua palma, e ele não dá ordem alguma, simplesmente a pressiona, fazendo um painel pular para fora.

— Venha — diz ele, gesticulando para que ela o siga.

A escada é tão íngreme e estreita que é quase uma escada de mão. Ele lidera o caminho para cima e, no topo, eles chegam ao quarto de Matthew.

Ele afunda na beira da cama para recuperar o fôlego.

— Meu irmão transformou isso num jogo — conta ele —, encontrar todos os locais secretos. — E por mais que esteja disfarçando bem, ela consegue ver a exaustão em seu rosto, o leve tremor nas mãos.

Ele gesticula para a parede em frente à cama, para a tapeçaria de jardim pendurada ali. Quando ela a afasta, encontra uma porta. Não uma porta secreta, embutida num painel ou na madeira, mas uma porta comum, a tapeçaria obviamente posicionada para tirá-la de vista.

Há uma chavezinha dourada se projetando da fechadura, e Olivia olha para Matthew em busca de permissão. Ele assente, e ela gira a chave, que sussurra na fechadura, e a porta se abre para outro quarto um pouco menor do que o dele, em vez de para um banheiro ou um corredor.

As persianas estão abertas, as cortinas recolhidas, a luz do fim de tarde se derramando sobre uma escrivaninha, um baú, uma cama. Um ursinho de pelúcia surrado no travesseiro, um par de sapatos colocados com capricho ao lado da mesa de cabeceira. O quarto de Thomas.

Ela imagina Hannah entrando aqui toda manhã. Edgar fechando as persianas toda noite. Eles podem manter essas rotinas, mas o quarto ainda tem um ar de abandono. As tábuas no chão são rígidas demais e a poeira paira no ar, mesmo depois de ser espanada de todas as superfícies.

Olivia volta ao quarto de Matthew e fecha a porta, girando a chavezinha dourada na fechadura. Ele suspira e se levanta da cama. E, enquanto o segue para fora, pela escada principal, ela pensa em todos os corredores e todos os cômodos e todas as portas secretas de Gallant. Talvez ela não precise de nenhuma delas. Talvez o garoto ainda esteja lá, na fonte vazia, e ela nunca mais pise dentro da outra casa. Talvez seja fácil assim... mas ela duvida.

Três horas até o anoitecer. Matthew está descansando, mas a pele de Olivia se agita de nervosismo, e ela vai ao jardim pegar um pouco de ar. O dia está quente, e ela anda por entre as flores, passando os olhos por rosa, dourado e verde antes de ver algo na beira do jardim.

Uma das rosas morreu durante a noite, como se tomada por uma geada súbita. O caule parece quebradiço, as folhas se encolheram, a flor tombou. Uma fatia incisiva de inverno no quintal veranil. Quando ela se aproxima, vê a erva daninha cinza apertada feito uma mão ao redor do pescoço da rosa.

Os dedos de Olivia estremecem com a lembrança do outro jardim, a maneira como flores mortas voltaram à vida em sua mão. Ela estende a mão boa, tentando tocá-la com cuidado, como se a rosa fosse tão cortante quanto vidro, e espera sentir o formigamento, o frio, enquanto sopra vida de volta à flor.

Mas nada acontece.

Olivia franze a testa, apertando com mais força, tentando forçar energia para dentro da rosa. Mas a flor apenas se quebra e despedaça, as pétalas se soltando e se espalhando pelo gramado. Ela olha para os dedos, o pó da rosa morta como uma sombra em sua mão.

Qualquer que seja o poder que ela tem do outro lado do muro, ela não o tem aqui.

Duas horas até o anoitecer.

A sua mala desapareceu do saguão, devolvida ao pé da cama. Olivia troca o vestido rosa da mãe pela própria veste cinza, sabendo que se mesclará com o mundo do outro lado do muro. Ela prende a respiração ao fechar os botões, como se a roupa fosse um tipo de feitiço, como se ela pudesse se reduzir à garota que era antes em Merilance.

Mas isso não acontece. Não tem como acontecer. Ela nunca foi uma garota de Merilance.

No banheiro, ela estuda o próprio reflexo, o cabelo preto-carvão, os olhos cinza-ardósia, a pele pálida. Ela parece uma criatura do outro lado do muro. Imagina-se na luz prateada da outra casa, girando pelo salão de baile. Com um estalar de dedos, ela vira cinzas.

Mas então ela vê o pente da mãe na bancada, as flores de um azul veranil. Imagina Grace Prior às suas costas, tocando seus ombros, se inclinando para sussurrar que vai dar tudo certo, que o lar é uma escolha, que ela pertence a esta casa tanto quanto à outra.

Ela pega o pente de flor e prende-o no cabelo.

Do outro lado da janela, a luz está enfraquecendo. Ela baixa o olhar para a fonte de pedra, a mulher com a mão estendida, e sabe agora que se trata de um alerta. *Mantenha distância*, diz ela. Mas é uma mensagem para estranhos. Ela é uma Prior, e Gallant, seu lar.

Uma hora até o anoitecer, e os minutos parecem se arrastar. Olivia não suporta a espera, quer se lançar de volta àquele outro mundo, se jogar para o outro lado do muro, mas enquanto o sol está no céu, o muro não é nada além do que parece. Só lhe resta esperar.

Esperar e torcer para encontrar Thomas.

Esperar e torcer para que a Morte não a encontre.

Esperar e torcer para que isso funcione.

Então o quê?

A pergunta fica emaranhada ao redor dela como erva daninha.

Matthew disse que a coisa do outro lado do muro é faminta, que nunca parará. Mas ele também disse que ela está morrendo, que ele queria matá-la de fome. Será que eles poderiam sobreviver às suas agonias finais, desesperadas, ou ela só acabaria quando eles acabassem? Se Olivia ficasse em Gallant, será que eles poderiam formar um tipo de família? Ou ela teria que assistir ao primo definhar e esperar que os sonhos se voltassem contra ela também?

Uma sombra atravessa a porta. Matthew está ali, esperando. Ele olha para a janela atrás dela, onde o dia virou crepúsculo, e diz o que ela já sabe:

— Está na hora.

Capítulo Vinte e Quatro

No andar de baixo, Hannah está fechando as persianas.

Edgar está trancando as portas.

E Matthew está dando instruções a todos. Talvez seja apenas esperança, mas suas costas estão eretas e seu olhar, focado. Olivia consegue imaginar o garoto que ele talvez já tenha sido, o homem que poderia se tornar, se a coisa do outro lado do muro não tivesse roubado sua família, se a escuridão não tivesse corroído seus nervos e os pesadelos não o tivessem deixado tão magro.

É um plano relativamente simples, mas ele o repassa novamente.

Olivia encontrará Thomas e voltará ao muro. Matthew estará esperando do lado certo de Gallant para libertá-los. Ela baterá três vezes, e ele abrirá o portão e o selará de novo assim que eles entrarem antes que qualquer outra coisa consiga passar.

Ela imagina Matthew parado no portão, palmas pressionadas contra o ferro para sentir as batidas, imagina a escuridão sussurrando em sua mente, tentando convencê-lo a destrancar o portão, a passar por ela e ver com os próprios olhos. Ela se pergunta se ele ouvirá a voz do irmão. Pelo menos não ouvirá a dela.

— Você precisa voltar ao portão — diz ele, e a posição de seu maxilar, a frieza em seu olhar, lhe diz que, se ela fracassar, se ela for pega, ele não irá buscá-la. Ele a deixará lá, do outro lado do muro.

Quanto a Edgar e Hannah...

— Vocês não devem sair da casa — alerta Matthew.

— E se vocês deixarem algo passar? — pergunta Hannah. — E aí?

— Desçam para o porão.

Edgar bufa, uma espingarda apoiada no ombro.

— Acho que não.

— Vocês precisam se esconder.

— Nós podemos ser velhos, mas ainda temos forças para lutar.

— Quem você está chamando de velho? — retruca Hannah, pegando um atiçador de lareira.

— Vocês não são Prior — diz Matthew, sombrio. — Vocês não têm nada que ele queira. Nada a dar e tudo a perder.

— Esta casa é tanto nossa quanto é sua, Matthew Prior — diz Hannah. — E nós vamos defendê-la.

— Vocês vão *morrer*.

Edgar se mantém firme.

— A morte vem para tudo.

Olivia os encara, essas pessoas que ela está apenas começando a conhecer, essa família improvisada, mas tudo o que vê são os dançarinos do salão de baile, a maneira como eles viraram cinzas.

Não chegará a esse ponto, diz ela a si mesma ao flexionar os dedos, o curativo apertado sobre a palma. Suas mãos estão vazias, o bloco de desenho e o diário vermelho deixados na cama. Ela queria ter algo para segurar. A mão de alguém. Ou uma faca. Ela suspira, relaxando os dedos na lateral do corpo.

Gallant

Mas ao tomar consciência dos cachos grisalhos de Hannah, dos ombros curvados de Edgar e Matthew, já exausto, ela reprime uma risada silenciosa. Não a risada que você solta quando está se divertindo, mas aquela que escapa quando você sabe que está encrencado.

Hannah a puxa num abraço apertado, um que parece envolvê-la por completo, como um casaco. Olivia deseja que elas pudessem ficar assim para sempre.

— Apenas uma criança — murmura a mulher, em parte para si, e Olivia sente uma lágrima pingar em seu cabelo e sabe que Hannah está pensando tanto em Thomas quanto nela, e talvez até em sua mãe, e seu tio, em todos os Prior que ela conheceu e perdeu do outro lado do muro.

Hannah envolve com as mãos a bochecha de Olivia, erguendo seu queixo para que seus olhares se encontrem.

— Você tem que voltar — diz ela. — Com ou sem Thomas, você tem que voltar.

Olivia faz que sim com a cabeça.

Então Matthew a guia para o jardim. Para longe de uma casa e em direção a outra. Ela olha por cima do ombro para Gallant, uma última vez; para Hannah e Edgar observando da sala de música, pouco mais do que silhuetas na luz fraca. Para os espectros que se reúnem, o velho na beira do pomar, seu tio na porta dos fundos, uma mulher sob as treliças, sua mãe sentada num banco baixo de pedra. Nenhum deles tenta impedi-la enquanto ela e Matthew seguem para o muro.

Mas, quando eles se aproximam, ela anda mais devagar.

Há uma nova sombra no chão. Ela se irradia como uma luz por uma porta aberta, apesar de o portão estar fechado.

Olivia se ajoelha para estudar a marca.

Ele se alimentava de cada ser vivo, cada lâmina de grama, cada flor e árvore e pássaro, deixando apenas pó e ossos pelo caminho.

Como se luta contra algo assim?, pensa ela, e torce para não precisar fazê-lo.

Ela passa os dedos sobre a grama. É seca, frágil e preta.

O portão só se abriu por um segundo, talvez dois, e nesse tempo, o outro lado se infiltrou para este. O que teria feito em uma hora? Um dia?

Ele teria devorado tudo.

Ela olha para a própria mão, apoiada sobre o solo infértil.

A *coisa* do outro lado do muro pode tirar vida deste mundo, mas, naquele mundo, ela pode devolvê-la. Seria isso uma arma ou uma fraqueza? Ela não sabe.

Olivia se levanta e encontra Matthew encarando o portão.

— Você tem certeza? — pergunta ele. E ela sabe que ele deve olhar para ela e enxergar uma garota tola, teimosa, uma intrusa estranha em seu mundo estranho, ou pior, mais alguém para perder. Ele não sabe o que ela pode fazer. Mas, pensando bem, nem ela sabe.

Ele olha para ela e pergunta de novo:

— Você tem certeza? — E ela assente, não porque tem certeza, mas por ser a única resposta possível. A única que manterá Matthew vivo e trará o irmão dele para casa.

A noite está caindo agora, e ela se vira para a borda do muro logo antes de sentir Matthew pegar o seu pulso e puxá-la para trás. Ela fica tensa instintivamente, sem saber se ele quer brigar ou puxá-la para um abraço.

Ele não faz nenhum dos dois. Simplesmente coloca as mãos sobre os ombros dela e olha em seus olhos.

— Eu estarei bem aqui — diz ele. — Quando você voltar.

Por toda a sua vida, Olivia se perguntou como seria a sensação de ter uma família.

E agora ela sabe.

Olivia assente e aperta a mão do primo.

Então respira fundo e dá a volta no muro.

Por um momento, nada acontece.

Ela está de volta ao campo vazio, o mar de grama alta ondulando na brisa, alguns cardos brotando feito ervas daninhas aqui e ali. As montanhas se agigantam, velhas rochas escarpadas tão distantes que parecem pintadas no céu, e ela sente o muro atrás de si, e o mundo do outro lado dele, o calor do jardim às suas costas.

Ainda há tempo de dar meia-volta.

Talvez segundos, talvez piscares de olhos, mas ainda há tempo. Olivia fecha os olhos e se mantém firme. Entre uma respiração e a outra, o mundo se instala. Ela o sente como sentimos uma nuvem que passa no céu, cobrindo o sol. Quando abre os olhos, o campo sumiu, e ela está de volta ao jardim degradado, encarando a velha mansão arruinada.

Não há ninguém na sacada. Nenhum olho leitoso brilhando no escuro. Ainda assim, suas mãos buscam o bolso do vestido, a faca de caça escondida ali, uma lâmina curta e pesada numa bainha de couro. Edgar a colocou em suas mãos logo antes de ela partir.

— Lado pontudo para fora — disse ele, dando um tapinha em seu ombro, e ela queria responder que sabia usar uma faca, mesmo que as únicas coisas que já cortou tenham sido cenouras e batatas.

Ela não empunha a lâmina, não tem certeza do quanto ela vai servir contra o monstro na escuridão, mas saber que está ali já basta.

Vá, sibila uma voz em sua cabeça, e ela se força a mover as pernas para a frente, subindo a ladeira para o jardim, avançando como uma ladra.

Uma vez, em Merilance, ela quase foi pega.

Estava no quarto da Governanta Agatha, ajoelhada na frente da gaveta da mesa de cabeceira, investigando seu conteúdo mais por tédio do que por necessidade, quando a maçaneta girou e a velha entrou, seus passos arrastados e o perfume rançoso preenchendo o espaço estreito.

Não havia espaço para se esconder embaixo da cama, de tão entulhado que estava, e se a governanta tivesse acendido a luz, teria visto Olivia ali, mas não acendeu. Ela cambaleou, suspirando, pelo quarto escuro e se jogou na cama, olhos vidrados por causa do xerez da Governanta Sarah. Ela apenas ficou sentada ali, encarando o nada, e Olivia sabia que poderia passar a noite inteira ajoelhada, esperando que a velha adormecesse, ou tentar escapar, e no final ela decidiu que preferia ser pega fugindo do que ficar encurralada, então foi.

Mas ela não deu um impulso para a porta, não correu.

Em vez disso, ela prendeu a respiração e avançou lentamente pelo escuro, como uma sombra deslizando pelo piso de madeira. E Agatha nem notou.

É assim que ela avança pelo jardim agora.

Ela passa pelas rosas nas quais tocou ontem à noite. Cercada de caules mortos, aquela única planta floresce, pétalas preto-azuladas sob uma manta de luz prateada. Algo zumbe sob sua pele diante dessa visão, o impulso de estender a mão de novo, de encostar em outras coisas murchas. Quantas ela conseguiria reviver? Aquela espetada e o frio causaram um pouco de dor, mas também foi esplendoroso. Como ela ficara decepcionada no outro jardim quando nada se ergueu em direção ao seu toque.

Continue, diz a voz em sua cabeça, mas há algo estranho, como se o pensamento não fosse bem dela. Ela fecha a mão em punho e continua andando.

À frente, a casa atrai seu interesse como uma vela no escuro, como um espectro no canto de uma cabana de jardim, e ela precisa reprimir o impulso de olhar, mantendo a atenção no emaranhado que se estende ao redor da propriedade.

No escuro, os caules mortos e cascas retorcidas projetam sombras por todo canto. Nada se move, e tudo parece se mover ao mesmo tempo. O solo é irregular, raízes antigas se projetam para cima, ervas espinhosas se esparramam como se numa última e turbulenta floração, se derramando para fora antes de perder a vida. Seria tão fácil se prender num galho afiado ou cair, e ela tem certeza de que, caso se corte, o solo saberá. A coisa na casa saberá. Se é que já não sabe.

Então Olivia caminha lentamente até a entrada para carros, tentando convocar uma paciência que nunca teve ao avançar na escuridão da casa que não é Gallant.

E a fonte.

Não há lua, mas ainda assim uma luz prateada recai sobre a estátua erguida no centro.

A mulher surge, vestido lascado e braço quebrado, o poço fora de visão.

Olivia empunha a faca de Edgar e esquadrinha a entrada, tão exposta em comparação ao jardim. Nenhuma cobertura, nada além da extensão de cascalho. Ela relanceia para os degraus de entrada. Vazios. As portas principais. Fechadas. Nenhum sinal dos três soldados em suas armaduras reluzentes.

Não faz sentido esperar. Ela dispara à frente, o cascalho brada sob seus sapatos, alto demais, alto demais, enquanto ela corre até a fonte, torcendo para chegar à borda de pedra e ver Thomas enroscado no fundo, e...

A fonte está vazia.

Não há nada além de pedra rachada e vários galhos de hera, a mesma hera que envolvia os pulsos do garoto, agora partida e largada no chão do poço.

Olivia solta o ar por entre os dentes. Ela sabia que não seria tão fácil.

Ela se vira, esperando uma emboscada.

Mas tudo está imóvel ao seu redor.

As sombras não se mexem.

Ela guarda a faca, dá um passo na direção da casa do outro lado do muro. Então para.

Há uma diferença, afinal, entre cair numa armadilha e escorregar por entre seus dentes, entrar correndo e se esgueirar pelas beiradas. Ela anda sorrateiramente até a porta na lateral da casa, a que dá na cozinha. Espera e prende a respiração, tentando escutar sons de vida ou movimento.

A porta se abre com um sussurro, mas no silêncio pesado deste lugar, o sussurro poderia ser um assobio.

Olivia dá um pulo para trás, se espremendo contra a pedra fria da lateral da casa. Ela espera pelo som de botas, pelos soldados, pelo mestre da casa. Espera até que o silêncio baixe como um lençol, até que o mundo se aquiete ao redor dela. Então, se prepara e entra.

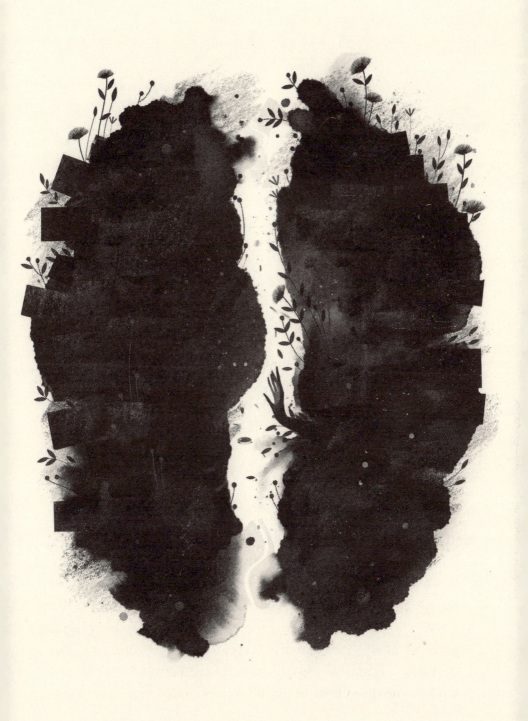

Capítulo Vinte e Cinco

Olivia diz a si mesma que é uma brincadeira.

Como pique-esconde. Como pique-pega. Do tipo que as meninas brincavam em Merilance, depois que as luzes se apagavam. Brincadeiras que Olivia sempre observava, mas para as quais nunca foi convidada porque ela era boa demais em se esconder, e não era divertido encontrá-la, já que nunca soltava um gritinho, gargalhava ou gritava.

É só uma brincadeira, pensa ela ao se esgueirar pela cozinha. A cerâmica do chão está rachada e quebrada, mas ela faz o máximo para se mover com passos rápidos e silenciosos, passando por armários e prateleiras vazias, a maçã seca que permanece sobre o balcão. Ela espia o corredor escuro.

Cadê você?, ela se pergunta, tentando manter os pensamentos tão silenciosos quanto seus pés.

Algo se mexe atrás dela, e ela se vira, com o coração batendo na garganta. Mas é só um espectro. O eco degradado de um rapaz, seus detalhes se reunindo e esfarelando. Ela vê a curva de um ombro e o formato dos olhos, profundos e escuros de um jeito familiar.

Todos os Prior lutaram... Eles forçaram a criatura de volta para detrás do muro...

E nunca voltaram para casa. O portão foi selado. Suas vidas, confiscadas pela luta. Todos os espectros aqui são Prior que morreram para manter a escuridão na jaula.

Olivia começa a sinalizar, mas para ao se lembrar de que não há necessidade.

Os espectros conseguem ouvi-la.

Onde está o garoto?, pergunta ela, esperando que o espectro gesticule e indique um cômodo, uma porta, o caminho a seguir. Mas ele apenas balança a cabeça, e há algo no movimento veloz, mais um apelo do que uma recusa.

Não procure, ele parece dizer.

Mas Olivia não tem opção.

Me responda, pensa ela, tentando fazer do pensamento uma ordem. *Onde está Thomas Prior?*

Mas o espectro se recusa a dizer. Ele balança a cabeça de leve novamente, gesticulando no ar.

Você precisa ir embora.

Mas ela não pode. Ela não pode voltar sem o garoto. Não pode ver a expressão de Matthew. Não pode decepcionar sua família.

Ela deixa a cozinha e o espectro para trás em direção ao corredor. As tábuas do chão se entortam, afundam e lascam. O ar tem gosto de poeira. O corredor se ramifica com algumas portas abertas e outras fechadas. A casa é grande demais. Ele poderia estar em qualquer lugar.

Por um momento, ela tem uma ideia maluca.

Ela fecha os olhos, se imagina como parte deste lugar e tenta se conectar com ele e senti-lo, como se ele fosse um raio de sol, um pulso. Eles são conectados, afinal, dois Prior, dois corpos vivos numa casa cheia de cinzas. Então ela expande seus sentidos, espera e sente...

Nada. Só se sente tola.

Seja lá onde Thomas esteja, ela vai precisar encontrá-lo do bom e velho jeito: procurando. Então, avança pela casa, dividida entre se manter nas sombras, que podem não estar vazias, e andar sozinha e exposta pelos corredores iluminados pelo luar.

Ela passa pelo salão de baile, mas hoje à noite não há dançarinos rodopiando silenciosamente pelo chão, não há soldados a postos nem uma figura de olhos brancos em seu trono improvisado.

A porta do escritório está aberta, inclinada em suas dobradiças quebradas, a cadeira, virada de costas atrás da escrivaninha. Ela prende a respiração ao avançar sorrateiramente, esperando ouvir aquela voz sinistra do outro lado e que a cadeira vire e revele aqueles olhos brancos de morte, aquela pele de papel, o osso do maxilar reluzindo em seu rosto. Mas, quando chega à cadeira, ela está vazia.

Olivia solta um suspiro lento, trêmulo, o coração martelando nos ouvidos. Então olha para baixo.

Não consegue se segurar. Ela se agacha e espia embaixo da escrivaninha, torcendo para encontrar o diário da mãe onde ele caíra. Não está lá, mas no meio do caminho para a porta ela vislumbra um pedaço de papel num canto, com a ponta esquerda rasgada.

Nele, a letra da mãe, começando a se inclinar.

Tenho medo de que não fosse minha mão na bochecha dela não fosse minha voz na minha boca não fossem meus olhos a observando dormir

Ela estremece, soltando o papel.

Enquanto ele flutua com um sopro para o chão, ela ouve passos no andar de cima. Os passos lentos e tranquilos de um homem em casa. Olivia prende a respiração e escuta até que eles cessem.

Corra, diz seu sangue.

Fique, dizem seus ossos.

Olivia refaz seus passos de volta ao labirinto de corredores, não em direção à escadaria principal, larga e banhada por uma luz prateada, mas à sala de música.

Ela dá a volta no piano decrépito, seus dentes pretos e brancos amontoados numa pilha, e vai até um canto. Passa os dedos pelas emendas, como Matthew mostrara, até encontrar o pequeno trinco. Com um leve empurrão, o painel se abre para degraus íngremes e estreitos. Está um breu ali dentro, e ela sobe tateando, contando dez passos até chegar ao topo.

Ela gira na escuridão e busca a outra porta com os dedos. Por um segundo, ela emperra, se recusando a ceder. Olivia é tomada por uma onda de medo puro e visceral de um corpo enclausurado num espaço estreito de pedra, e, em pânico, ela se joga contra a porta com força excessiva. Ela se abre, lançando a menina para dentro do quarto.

Olivia quase cai, mas se segura no dossel de madeira da cama. Ela morde a língua e sente o gosto quente de cobre na boca. Sangue. Ela o engole e se equilibra. Está no quarto de Matthew, ou ao menos no quarto onde ele vive do outro lado. Aqui, o cômodo está abandonado. A cama coberta por uma camada de poeira. As persianas abertas, o vidro da janela rachado, a tapeçaria pendurada na parede esfarrapada e desbotada.

Ela prende a respiração e aguça os ouvidos, mas os passos já pararam. Ela dá a volta na cama, segue para a porta que leva ao corredor do andar de cima e pressiona a orelha contra a madeira.

Silêncio. Olivia leva a mão à maçaneta, e está prestes a abri-la quando sente e ouve o som de um corpo se mexendo, o suspiro de um corpo num colchão.

Seu olhar volta à cama de dossel. Ela continua vazia. Olivia olha para a tapeçaria na parede. Então se aproxima, afastando a cortina pesada, encarando a segunda porta. Está entreaberta e a madeira cede rangendo sob seu toque.

Ali, na escuridão do outro quarto, há uma cama. E, na cama, um garoto enroscado embaixo dos lençóis.

Olivia começa a avançar, mas para com a mão na soleira. Está fácil demais. Ou melhor, não foi nada fácil, mas essa parte parece uma armadilha. Aqui está a entrada, e ali está a isca, e ela sabe que é melhor não tentar alcançá-la. Em vez disso, ela recua um passo.

O problema é que, ao voltar, as tábuas do piso rangem sob seus pés, e a figura na cama se mexe e se senta. Ela se estica, e, nesse momento, Olivia percebe que não é o garoto que viu na fonte, mas uma sombra. Uma soldada. A baixa e lupina com o sorriso feroz. A manopla brilha em sua mão quando ela afasta o lençol.

Olivia se lança para trás em direção ao quarto de Matthew e colide com outro corpo, um que não fez barulho algum ao entrar. Com o canto do olho, ela vê a borda de um paletó preto esfarrapado.

— Olá, ratinha.

Aquela voz, como fumaça num espaço apertado. Ela consegue ouvi-lo sorrindo, os dentes se batendo em seu maxilar aberto. A mão dela desliza para dentro do bolso do vestido e se fecha ao redor da faca de Edgar.

— Eu estava esperando você.

Olivia se vira, desembainhando a lâmina. Ela não espera, apenas gira e enfia a faca no peito dele. O mestre da casa baixa o olhar para a arma que se projeta à sua frente e estala a língua.

— Ora, ora — diz ele —, é assim que se trata a própria família?

Ele encurva as mãos ao redor do pulso dela, seu toque como papel sobre pedra. Ele aperta com mais força, e uma rajada de dor se irradia por seus ossos, junto a outra sensação, a faísca de calor, o frio súbito, o mesmo mergulho e queda estranha que ela sentiu ao devolver a vida ao camundongo e às flores. Como se ele estivesse roubando algo dela. De fato, uma levíssima cor se espalha na pele dele, e uma onda de vertigem se quebra sobre ela, fazendo o quarto se inclinar e sua visão borrar. Ela se solta, avançando para o quarto de Matthew, para o corredor além dele e encontra outro soldado bloqueando o seu caminho. Aquele com a compleição robusta, de armadura presa ao ombro.

Ele olha para ela de cima, entediado.

Atrás dela, o mestre suspira.

— Olivia, Olivia, Olivia — repreende ele, e o som do seu nome na boca dele lhe provoca um arrepio. Ela dá meia-volta apressada, se virando para a porta secreta logo antes de ver um terceiro soldado apoiado no dossel de madeira da cama, a placa de armadura brilhando no peito.

Ela está cercada. Encurralada.

Mas não sozinha.

Socorro, pensa ela, e o homem que não é um homem deve conseguir ler os pensamentos dela, porque sua boca se contrai de diversão. Mas ela não está falando com ele.

ME AJUDEM!, pede ela de novo, e a força das palavras faz com que estremeça por dentro.

E eles vêm.

Cinco espectros se erguem do chão apodrecido. Entre eles, ela vê o que a ajudou a fugir. Ele relanceia para ela agora, seu quase rosto repleto de tristeza. Os espectros formam um círculo ao redor de Olivia. Eles não têm armas, mas se posicionam, de costas eretas, virados para fora. E, por um momento, ela se sente segura. Protegida.

Até que o monstro dá uma *risada*.

— Que truquezinho pitoresco — diz ele, dando um passo na direção dela. — Mas eu sou o mestre desta casa. — Outro passo. — E aqui, os mortos pertencem a mim.

Ele passa a mão pelo ar, como se afastando uma nuvem de fumaça, e os cinco espectros se contorcem e tremulam. Eles se dissolvem, se desmanchando de volta ao chão, deixando-a sozinha mais uma vez.

Os três soldados apertam o cerco ao redor dela.

Olivia luta.

Ela luta da mesma forma que lutara em Merilance, quando as amigas de Anabelle a seguraram, luta com cada grama de força e cada golpe baixo que conhece, como uma garota solta no mundo com nada e tudo a perder. Mas não é o bastante. Uma manopla se fecha ao redor do seu punho, jogando-a em direção a uma placa de peitoral, e a última coisa que vê é o brilho de uma ombreira quando a terceira sombra se junta às demais.

— Cuidado com as mãos — diz o mestre, logo antes de uma dor explodir na lateral de sua cabeça e toda a força abandonar seu corpo, transformando o mundo em escuridão.

Capítulo Vinte e Seis

Ele morreu.

O gato que Olivia viu naquele verão no telhado de latão, o vira-lata velho e emburrado que se parecia com a Governanta Agatha. Um dia ela se esgueirou pelo poço de cascalho até a cabana do jardim e encontrou o animal caído no solo.

Ele estava tão ossudo, tão magro.

Olivia sentiu os ossos dele por baixo do pelo quando se agachou e passou a mão por sua lateral macia, acariciando a criatura como se ela estivesse apenas dormindo. Como se talvez pudesse trazê-la de volta.

Acorde, pensou ela com lágrimas escorrendo por suas bochechas, embora ela nem gostasse daquele gato idiota.

Ela o enterrou dentro da cabana, na esperança de que ele talvez a assombrasse. Na esperança de que um dia ela o avistasse com o canto do olho, outro corpo no escuro.

Ela se esqueceu. Não é estranho? Ela se esqueceu.

O mundo volta em fragmentos.

O farfalhar delicado de páginas sendo viradas. A luz prateada nas paredes carcomidas. O tecido mofado contra sua bochecha.

Ela está deitada num sofá. Demora um pouco para entender que é o mesmo da sala de estar, aonde Hannah a levou naquela primeira noite em Gallant. Onde ela se sentou, cansada e confusa, enquanto Edgar e Hannah discutiam sobre o que fazer com ela, e Matthew entrou de supetão, arrancou a carta da mão de Hannah e jogou-a no fogo.

Não há fogo agora, só uma lareira de pedra quebrada. Uma cadeira de veludo. Uma mesa baixa com um objeto sobre ela: um elmo. Do mesmo metal reluzente da ombreira, do peitoral e da manopla. Ela franze a testa, seus pensamentos lentos demais.

Suas mãos estão presas uma à outra com uma corda cinza-escura. Ela toma impulso para se levantar, embora o movimento faça sua cabeça doer e sua visão falhar. Quando se estabiliza, vê que não está sozinha.

Os soldados estão espalhados pelo quarto escuro.

O troncudo espera à porta.

O magro se recosta à parede.

A baixa descansa os cotovelos nas costas do sofá.

E o mestre da casa ocupa a cadeira de veludo, com uma rosa preto-azulada equilibrada num dos braços e um caderno aberto no colo.

— Olivia, Olivia, Olivia — diz ele, e um arrepio se irradia por sua pele quando ela relanceia para o G arredondado na capa do caderno.

— Venho sussurrando o nome em seu cabelo — continua, e ela se levanta, se lançando em sua direção, na direção do diário da mãe, mas imediatamente sente um grande braço enlaçá-la pela cintura.

O soldado troncudo a puxa para trás, e um segundo depois ela volta a cair no sofá. A mais baixa leva as mãos aos ombros de Olivia, as manoplas chacoalhando ao mantê-la no lugar.

— Dizem que há amor na renúncia — continua o mestre, sua voz se propagando pela sala —, mas eu só sinto perda.

Ele continua folheando, como se estivesse entediado, pulando para a última página.

— Lembre-se disso — lê ele. — As sombras não são reais.

Os olhos leitosos dele se erguem.

— Os sonhos nunca podem te machucar.

Sua boca se curva num sorriso.

— E você ficará segura desde que mantenha distância de Gallant.

Ele fecha o diário.

— O que sua mãe pensaria se estivesse aqui?

Ele joga o caderno na mesa baixa, onde aterrissa ao lado do elmo, levantando uma nuvem de poeira.

— Que bom que ela não está.

Ele pega a rosa, que é uma das flores que ela fez reviver, enorme, com pétalas aveludadas.

— Para fora — ordena ele, e por um momento Olivia pensa que está falando com ela, que ele está lhe dando permissão para ir. Mas então percebe que a ordem foi direcionada aos soldados. O troncudo recua. A baixa segue. O magro hesita, apenas por um momento, antes de desaparecer no corredor.

A porta se fecha.

E eles ficam a sós.

Ela flexiona os dedos. Não tem mais a faca, mas analisa a lareira de pedra quebrada, investigando os fragmentos no chão. Será que algum seria leve e afiado o bastante para ser empunhado?

A voz traz sua atenção de volta.

— Você tem um talento e tanto — diz ele, estudando a rosa selvagem. — E nós vamos fazer uma dupla e tanto. — Ele leva a flor ao nariz e a cheira, murchando-a de novo. As pétalas ressecam, a flor tomba, as folhas se enroscam como papel seco. À medida que ela morre, uma levíssima cor brota nas bochechas dele. Fugaz como um peixe submergindo.

A rosa se desfaz em cinzas, mas as cinzas não caem. Em vez disso, ficam rodopiando no ar ao redor das mãos dele.

— Uma coisa é dar forma à morte — continua ele, e as cinzas se aglutinam num cálice. — Mas soprar vida de volta a ela é algo diferente.

Com uma contração de seus dedos, o cálice se dissolve.

Ele tira algo do bolso. É branco e curvo, exceto pela ponta, que é preta, como se mergulhada em tinta. Uma lasca de osso. Ele o estende para ela, e, ao fazê-lo, as cordas se desfazem em seus pulsos.

— Mostre-me — pede ele, e Olivia fica tensa. Ela deveria recusar, apenas para contrariá-lo, mas um impulso brota dentro dela. Um desejo. Seus dedos vibram com a sensação. E outra coisa brota. Uma questão. Uma ideia.

Ele põe o osso na mão da garota, e a comichão da vida brota dentro dela. Ela paira bem abaixo de sua pele, esperando para ser libertada.

Viva, pensa ela, e a sensação avança, de suas mãos para os restos mortais, e ao fazê-lo, a lasca de osso se torna um bico, se torna um crânio, se torna um corvo, músculo, pele e penas. Em segundos ele está inteiro de novo, abrindo bem o bico como se para grasnar, mas o único som que ela ouve é a risada suave do mestre.

O corvo estala o bico, um olho preto encontrando os dela, e por um momento, ela se maravilha com o feito, o poder em suas mãos. Até que...

Ataque, pensa ela, e o corvo levanta voo e mergulha em direção à criatura na cadeira, e Olivia se levanta, correndo para a porta, mesmo quando o ouve arrancar o pássaro do ar, o estalo frágil de seu pescoço, mesmo quando o ouve dizer:

— *Minha queridíssima sobrinha, confesso não saber exatamente onde você está.*

Ela diminui o passo. A carta do tio.

— Não foi fácil te encontrar. Sua mãe te escondeu bem.

Vá embora, pensa ela, embora perceba que está se virando para encará-lo.

— Precisamos agradecer à Hannah — diz ele, e Olivia estremece ao ouvir o nome, deseja poder roubá-lo de volta. — Ela fez uma lista de todos os lugares onde você poderia estar.

O caderno na gaveta do escritório. Mas Olivia verificara a escrivaninha *deste* escritório. Não havia caderno algum ali.

— As duas casas são ligadas. As paredes são finas. E eu tenho uma forma de alcançar as mentes dos Prior quando eles estão dentro de Gallant.

O coração de Olivia afunda. Matthew.

— Um corpo precisa dormir. Se não, o coração fica fraco. A mente fica cansada. E mentes cansadas são maleáveis.

Enquanto ele fala, as imagens flutuam atrás de seus olhos, como devaneios. Matthew, se levantando da cama. Caminhando lentamente pela casa, os olhos semiabertos, não mais azul-acinzentados, mas leitosos.

— Fale com os cansados e eles escutarão.

Eu não me lembro de adormecer, escreveu sua mãe.

— Sussurre para eles e eles se moverão.

Mas acordei e estava debruçada sobre Olivia.

— Um corpo cansado não se importa. É como uma semente, feita para ser carregada.

Ela vê Matthew andando pelo corredor escurecido em direção ao escritório, o vê pegar o caderninho preto da gaveta superior, mesmo que ele não saiba ler, aqueles olhos emprestados investigando a lista de casas que não eram lares.

— *Mandei essas cartas para todos os cantos do país* — recita o mestre da casa. — *Que seja esta a encontrá-la. Você é querida. Você é necessária. Seu lugar é conosco.*

Atrás de seus olhos, o rosto de Matthew é tomado pelo ódio. Ele joga a carta no fogo. *Não sei quem te mandou aquela carta, mas não foi meu pai.*

O mestre se levanta de sua cadeira.

— *Venha para casa, querida sobrinha. Não vemos a hora de recebê-la.*

Ele abre aquele sorriso sinistro, forçado. Mas Olivia balança a cabeça. Ele disse que a mente dos Prior eram dele contanto que eles estivessem em Gallant. Mas a mãe dela foi embora. E ele a seguiu mesmo assim.

— *Grace era diferente* — diz ele. — *Não importava quão longe ela fosse. Contanto que carregasse um pedaço de mim com ela.*

Ele vira a cabeça, e ela vê o rasgo em sua bochecha onde a pele se repuxa e expõe maxilar e dentes. E é aí que ela vê o buraco. O vazio escuro no fundo de sua boca.

Quando você se desfez, eu encontrei o osso amaldiçoado. Era um molar, dentre todas as coisas, a boca dele escondida dentro da sua.

Ela o vê de pé no salão de baile, sua pele esfarrapada com tantos ossos faltando. Os dançarinos de cinzas, a maneira como eles se desfizeram em pó, e como ele chamou as lascas de volta para si, os fragmentos emprestados dele próprio. Como a pele só se curou quando os ossos voltaram para casa.

Eu triturei o dente até virar pó, escreveu sua mãe. *E joguei as obturações no fogo. Ele nunca terá o pedaço que era você. Espero que apodreça obcecado com o vazio.*

O dente não existe mais. O pedaço dele. Sua mãe se certificou disso. Como ele a encontrou, então? Como... ah. Ah, não.

Ao menos eu tenho Olivia.

Ela é o motivo pelo qual sua mãe não conseguiu fugir dos sonhos. O motivo pelo qual ele conseguia entrar na cabeça dela, não importava o quão longe fosse. Porque metade dela é dele.

— E aqui está você. No lugar a que pertence.

Ela recua das palavras e dele.

Não há ninguém entre ela e a porta, e Olivia se joga contra a madeira, esperando que ele avance antes que ela a alcance, esperando encontrá-la trancada. Mas a porta cede, se abrindo, e ela mergulha para o corredor sem luz.

Ela vira a esquina e encontra o soldado magro à espera no final. Cambaleia para trás, segue por outro corredor, tentando se orientar no escuro.

Ela avança pelo labirinto de paredes em ruínas.

Alto demais, alto demais, pensa ela, cada passo, cada respiração, cada tábua cedendo sob seus pés. Seus ossos lhe dizem para se esconder. Seu coração lhe diz para correr. Cada centímetro de seu corpo grita para sair dali, fugir, voltar ao muro, mas ela precisa encontrar Thomas. Ela esquadrinha as portas abertas, os cômodos do outro lado.

Cadê você? Cadê você? Cadê você?, implora ela, deslizando ao fazer a curva.

Aquela voz horrível ecoa pela casa silenciosa.

— *Olivia, Olivia, Olivia.*

Ela prende o dedão do pé num tapete desfiado e cai com força, sentindo uma onda de dor subir pelas mãos quando as estende para aparar a queda.

Há um brilho de metal quando o soldado troncudo vira a esquina. Ela se levanta cambaleando.

— *Este é seu lar.*

Onde fica o túnel secreto mais próximo?

— *Esta é a única casa que acolherá você.*

Onde está Thomas Prior?

— *Quando você entender isso, jamais vai querer ir embora.*

Ela se lança por uma porta dupla para dentro do salão de baile, extenso e escuro. Está na metade do caminho até a parede oposta e o painel de madeira e a porta secreta quando ouve um som como o de seixos sendo jogados sobre o chão decorado.

E o cômodo ganha vida.

Num momento está vazio, e, no seguinte, os dançarinos surgem por todos os lados, de cinzas a pele num único sopro. Eles rodopiam ao redor dela, saias farfalhando e sapatos deslizando, uma parede giratória de corpos. Eles abrem a boca, mas a voz que sai é dele, só dele.

— *Você não pode fugir de mim.*

Os dançarinos se separam para deixá-lo passar. Por baixo do paletó esfarrapado, sua pele está rasgada em uma dúzia de lugares, um para cada pedaço faltando. Os três soldados o seguem, e os bailarinos se fecham atrás deles e se aquietam.

— Eu sei o que eles falaram para você. Que isto é uma prisão, e eu sou o prisioneiro. Mas estão errados. Eu não sou um monstro para ser enjaulado.

Ele pega a mão enfaixada de Olivia.

— Eu sou apenas a natureza. Sou o ciclo. O equilíbrio. E sou inevitável. Assim como a noite é inevitável. Assim como a morte é inevitável.

Ele passa um dedo ossudo pelo corte na palma dela.

— E você, minha querida, vai me libertar.

Olivia se solta da mão dele, dá meia-volta, mas não há para onde ir. Os dançarinos estão parados como barras de uma cela, os soldados espaçados entre eles.

— Quer ouvir uma história?

Ela se volta para a voz enquanto ele joga dois ossos no chão do salão.

Olivia observa os pedaços de osso se contorcerem no chão decorado e começarem a crescer. Cada um como uma semente, as cinzas se entrelaçando feito ervas daninhas até formarem pernas e braços, troncos, rostos.

Até eles estarem bem ali no salão de baile.

Os pais de Olivia.

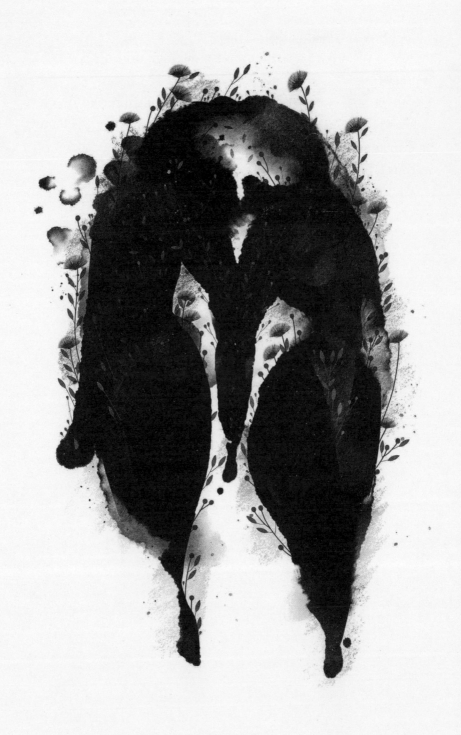

Capítulo Vinte e Sete

Embora suas roupas sejam desbotadas e sua pele, pálida, mesmo que Olivia tenha acabado de vê-los sendo evocados a partir de ossos e pó, mesmo que saiba que eles não estão ali de verdade, que eles estão mortos, parecem tão sólidos.

Tão reais.

Olivia ergue os olhos para outra versão do rosto da sua mãe, não a garota no retrato ou o espectro na cama, mas como devia ser Grace Prior da primeira vez que passou de fininho pelo muro, num vestido veranil na altura dos joelhos, o cabelo trançado.

Olhe para mim, pensa Olivia, desejando que a mãe faça contato visual com ela, mas Grace só tem olhos para a outra forma conjurada. Seu pai. Ele está a vários metros de distância, com um elmo nas mãos. Ele encara seu rosto metálico. Então ergue o olhar, e Olivia vê seus próprios olhos a encarando, seu próprio cabelo escuro feito carvão se curvando sobre a testa, os pedaços dela cuja origem nunca conseguiu identificar.

— Ele foi minha primeira sombra — diz o mestre da casa. — Eu o criei. Eu criei todos eles, é claro, mas ele foi meu primeiro. Meu preferido.

O pai dela ergue o elmo e o veste, o metal se moldando às bochechas. E o mestre o encara, seu rosto repleto de fúria.

— Quanto mais uma sombra vive, mais ela se torna... ela própria. Mais pensa por si. Sente por si. — Ele relanceia para os outros três soldados. — Uma lição que aprendi desde então. — Seus olhos brancos voltam ao pai dela. — Ele era teimoso, cabeça-dura e orgulhoso. Mas ainda assim era meu. E ela o tomou.

Enquanto ele fala, seus pais começam a se mexer como fantoches numa peça, deslizando na direção um do outro pelo chão do salão.

Por que você fica naquele lugar?

A mãe dela tira o elmo do rosto dele. Ela o puxa para perto.

Se eu te desse minha mão, você a seguraria?

O pai dela baixa a cabeça na direção dela. Ela sussurra em seu ouvido.

Livre; uma palavra pequena para algo tão magnífico.

Ele relanceia de volta para o mestre enquanto a mão dela encontra a dele. Enquanto ela o puxa atrás de si.

Não sei qual é a sensação, mas quero descobrir.

Você não quer?

E não há muro do jardim, nenhum cenário conjurado, mas Olivia sabe o que acontece em seguida.

Nós conseguimos. Estamos livres. No entanto...

— No entanto, fantoches não conseguem viver sem suas cordas. Eu poderia ter dito isso a ela.

Olivia não quer ver o que acontece em seguida. Mas não consegue desviar o olhar.

Algo está errado, escreveu a mãe dela. E está. No salão, o pai dela cambaleia, seus pés instáveis.

Consigo vê-lo definhar. Tenho medo de enxergar através de você amanhã. Tenho medo de você ter sumido no seguinte.

Gallant

— Tentei avisar — diz o mestre da casa. — Sussurrei em sua mente. Gritei em seus sonhos. Disse a ela que precisava trazê-lo de volta para mim. Caso contrário...

Seu pai cambaleia, cai de quatro. Sua pele está finíssima por cima dos ossos, seu corpo definhando diante dos olhos dela.

Olivia se lança à frente, mas o mestre a pega pelo pulso.

— Observe.

O seu pai ergue o olhar, e por um momento, apenas um momento, os olhos dele encontram os de Olivia e ele a vê, ele a *vê*, ela jura que ele a vê. Sua boca se abre e fecha, formando o nome dela.

— Olivia — diz ele, e é a voz do mestre, não a dele, mas o som a despedaça mesmo assim e envolve seu coração com mãos geladas.

Então, enquanto ela observa, enquanto sua mãe observa, enquanto todos eles observam, o pai dela desfalece, seu corpo transformado numa nuvem de cinzas ao atingir o chão.

— Ela ter deveria tê-lo trazido de volta para mim.

Não era o pai dela. Ela diz a si mesma que não era o pai dela, só uma imitação, um eco, mas suas mãos continuam tremendo. O pedaço de osso fica caído em uma poça de cinzas.

— Talvez eu tenha perdido a calma, então.

A mãe dela encara o espaço vazio, horrorizada. Ela cai de joelhos no chão do salão.

— Eu não criei você, mas criei a coisa que criou você, e conseguia senti-la por aí, como um pedaço de mim. Um osso faltando. Você é minha, e ela se recusou a trazê-la para casa.

A mãe dela aperta os ouvidos com as palmas das mãos, como se algo gritasse dentro de sua cabeça.

Pare, pensa Olivia enquanto a mãe se curva à frente, passando as mãos no cabelo, a coroa trançada agora frouxa, o corpo magro e frágil.

Pare.

— Se ela apenas tivesse escutado.
PARE.
A mãe dela desaba em pó novamente, deixando apenas uma lasca de osso no chão. Olivia encara as cinzas, as mãos fechadas com força. Seus olhos ardem de lágrimas, furiosas e quentes.

Então o mestre da casa faz algo pior.

Ele os traz de volta.

Com o movimento dos dedos finos, as cinzas florescem ao redor dos ossos de novo, até que seus pais estejam de pé, exatamente como estavam antes, seu pai se abaixando para pegar o elmo, sua mãe o observando com admiração. Todo o medo e o horror foram apagados de seus rostos. Eles se olham como se pela primeira vez, e a terrível encenação recomeça.

Olivia tenta recuar, mas sente uma placa de armadura contra os ombros. O soldado magérrimo bloqueando o seu caminho.

— Sabe o que você é, Olivia Prior? Você é uma recompensa. Você é uma indenização pela rebeldia do seu pai e o roubo da sua mãe. Você é um dízimo, um presente, e você pertence a mim.

Os pais dela se reúnem no salão de baile. Suas mãos se entrelaçam. A mãe se inclina para sussurrar no ouvido do pai. Olivia não suporta assistir de novo.

Por que está fazendo isso?, pensa ela, desviando o olhar com esforço.

— Isso? — Ele gesticula para as figuras nascidas das cinzas, e eles param no meio de um passo. — Isso é o que eu estou oferecendo.

Olivia balança a cabeça. Ela não entende.

— Você não é apenas uma Prior — diz ele, se aproximando. — Aqui, você é mais. — Ele baixa aqueles olhos brancos para ela. — Eu posso dar forma à morte — diz ele, gesticulando para as figuras conjuradas. — Mas você pode lhes dar vida.

A compreensão a inunda como um balde de água fria.

Os pais dela se viram para encará-la. Esperando.

— Você pertence a esta casa, com sua família. E por uma gota de sangue num velho portão de ferro, você pode tê-los de volta.

Seu pai abraça sua mãe.

Sua mãe estende a mão para Olivia.

— Em suas mãos, a casa vai ser consertada. Os jardins vão florescer. Você será feliz. Estará em casa.

Seria uma mentira dizer que ela não quer essas coisas.

Uma mentira dizer que ela não está tentada.

Uma gota de sangue em troca disso. De uma família. De um lar. Não valeria a pena?

Você pertence a esta casa.

Ela baixa o olhar para si mesma, a forma como ela se mescla com o cinza deste mundo. Este mundo, onde ninguém além do mestre fala, mas ainda assim todos podem ouvi-la. Este mundo, onde ela nunca mais ficaria sozinha.

A mãe dela sorri, e ela imagina a cor voltando às suas bochechas. O pai olha para ela com amor, com orgulho.

Suas palmas começam a queimar.

Mas eles não são os seus pais.

A mãe dela era uma humana de carne e osso, e agora é um espectro na casa da família. O pai dela pode ter começado assim, uma sombra nascida de cinzas, mas se tornou mais. E mesmo que Olivia nunca o tenha conhecido, sabe que ele não teria desejado essas coisas.

Essas coisas são um sonho.

Seria tão fácil entrar nele, ficar até que ele parecesse real, nunca mais acordar.

Mas, em algum lugar desta casa, Thomas está esperando.

Lá no muro, Matthew está esperando.

Dentro de Gallant, Hannah e Edgar estão esperando.

E mesmo que Olivia pudesse morar neste mundo cinza e frio, ela não quer. Ela quer as cores vívidas do jardim em Gallant e o som do piano jorrando pelos corredores, as mãos gentis de Hannah e o cantarolar de Edgar enquanto cozinha.

Ela quer ir para casa.

Olivia se vira para o soldado às suas costas. Ela estende a mão, toca o rosto dele com os dedos, pega todo o calor acumulado sob a pele e o joga para dentro da sombra.

— NÃO! — rosna o mestre da casa, e um segundo depois cinzas giram em torno de seus dedos, assumindo a forma de um par de luvas sedosas.

Mas é tarde demais. O soldado cambaleia com um único passo para trás e ergue o olhar, com luz brotando nas bochechas e fogo nos olhos. Vivo.

Olivia estremece, tomada por um frio súbito e terrível, o custo da própria magia. Mas não há tempo.

Lute por mim, pensa ela, batendo os dentes, e o soldado desembainha a espada e parte para o ataque. O cômodo mergulha em caos enquanto os dançarinos se atropelam, os outros dois soldados sacam as armas e o mestre é posto no centro da tempestade. Na confusão, Olivia sai do círculo e corre pelo salão de baile em direção ao painel de madeira, as mãos enluvadas buscando pela porta secreta.

Ela continua tremendo violentamente ao encontrar a lingueta e, enquanto a portinha se abre, ela relanceia para trás e vê os longos e afiados dedos do mestre arrancarem a armadura do soldado e afundar em seu peito, e, por um terrível momento, ela acha que testemunhará o mestre puxar um coração para fora. Mas, quando ele tira a mão ensanguentada, ela não segura um coração, e sim uma única costela. Ainda assim, o soldado estremece e desaba, e o mestre se vira, à procura de Olivia, mas ela já entrou pela porta secreta para a escuridão.

Ela se agacha, raspando os joelhos nos degraus de pedra. O teto é baixo demais para que fique de pé.

Seu corpo inteiro treme enquanto puxa as luvas, mas não consegue tirá-las. Elas envolvem suas mãos como uma segunda pele. O frio finalmente começa a se dissipar, deixando-a sem fôlego nos degraus.

No porão abaixo, algo se move. Um movimento sussurrante; o arrastar suave de um corpo deslizando na terra. Ela gira o corpo, quase perdendo o equilíbrio ao espiar o porão abaixo dos seis degraus.

Ao descer, seus sapatos escorregam na pedra úmida e lisa. Não há janelas, nenhuma porta aberta, nenhuma fresta para deixar a luz entrar, se houvesse alguma luz do lado de fora; ainda assim, quando chega ao chão de terra entulhado, ela *quase* consegue enxergar. O brilho prateado que parece vir da própria casa emana como umidade da madeira e da pedra. Ela pisca, os olhos se ajustando.

O chão está repleto de jarras quebradas e caixotes vazios.

Uma pequena silhueta se contorce no escuro. Um espectro se escondendo entre caixas num canto.

Revele-se, pensa ela, mas o espectro não vem para a frente, e, ao dar um passo cuidadoso, Olivia vê que a figura não é um espectro, e sim um garoto, de cabeça baixa e braços enlaçados nos joelhos magros.

Thomas.

O mestre da casa estava farto.

Ele se agacha sobre o corpo de sua segunda sombra, o vermelho do sangue manchando o chão enquanto encaixa a costela de volta em seu próprio peito, a pele de papel se fechando sobre o osso.

Sua língua desliza, como sempre faz, até o buraco no fundo da boca. O único pedaço que ele nunca recuperará.

Ele coloca a mão sobre o corpo da sombra, que murcha, a vida fluindo como um rio por baixo de sua pele enquanto o cadáver vira pó no piso do salão.

O sangue também seca, esfarela, soprado por uma brisa rançosa.

É apenas um gostinho do que ele fará.

A fome o corrói por dentro, inflexível, insaciável.

— Há um camundongo na minha casa — diz ele aos soldados restantes e aos dançarinos e aos espectros. — Encontrem-no.

Parte Seis
LAR

Capítulo Vinte e Oito

Thomas ergue o olhar para ela com seus olhos azul-acinzentados na luz prateada.

Ele parece cansado e faminto, mas pode dormir e comer quando voltarem ao outro lado do muro. Tudo o que importa agora é que ele está vivo, e Olivia o encontrou. Ela quer jogar os braços ao redor de seus ombros finos, mas ele parece que pode quebrar se tocado com muita força, então ela apenas se ajoelha, com o rosto a centímetros do dele, torcendo para que ele consiga ver os ecos em suas sobrancelhas, seus olhos, suas bochechas, e saiba que eles são uma família.

Thomas franze a testa e abre a boca como se para falar, mas ela tampa seus lábios com a mão enluvada quando a voz ecoa pela casa no andar de cima.

— *Olivia, Olivia, Olivia* — fala ele. — *Você realmente acha que pode se esconder na minha casa?*

Thomas estremece ao ouvir a voz do mestre, e ela afasta a mão de sua boca, levando um dedo aos lábios dele. Ela esquadrinha o porão. Há duas escadas, a que desce do salão de baile e a que sobe para a cozinha, e ela está prestes a guiar Thomas à segunda quando ele se levanta sobre as pernas instáveis e começa a arrastar um caixote pelo chão do porão.

Ele produz um barulho horrível, como unhas em pedra, e ela se lança à frente, prendendo-o no lugar, prendendo a respiração e torcendo para que a coisa no andar de cima não tenha escutado. Então ela olha para a caixote, não onde está agora, no meio do cômodo, mas onde estava antes, em frente às estantes. Atrás das prateleiras de metal e dos jarros vazios há um pedaço de madeira do tamanho de uma porta bem pequena.

Meu irmão transformou isso num jogo, encontrar todos os locais secretos.

Olivia se ajoelha na frente da estante e afasta os jarros, um por um, tomando cuidado para não os chacoalhar. Então se abaixa bem e desliza o painel de madeira para fora do caminho. Ela espia pela abertura, torcendo para ver a noite, para ver a grama morta e os espinhos curvos do jardim.

Mas só vê escuridão.

Ela se vira e encontra Thomas encarando o teto, olhos arregalados de pavor enquanto o mestre da casa reclama e esbraveja no andar de cima.

Olivia estende a mão, e ele baixa o olhar para encontrar o dela.

Está tudo bem, pensa ela, embora ele não consiga ouvi-la. *Estamos quase lá*, pensa, *e seu irmão está esperando.*

Ele segura a mão dela, dedos finos se agarrando à estranha luva de seda, e ela o puxa para a frente em direção à escuridão. Eles engatinham pelo túnel escuro como breu, e ela tenta não pensar numa cova, numa tumba, em ser enterrada ali, embaixo da casa que não é Gallant.

Então, finalmente, ela sente o painel do outro lado. Ele desliza para fora do caminho, e ali, enfim, está o jardim, o céu, o ar frio da noite. Ainda que tenha gosto de folhas mofadas e fuligem em vez de grama e verão, ela inspira esse ar profundamente, grata por estar fora da casa.

Ela ajuda Thomas a se levantar, e, juntos, eles correm pelo jardim em direção ao muro à espera.

Ela não olha para trás para conferir se os soldados estão vindo.

Não olha para trás para conferir se o mestre está observando da sacada.

Espinhos se prendem ao seu vestido, e ela não olha para trás.

A hera arranha suas pernas, e ela não olha para trás.

Eles chegam ao portão de ferro no centro do muro, e Olivia solta a mão de Thomas e se joga contra o portão, esmurrando-o, o próprio ferro soterrado sob camadas de detritos. O som é engolido antes de se propagar, mas Matthew devia estar esperando, devia estar com a bochecha grudada ao metal, porque um momento depois ela ouve o murmúrio de uma tranca se virando nas profundezas do ferro, então o portão se abre, e ali está ele, com Gallant se agigantando às suas costas.

Seus olhos se arregalam ao se desviar dela para Thomas. Ele segura o portão com força, claramente resistindo ao impulso de correr e abraçar o irmão. Olivia estende uma das mãos enluvadas para o garoto, mas, quando ele dá um passo à frente, o rosto de Matthew assume uma expressão soturna.

— Espere — diz ele, analisando Thomas.

Olivia olha para trás. O jardim não está mais vazio. Ela vê o brilho de armaduras no topo do jardim, os olhos leitosos como velas no escuro. Ela golpeia o ar com a mão.

Sai do caminho, ordena ela, pegando a mão de Thomas e avançando, mas Matthew barra o portão.

— Diga alguma coisa — exige ele, e por um momento Olivia acha que ele está falando com *ela*, mas os olhos do primo continuam no garoto. Thomas ergue o olhar para Matthew e não diz nada.

E, pela primeira vez, ela o vê como Matthew deve ver. Seu cabelo claro, tornado cinza pela luz prateada. Sua pele, pálida dos anos sem enxergar o sol. Seus olhos frios e escuros, em vez de calorosos.

Uma tristeza terrível a transpassa enquanto ela vê a esperança se esvair do rosto do primo.

Matthew balança a cabeça e diz:

— Esse não é o meu irmão.

Olivia olha para Thomas, cuja mão se agarra à dela. Ela sente o coração dele batendo, ouve os pulmões dele se enchendo. Ele parece tão real. Mas, até aí, os dançarinos também pareciam, assim como os soldados, assim como seus pais, e ela os viu crescer a partir de um osso de dedo e uma nuvem de cinzas. Isso não é um garoto. Isso é uma coisa cinza, conjurada da morte.

Mas ela poderia soprar vida nele.

Abaixo das luvas de seda, a palma de suas mãos começa a arder. Ela tem poder aqui. Esse pode não ser o irmão do Matthew, mas poderia ser. Se ela o trouxesse de volta, se... mas ela não pode fazer isso. Nem com Matthew, nem com Thomas.

Assim como seus pais, ele não seria real.

Ele nunca conseguiria atravessar o muro. Ficaria novamente preso aqui.

— Olivia — alerta Matthew —, afaste-se dele.

E ela percebe que não está mais segurando o garoto. O garoto a está segurando. Ele aperta sua mão com tanta força que dói, seus dedinhos afundando na luva enquanto as sombras avançam pelo jardim.

— *Solte* — ordena Matthew, agarrando o portão com força, mas ela não *consegue*. Os ossos de sua mão são esmagados, e ela arqueja, tentando se soltar, enquanto o garoto a puxa para perto, a envolve com os braços finos, parecendo criar raízes.

Então o garoto que não é Thomas sorri. Um sorriso terrível e sinistro. Dessa vez, quando ele abre a boca para falar, uma voz sai.

A única voz do outro lado do muro.

— Olivia, Olivia, Olivia — ronrona ele. — O que faremos com você?

O abraço fica mais forte até ela não conseguir mais se mexer nem respirar. Seus ossos rangem, e ela solta um arquejo engasgado, então Matthew se lança pelo portão. Ele avança um pouco antes de se virar de costas e fechar o portão atrás de si, a noite quente de verão e a segurança e o lar desaparecendo atrás do muro. Ele leva a mão ensanguentada ao portão e diz as palavras, selando-o. Então começa a tentar arrancar os braços do fantoche que segura Olivia.

— Aguenta firme — diz ele. — Aguenta firme, eu estou aqui.

Os olhos do garoto relanceiam para Matthew.

— Eu chamei seu irmão e ele veio.

Ele balança a cabeça, tentando não escutar a voz.

— Eu cortei a gargantinha dele.

— *Pare* — rosna Matthew, sacando uma adaga, os dedos tremendo ao atacar o fantoche se passando por seu irmão. Mas antes que a lâmina conseguisse perfurá-lo, sua pele simplesmente se desfaz. O garoto nascido das cinzas se desmancha de volta em cinzas, uma lasca de osso abandonada na grama seca.

Olivia cambaleia, subitamente livre. Ela inala com força e estica as costas, logo antes de ver os dois soldados restantes se aproximando. O troncudo franze a testa. A baixa sorri com desdém.

E o mestre da casa vem atrás.

Ele desce pelo caminho do jardim, o paletó preto esfarrapado esvoaçando no ar rançoso. Seu cabelo preto está arrepiado, selvagem, os olhos brancos brilham e, quando sorri, a pele de suas bochechas racha e lasca como pedra velha.

Olivia sente os dedos de Matthew se fecharem sobre os dela. Com um único apertão, ele não precisa falar para que ela entenda.

Corra.

Ele solta a mão de Olivia, que se lança para o muro, olha para trás e o vê parado onde está, um rapaz frágil apenas com uma adaga. Ela hesita, sem saber se é capaz de realmente deixá-lo.

Mas, no final, não importa.

Olivia está na metade do caminho até o muro quando a sombra troncuda bloqueia sua passagem, com a armadura amarrada ao ombro.

Seu dedo se contrai, e ela deseja ter a faca de Edgar ou um graveto ou uma pedra ou qualquer coisa afiada, por mais que não saiba ao certo do que isso serviria contra o soldado. Tenta desviar do alcance dele, chegar ao muro. Ele é grande, mas ela é rápida, passando por baixo do braço dele e quase chegando ao portão antes de suas mãos se fecharem ao redor dela. Antes que a força dele quase a erga do chão.

Socorro!, pensa Olivia, chamando os espectros, e eles vêm, saindo do pomar ressecado e subindo pelo jardim decrépito. Mas, ao se depararem com a figura sombria no paletó esfarrapado, eles param e se encolhem, se dissolvendo novamente na noite.

Voltem!, chama ela, mas dessa vez eles não respondem. É a vontade dela contra a dele.

E aqui, os mortos pertencem a mim.

Então ela luta contra o soldado, se contorce e chuta, tentando desesperadamente se soltar.

— Tanta vida por uma coisa meio morta — diz o mestre da casa, fascinado. — E falando de meio morto...

Ele se vira para Matthew. Seu primo golpeia com a lâmina, mas a soldada lupina desvia graciosamente e o chuta no peito.

Ele cai de quatro, arfando, e a soldada saca a espada, seus dedos na manopla se flexionando ao redor do cabo.

— Dois Prior no meu jardim — ronrona o demônio no escuro. — E disseram que ele era estéril.

Matthew tenta se levantar, mas a soldada o chuta nos joelhos. O mestre da casa se aproxima a passo largos.

— Seu irmão morreu por nada, Matthew Prior. E você também morrerá.

O soldado leva a adaga à garganta dele. Olivia solta um suspiro desesperado. Mas, quando Matthew faz contato visual com ela, o primo não parece assustado. Vinha esperando por isso. Esperando para se deitar. Para descansar. Ele não tem medo de morrer, não desde que seu irmão e seu pai morreram. Ele está pronto. Está disposto.

Mas há uma pergunta nos olhos dele. *E você?*

Olivia Prior não quer morrer.

Ela acabou de começar a viver.

Mas eles são o único obstáculo entre o monstro e o muro, entre a morte e o mundo dos vivos. Então ela faz que sim, e ele fecha os olhos e engole em seco contra a lâmina da soldada, aliviado. E quando ele fala, não há tremor em sua voz.

— Não importa — diz ele. — Você não pode tomar nosso sangue à força, e nós não lhe daremos uma gota.

O mestre não parece surpreso.

— Sua honra é encantadora — responde ele, se aproximando do muro. — E vã. Você diz que se recusa a abrir o portão para mim. — Ele sorri, balançando os dedos sobre as pedras. — Mas já abriu. Ou melhor, fracassou em fechá-lo.

Matthew vira a cabeça abruptamente para o portão, o brilho de seu sangue visível mesmo na luz prateada suave. Olivia o viu selar o portão. Ela o ouviu dizer as palavras.

Aqueles dedos longos se erguem até o portão de ferro. A mão do mestre paira sobre o portão.

— O problema com casas antigas é a manutenção. Como elas podem se degradar rápido. — É como se ele falasse com o próprio portão. — Tudo decai. Ferro enferruja. Corpos apodrecem. Folhas ressecam e quebram. E tudo se torna pó e cinzas. Não é de espantar que seja tão difícil manter qualquer superfície limpa.

Ele leva um único dedo ossudo à superfície do portão.

— Sangue no ferro — diz ele. — Não sangue na terra. Não sangue na pedra. Não sangue na hera. Sangue no *ferro*. Esse é o segredo.

O mestre arrasta a unha pela marca de sangue no portão, e a superfície se esfarela, os detritos descascando e revelando o ferro por baixo, intocado.

— *Não* — sussurra Matthew, o último vestígio de cor se esvaindo de seu rosto.

— E agora — diz o monstro —, meu truque final.

Ele coloca a mão sobre o portão e lhe dá um leve empurrão.

Ele se abre.

Ele se abre para uma noite de verão. Para um jardim amplo, uma abundância de flores e folhas.

Para Gallant.

— *NÃO!* — esbraveja Matthew, cambaleando contra a lâmina da soldada, que corta uma linha fina em seu pescoço. A soldada estala a língua, e Olivia observa, horrorizada, enquanto o mestre da casa passa pelo portão do jardim. Mesmo no escuro, ela vê as sombras se derramarem ao redor dele, se espalharem pela grama, devorarem terra e vida.

O mestre tomba a cabeça para trás, o queixo apontando para um céu com lua e estrelas. Ele inala profundamente enquanto toda a grama ao seu redor resseca e morre, e, ao fazê-lo, seu cabelo se ondula como a noite contra suas bochechas e sua pele parece mais mármore do que papel, e sua capa esfarrapada se torna veludo, rico e liso sobre os ombros.

Ele não é mais deteriorado, mas lindo, terrível.

Ele não é um monstro, nem o mestre da casa, nem um demônio preso atrás de um muro. Naquele momento, ele é a Morte.

Ele relanceia para o portão às suas costas, olhos brilhantes como luas, e encara Olivia com algo similar a afeto antes de sorrir e dizer, numa voz grave:

— Matem os dois.

Capítulo Vinte e Nove

Os soldados sorriem.

O troncudo aperta os braços ao redor do peito de Olivia, espremendo o ar de seus pulmões, e a baixa passa a mão pelo cabelo de Matthew e puxa a cabeça dele para trás enquanto a Morte desaparece atrás do muro.

Ela se contorce e tenta respirar e pensar enquanto o tempo desacelera, o mundo desacelera, reduzido a luz e sombra, à lâmina na pele de Matthew e ao luar do outro lado do muro. Ela dá uma cabeçada para trás, torcendo para acertar a cabeça do troncudo, mas ele é muito grande, e ela, muito pequena, e, em vez disso, seu crânio acerta a armadura peitoral.

Uma onda de dor se irradia atrás de seus olhos. Dor, seguida de um pensamento.

A armadura.

Pareceu tão aleatória a maneira como ela estava dividida entre os soldados. Um elmo aqui, um peitoral ali, uma manopla, uma ombreira. Mas não é nada aleatória.

Tudo que o mestre conjura é formado em torno de um osso.

O pai dela tinha o molar. O soldado magérrimo tinha uma costela.

A armadura protege os pedaços emprestados.

E, sem eles...

Olivia se contorce com toda a força, chuta para trás em direção ao corpo do soldado, forçando uma distância entre eles para libertar uma das mãos e buscar a lâmina no quadril dele.

Ela saca a arma, golpeia indistintamente para trás em direção à lateral do soldado, e por mais que isso não pareça *machucá-lo*, a surpresa é o bastante para fazê-lo afrouxar o aperto.

Olivia se solta, levando a lâmina consigo, mas não corre.

Em vez disso, ela dá um giro e golpeia a armadura com a espada, metal contra metal ecoando como um sino.

A soldada baixa ergue o olhar, a lâmina ainda grudada ao pescoço de Matthew, mas o troncudo apenas lança um sorriso entediado para Olivia. Até que ela ataque de novo, dessa vez acertando a tira de couro que prende o metal ao ombro dele. Ela arrebenta. A ombreira desliza e cai, assim como o sorrisinho desdenhoso do soldado quando, à luz prateada, ela vê a curva branca de uma clavícula.

O soldado recua, mas Olivia já está brandindo a espada, golpeando pela terceira vez, cravando-a profundamente no ombro dele. A clavícula se solta. Uma expressão de fúria transpassa seu rosto, breve como uma sombra passageira, mas ele já está caindo, seu corpo se desfazendo em pó enquanto o osso desaba na grama.

Ela se vira e vê a última soldada encarando-a de olhos arregalados, uma raiva feral estampada no rosto enquanto ergue a espada e a golpeia na direção do peito de Matthew. Mas ela não era a única assistindo. Matthew segura a mão que empunha a espada, agarrando a manopla com suas últimas forças. Ele tenta arrancar a armadura, mas a soldada se liberta e recua para fora do alcance, uma sombra se mesclando com a escuridão, então Olivia se aproxima, puxando o primo para longe da sombra e em direção ao portão aberto. Dez passos, cinco, um, então eles atravessam.

Atravessam para o calor, para a terra macia e o cheiro de chuva e noite fresca.

Atravessam para Gallant.

Ela cai de quatro, as luvas se esfarelando em seus dedos, deixando apenas uma faixa de cinzas no solo infértil, a magia perdida do outro lado do muro. Mas o mestre da casa parece mais vivo do que nunca. Ele sobe pelo jardim, passando os dedos sobre as flores e espalhando podridão pelas pétalas e os caules, consumindo tudo feito fogo, deixando uma maré de destruição escura em seu encalço.

Depois que ele passou pelo portão, heras se ramificaram para fora como vinhas de madeira que forçam o portão a ficar aberto feito uma boca. Não há como trancar o portão sem fechá-lo antes. Há duas pás no chão ali perto, e Matthew empurra uma para suas mãos.

— Comece a soltar o portão — diz ele, ao pegar a outra pá e a subir a rampa na direção da Morte.

Olivia golpeia a hera, e quando isso não funciona, ela a puxa com as próprias mãos, sentindo os galhos espinhosos abrirem a pele nas palmas de suas mãos. Ela relanceia por cima do ombro para o jardim acima, onde Matthew chega à sombra sinistra e golpeia suas costas com a pá. Mas a ferramenta nem chega a tocá-lo. Ao roçar o ar ao redor de sua capa, o ferro enferruja, a madeira apodrece, e o objeto inteiro se desfaz.

Matthew cambaleia para trás quando o mostro se vira, com os olhos brancos brilhando.

— Você é nada — diz ele numa voz gélida.

— Eu sou um Prior — responde Matthew, resoluto. Ele não tem arma alguma, nada nas mãos exceto sangue. Sua mão está manchada quando ele a ergue, como a estátua na fonte. — Nós o aprisionamos uma vez e vamos aprisioná-lo de novo.

Uma risada provoca um estrondo pela noite como um trovão.

Olivia continua golpeando a hera, sem obter resultados, e o portão continua escancarado, e mesmo que Matthew encontre uma forma de forçar o monstro de volta, seu coração martela no peito, alertando que *não há esperança, não há esperança*, não há como fugir da morte, não há como derrotar a morte. Mas ela não para. Ela não vai parar.

— Olivia! — grita Matthew, sua voz ecoando na escuridão, e ela está tentando, está tentando.

A hera finalmente começa a partir e ceder.

— Olivia! — chama ele de novo, botas martelando no chão enquanto um gavinha de madeira gigantesca se quebra e o portão se solta com um grunhido e ela ergue o olhar a tempo de ver a soldada lupina a centímetros de seu rosto, a tempo de ver a lâmina dela cortando o ar.

Ela não fecha os olhos.

Sente orgulho disso. Ela não fecha os olhos quando a espada desce. O golpe é forte, e ela desaba no chão. Espera pela dor que não sente. Ela se pergunta por que não está morta, até olhar para cima e ver Matthew e o portão aberto.

Matthew, parado no lugar dela. Matthew, que a empurrou para o lado no instante antes de a espada baixar.

Matthew, curvado no portão, atravessado pela lâmina, a ponta se projetando por suas costas feito um espinho.

Olivia grita.

Não há som no grito, mas ele existe, vibra em seu peito, seus ossos, é tudo o que ela consegue ouvir ao se levantar e correr para o portão, para ele.

Tarde demais, ela o alcança.

Tarde demais, ela golpeia a manopla da soldada com a pá, decepando a mão de armadura. Tarde demais, a soldada ri com desdém e se desfaz, assim como a manopla e a espada, e Matthew dá um único passo instável para trás e cai, Olivia afundando com ele.

Ela leva as mãos depressa à frente do corpo dele, tentando estancar o sangue enquanto Matthew tosse e se encolhe.

— Detenha-o — implora ele.

Quando ela não se mexe, ele a segura com força pelo pulso.

— Olivia — diz ele —, você é uma Prior.

As palavras irradiam pelo corpo dela.

Matthew engole em seco e repete:

— Detenha-o.

Olivia faz que sim com a cabeça. Ela se força a levantar, se vira para o jardim e dispara pelo caminho, pronta para enfrentar a Morte.

Capítulo Trinta

Aos oito anos, Olivia decidiu que viveria para sempre.

Era um capricho estranho, brotando feito uma erva daninha um dia entre seus pensamentos. Talvez tenha sido depois do gato na cabana, ou quando ela se deu conta de que seu pai estava morto e de que sua mãe nunca voltaria. Talvez tenha sido quando uma das meninas mais novas ficou doente, ou quando a governanta-chefe as fez sentar nos bancos duros de madeira e aprender sobre mártires. Ela não lembra exatamente quando teve o pensamento. Só que ela o tivera. Que, em certo momento, ela decidira que outras coisas podiam morrer, mas ela não morreria.

Parecia bem razoável.

Afinal, Olivia sempre fora uma garota teimosa.

Se a morte um dia viesse para ela, ela lutaria, como lutara com Anabelle, com Agatha e com qualquer um que ficasse em seu caminho. Ela lutaria, e venceria.

Claro que ela não tinha certeza sobre como se lutava contra uma coisa que nem a morte. Ela presumiu que, quando o momento chegasse, ela saberia.

Ela não sabe.

Olivia sobe correndo pelo caminho do jardim, a grama se partindo sob seus pés enquanto passa por flores murchas e árvores deterioradas, arcos apodrecidos e pedras fragmentadas. Ela chega ao homem que não é um homem, o mestre da outra casa, o monstro que criou seu pai e matou sua mãe, e se joga contra ele.

Ela pressiona as mãos abertas contra seu paletó e tenta evocar o poder que sentiu do outro lado do muro, se imagina extraindo-o de volta, arrancando o jardim de seu controle, a vida que ele roubou com cada passo, arrancando o lustro de mármore de suas bochechas e o brilho de seu cabelo. Ela enterra os dedos na Morte e tenta tomar tudo de volta.

Seus olhos brancos se baixam para encarar os dela.

— Ratinha tola — diz ele, sua voz soando como uma árvore arrancada por uma tempestade. — Você não tem poder algum aqui.

Um frio toma conta de suas mãos onde elas fazem contato com o paletó, um cansaço de bater os dentes, uma necessidade desesperada de fechar os olhos e dormir. Ela tenta se soltar, mas suas mãos só afundam mais, como se ele fosse uma caverna, sem ossos, sem fundo, e há algo que ela precisa fazer, mas à medida que o frio se irradia por seu corpo, ela não consegue respirar, não consegue pensar, não consegue...

Uma arma dispara, a explosão estilhaçando a noite.

Hannah e Edgar estão no topo do jardim.

Olivia se solta, cambaleia para trás, e sua visão falha enquanto Edgar mira na Morte pela segunda vez e atira, a bala derretendo no ar acima de sua capa esvoaçante. Eles não podem matá-lo, sabem que não podem matá-lo, mas morrerão protegendo Gallant, porque este é o lar deles.

Eles morrerão e assombrarão este lugar como...
Como espectros.
Sombras sobem deslizando pelo caminho do jardim, finas como dedos, matando cada folha e caule ao se aproximarem de Hannah, de Edgar, mas Olivia se joga entre a Morte e Gallant.

Me ajudem, pensa ela, a palavra se estendendo como raízes por baixo do solo. *Me ajudem a proteger nosso lar.*

E eles vêm.

Eles se erguem no chão. Saem andando do pomar e deslizando da casa. Hannah e Edgar observam de olhos arregalados enquanto espectros enchem o jardim destruído, seus contornos iluminados por magia e luar.

Olivia também observa. Observa a mãe, cabelo solto e rebelde, avançar com confiança pelas rosas, seu tio marchar à frente, mãos fechadas em punhos, observa o velho e a moça e uma dúzia de outros rostos que nunca conheceu. Eles vêm, armados com pás e lâminas.

A Morte baixa os olhos para ela, entretido.

— Já conversamos sobre isso, ratinha. Não estava escutando?

E ela estava.

Os espectros do outro lado do muro pertencem a ele.

Mas os de Gallant, pensa ela, *pertencem a mim.*

O sorriso dele desaparece.

Ele se vira para os espectros enquanto eles o rodeiam. Velhos e jovens. Fortes e frágeis. Quantos ele arruinou? Quantos matou? Lá embaixo, no muro, do outro lado do portão aberto, estão os outros Prior, esperando para arrastá-lo para casa. E ali, na frente de todos, ela vê o garoto. O que viveu e morreu há dois anos do outro lado do muro.

O monstro golpeia o ar com a mão, e alguns deles oscilam, mas nenhum desaparece.

— Vocês não são nada — diz ele com desdém quando eles fecham o cerco. — Vocês não podem me matar.

E ele tem razão, é claro. Não se pode matar a morte. É por isso que a banimos.

Eles o circundam como hera, seus contornos se fundindo numa única massa unificada de sombra enquanto o forçam para trás pelo jardim, pelo portão aberto, de volta ao outro lado do muro.

Eles o golpeiam como uma onda quebrando na costa.

Olivia corre em seu encalço, suas mãos pegajosas de sangue, um pouco dela e um pouco de Matthew. Ela chega ao portão de ferro e o fecha com força, pressionando a palma contra o metal e pensando: *Com meu sangue, eu selo este portão.*

A tranca range dentro do ferro.

O portão se sela sobre o muro, o outro lado engolido atrás de ferro e pedra. O jardim silencia. A noite se aquieta. Hannah e Edgar correm pela escuridão, na direção dela e da figura caída no solo inclinado.

Matthew.

Olivia chega primeiro, se ajoelhando ao lado da cabeça do primo. Ele está tão quieto, olhos apontados para o céu, e ela teme que ele já tenha partido, mas então suas pálpebras tremulam e sua respiração desacelera, um corpo à beira do sono.

— Acabou? — pergunta ele, as palavras mais forma do que som, e Olivia assente e Hannah se agacha do outro lado. Edgar fica de pé, com uma das mãos no ombro de Hannah.

— Ah, Matthew — diz ela, com delicadeza, acariciando seu cabelo.

Talvez ele fique bem. Talvez ele só precise descansar. Talvez, mas, ajoelhada ao seu lado, ela sente o sangue ensopando a terra, manchando sua pele. Há tanto sangue.

— Olivia — diz ele suavemente, dedos contraindo. Ela pega a mão dele, aproxima a cabeça. — Fique — sussurra ele. — Até eu adormecer.

Ela retesa o maxilar para reprimir as lágrimas e faz que sim com a cabeça.

— Eu não... — Ele engasga, engole. — Eu não quero ficar sozinho.

Ele não está, é claro. Ela está ali, assim como Hannah e Edgar. Então o espectro sai do meio da escuridão. Arthur Prior se abaixa no chão ao lado do filho. Ele estende uma das mãos e acaricia o ar ao lado da cabeça dele. E, finalmente, Matthew fecha os olhos e descansa.

Ele não volta a acordar.

Mas eles ficam ali com ele até o amanhecer.

Epílogo

Olivia se ajoelha entre as rosas.

Uma brisa fresca sopra pelo jardim, arrancando folhas soltas e derrubando pétalas e as carregando para longe, o verão finalmente perdendo as forças.

Ela sente o frio outonal, apertando a jaqueta ao redor do corpo. O casaco, de um azul chamativo com bordas brancas, é da sua mãe. Ainda fica grande demais nela, mas mangas podem ser enroladas, e barras, erguidas, e um dia, ela sabe, ele servirá. Por enquanto, ele corta a brisa e impede que os espinhos arranhem sua pele enquanto ela arranca as ervas daninhas cinza que ainda forçam caminho pelo solo prejudicado, se enroscando e emaranhando pelas plantas. Persistente, pensa ela.

Mas ela também é.

Olivia se levanta, avaliando o próprio trabalho.

Perto da casa, alguns arbustos de rosas sobreviveram, mas a morte inundou o resto como uma maré. Levou uma semana para limpar as ruínas. Para nutrir o solo e tentar recomeçar.

Gallant

Crescerá de volta, diz para si mesma. Se a morte é uma parte do ciclo, então a vida também é. Tudo desvanece, tudo floresce.

O solo tem uma textura agradável sob suas mãos. Melhor ainda quando os primeiros tufos de grama nova começarem a brotar.

Edgar diz que ela tem um dom, um dedo verde.

Não é um poder, exatamente, não como o que ela tinha do outro lado do muro, mas é alguma coisa. E, uma hora, com cuidado, o jardim de Gallant voltará.

Ao contrário de outras coisas.

Seu olhar vaga para a base do declive, parando diante do muro.

Há uma pedra lisa no meio da grama destruída. Ela chama atenção no terreno sombreado, clara como osso contra a terra cinza-escura. Edgar a ajudou a colocá-la ali, para marcar o lugar onde Matthew caiu.

Ele não está enterrado ali, lógico. Seu corpo está ao lado do pai, depois do pomar, no cemitério da família. Mas pareceu certo, e toda vez que ela percebe seu olhar se desviar para o portão no muro, ele acabando parando ali.

Um lembrete, para as noites em que a escuridão sussurra em sua mente, tentando convencê-la a sair, voltar, voltar ao seu lar.

Mas lar é uma escolha.

E ela escolheu Gallant.

Há apenas uma coisa que ela deseja do outro lado do muro.

Um caderninho verde, com um G gravado na capa.

As palavras da mãe, os desenhos do pai.

Seus dedos se agitam, como sempre fazem quando ela pensa no diário.

Ela imagina o mestre da casa sentado em sua cadeira de veludo ao lado da lareira vazia, virando as páginas e lendo em voz alta para si mesmo.

Olivia, Olivia, Olivia.

Ela sobe pelo jardim, de balde na mão. Todas as rosas já morreram, até as protegidas perto da casa, exceto por uma. Um único arbusto teimoso continua a florescer, com apenas um punhado de rosas vermelhas nos caules.

Olivia corta uma delas e a leva ao nariz por hábito, embora Matthew as tenha plantado pela cor, não pelo cheiro. Ela plantará algumas novas na primavera, algumas que possam oferecer ambos.

Lá na sacada, Hannah bate um tapete.

Ela alega que há pó por todo lado. Uma camada de cinzas que se infiltra pelas frestas das persianas e pelos espaços entre as portas e assenta sobre tudo. Olivia não sente a poeira, mas todo dia Hannah esfrega e bate e limpa as cinzas da noite anterior. Edgar diz que é sua forma de lidar com o luto.

O sol baixa no céu enquanto Olivia tira as botas de jardim com um chute, deixa-as ao lado da porta dos fundos e entra.

Ela ouve Edgar na cozinha, fazendo ensopado. Se escutar com atenção, conseguirá ouvi-lo cantarolando. Uma antiga canção que costumava cantar para pacientes durante a guerra.

A casa é grande demais para três pessoas, então todos eles tentam ocupar espaço, fazer barulho.

Olivia boceja ao avançar pela casa.

Ela não tem dormido bem.

Toda noite, sonha que está do outro lado do muro.

Às vezes a Morte a está esperando na sacada, olhos mortos brilhando como estrelas na escuridão.

Às vezes ele a está chamando enquanto ela corre pela casa, desesperada para encontrar uma saída.

Mas, na maioria das vezes, ela está no salão de baile, onde ele invoca os seus pais de cinzas e osso. Repetidamente, ela assiste aos dois se conhecendo. Repetidamente, ela assiste aos dois se desfazendo. Repetidamente, ele os traz de volta e eles olham para ela com as mãos estendidas, com olhos suplicantes, como se dissessem: nós poderíamos ser reais.

Eles não passam de sonhos, diz ela para si mesma toda vez que acorda.

E sonhos nunca podem te machucar. Foi o que a sua mãe disse. É claro, agora ela sabe que isso não é verdade. Sonhos podem te obrigar a se machucar, sonhos podem te obrigar a fazer tantas coisas, se você não tomar cuidado. Ela ainda não acordou fora da cama, mas mantém as algemas macias de couro enfiadas embaixo do colchão, para caso precise um dia.

E ela não está sozinha.

Hannah tranca as portas toda noite.

Edgar checa as persianas.

E o espectro da mãe dela se senta ao pé da cama, olhos focados na escuridão.

Olivia caminha pela casa, pensando no banho de banheira que pretende tomar para lavar a terra do jardim do corpo. Mas, primeiro, seus pés a levam até o lugar de sempre.

À sala de música.

Atrás das janelas salientes, o sol continua a se pôr. Em breve, ele se esconderá atrás das montanhas distantes e desaparecerá atrás do muro. Mas, neste momento, ainda há luz.

Há um vaso amarelo sobre o piano, e Olivia coloca a rosa ali dentro, então se senta no banco estreito. Ela levanta a tampa, dedos pairando no ar antes de repousarem sobre as teclas pretas e brancas.

A luz no cômodo começa a rarear, e, pelo canto do olho, ela o vê. O espectro está meio presente, meio ausente, mas ela consegue preencher os pedaços faltantes com a memória. A testa franzida, os cachos rebeldes, os olhos, um dia febris e luminosos. O espectro se aproxima, se sentando no banco ao lado dela. Por mais que queira se virar e olhar, ela não o faz.

Ela mantém os olhos baixos e espera, e após alguns momentos, ele baixa sua cabeça parcialmente presente e leva os dedos espectrais às teclas. Eles pairam ali, esperando que ela os siga.

Assim, ele parece dizer, e ela posiciona as mãos do jeito como ele mostrou e começa, hesitantemente, a tocar.

Agradecimentos

Algumas histórias se derramam como uma onda. Outras vêm em gotas. E, de vez em quando, uma história fica empoçada em algum lugar, esperando que você a encontre. Eu tive que sair procurando pela história de Olivia. Eu tinha o portão no muro, ela sempre esteve ali, mas, por anos, eu não sabia ao certo o que encontraria do outro lado. O que eu *precisava* encontrar. Por isso, *Mansão Gallant* não foi apenas um trabalho de amor, mas de paciência.

Num mundo com prazos de entrega e datas de lançamento e expectativas, é um luxo ser paciente. E ter uma equipe editorial que entende essa necessidade de paciência e abre espaço para tal.

Minha agente, Holly Root, e minha editora, Martha Mihalick, me deram esse espaço, e eu serei eternamente grata. Assim como serei grata à toda a equipe da Greenwillow Books por sua confiança e convicção quando a história que eu finalmente encontrei se provou estranha e selvagem, e ficou claro que ela não se encaixaria na prateleira de qualquer pessoa, que meus leitores ainda a encontrariam.

Sou grata ao meu designer de capa, David Curtis, por criar a porta perfeita para dentro do meu mundo, ao meu ilustrador, Manuel Šumberac, por criar obras de arte que têm sua própria voz na página.

Sou grata a Janice Dubroff por sua leitura atenta com respeito à comunicação não verbal, e a Kristin Dwyer por ser minha defensora constante, e a Patricia Riley, Dhonielle Clayton, Zoraida Cordóva e Sarah Maria Griffin por me lembrarem inúmeras vezes que eu sei fazer isso.

E sou grata à minha mãe e ao meu pai, que me apoiaram, dessa vez pessoalmente, devido à pandemia. Numa época de tantas dificuldades, eles proporcionaram luz, segurança e abrigo, além da constante lembrança de que, não importa quão longe eu vá, quão perdida eu me sinta, eu sempre encontrarei meu caminho para casa.

Este livro foi composto na tipografia
ITC New Baskerville Std, em corpo 11,5/16,5
e impresso na gráfica Cruzado.